Doris Mayer
Machalan

typic®
BUCHDESIGN +

Ekke Wolf
Währinger Gürtel 95/10
A-1180 Wien
Tel/Fax +43-1-968 54 82

Doris Mayer

MACHALAN

Roman

Deuticke

für M & J

Erster Teil

DOPPELT HÄLT BESSER

Lenken wir unseren Schritt
Nach vorn,
Hier und Jetzt,
Gibt es weder nah noch fern.
Der geringste Zweifel
Wirft einen Abgrund auf,
So tief
Wie zwischen Berg und Fluß.

(SANDOKAI)

1. VIKTORIA

Viktoria Czaplinsky brach sich in einer kalten Januarnacht des Jahres 1937 beide Beine; beim freiwilligen Herabspringen aus dem im ersten Stock gelegenen Mansardenfenster des kleinen Hauses ihrer Tante Agathe. Viktorias verzweifelter Versuch, durch diesen gefährlichen Sprung ihre unerwünschte Schwangerschaft loszuwerden, sollte auch dieses Mal umsonst gewesen sein.

Schon Tage vorher hatte das von einer Freundin als altes Wundermittel gepriesene heiße Bad nicht den gewünschten Erfolg erzielt. Zwar schmückten etliche nässende und schmerzende Brandblasen den zarten Körper der Neunzehnjährigen, doch die ersehnte Monatsblutung blieb aus.

Viktoria ist schwanger! Viktoria, die Polackin, bekommt ein uneheliches Kind! Sie sah bereits übergroß die tadelnden Finger der – ach so anständigen – Frauen des Ortes auf sich gerichtet; verächtlich würden sie über Viktoria hinwegblicken und sogar ohne vorgehaltene Hand über sie tuscheln.

Viktoria war das gewohnt. Nach Jahren noch wurde sie im Ort als Polackin bezeichnet, und man behandelte sie wegen ihrer Herkunft als Außenseiterin.

Aber das war ihr egal. Wenn nur Siegfried nichts von der Schwangerschaft erfährt! Dieser Gedanke quälte sie.

Viktorias Hand tastete zum Hinterkopf, ihre Fingerspitzen stießen gegen etwas Hartes. Sie zuckte zusammen.

Tante Agathe würde ob der Schande, die ihre Nichte mit der Schwangerschaft auch über sie bringen würde, toben, schreien und ihr zum wiederholten Male Undankbarkeit vorwerfen. Agathes Beschimpfungen würden in den Satz münden, den Viktoria oft zu hören bekam und dessen Bedeutung ihr, mit zunehmendem Alter bewußter werdend, schrecklich weh tat: »Auch wenn ich es geschworen habe! Ich hätte dich nicht bei mir aufnehmen dürfen!« Und neuerdings fügte sie hinzu: »Die Leute im Ort haben recht! Du bist und bleibst eine Polin! Wenn auch nur eine halbe!«

Viktorias Beine schmerzten unerträglich. Zusammengekrümmt lag sie auf dem gefrorenen Boden vor dem Hühnerstall neben dem Brunnen, mit Sicht auf das Mansardenfenster und die darunterliegende schmale Eingangstür des Hauses, die zwar nicht weit entfernt, aber dennoch unerreichbar für sie war. Die kleinste Bewegung des Körpers übertrug sich auf die Beine und machte selbst den zaghaften Versuch, sich mit Hilfe der Arme auf dem Boden voranzuziehen, zur qualvollen Unmöglichkeit. Keuchend drehte Viktoria ihren Kopf zur Seite. Sie war beim Sturz mit dem Hinterkopf auf den harten Buchrücken gefallen. Das Buch, das Siegfried ihr geschenkt hatte, ihr einziges Buch. Ihre Hand mußte es beim Sprung losgelassen haben. Die Beine schmerzten, der Kopf dröhnte; *Mein Kampf* hatte eine Beule hinterlassen.

Der Schmerz, der von den Beinen aus ihren Körper erzittern ließ, erschwerte ihr das Atmen. Nun um Hilfe rufen? Es war Nacht – wer würde sie hören? Und wenn sie jemand hören würde, müßte sie ihre Schande eingestehen. Siegfried könnte alles erfahren! Viktoria hörte leise Schritte. Etwas berührte ihre Haare. »Hermann!? Oder bist du es, Engelbert?«

Das Haus der Tante lag abgeschieden am Rand des Ortes, zum Birkenhain, den brachliegenden Feldern und selten genutzten Wiesen hin; niemand würde sich um diese Zeit hierher verirren!

»Engelbert?«

Ihr Stolz regte sich, war in den trostlosen Kinderjahren ein festumklammerter Begleiter geworden, den sie wie ein Schild vor sich hertrug. »Matka!« Gequält preßte sie ihre Zähne aufeinander, reckte ihr Kinn gegen den kalten Boden, bis sich die untere Gesichtspartie leblos starr anfühlte. »Matka! Matka!« Nein! Niemals! Sie würde keinen Laut von sich geben. Sie wollte einfach einschlafen und nie wieder aus dieser kalten Nacht erwachen.

Viktoria verlor das Bewußtsein.

2. TANTE AGATHES SCHWUR

Gegen Ende des Ersten Weltkrieges, im Sommer des Jahres 1918, wurde Viktoria Czaplinsky in der schlesischen Stadt Teschen, die damals noch zu Österreich gehörte, geboren. Ihr Vater – er war vor Jahren aus einem österreichischen Ort nahe der ungarischen Grenze zugezogen – arbeitete in einer Fabrik als Metallarbeiter. Ihre Mutter, eine gebürtige Polin, war in der Strickwarenfabrik beschäftigt.

Im Mai 1921 kam es in Teschen zu einem erbitterten Aufstand: Polnische Truppen wollten mit Waffengewalt die Übergabe der Stadt an Polen erzwingen. Einige Schlesier leisteten Widerstand.

Die Tür des kleinen Hauses, in dem Viktoria, ihre Eltern und drei weitere Familien lebten, wurde eines Morgens aufgerissen. Fremde Männer stürmten herein und zerrten die ahnungslosen Bewohner ins Freie. Viktoria klammerte sich an den Hüften der Mutter fest, während sie aus dem Haus getrieben wurden.

»Sie haben Waffen«, wisperte die Stimme der Mutter. Viktoria sah die Waffen, die die Männer an einem Lederriemen um die Schulter gehängt hatten. Eine unbestimmbare Angst machte sich in ihr breit.

In der Gasse vor dem Haus befanden sich viele Menschen, und Viktoria staunte: Es war Sonntag, der einzige Tag der Woche, an dem kaum jemand arbeitete. Zu dieser frühen Stunde befanden sich die Menschen üblicherweise in ihren Häusern.

Der Vater umklammerte die Hand der Mutter, und Viktoria

sah, wie seine Knöchel weiß hervortraten. Sie wunderte sich, daß die Mutter ihre Hand nicht wegzog oder vor Schmerz aufschrie. Im nächsten Augenblick riß die Mutter das Kind zur Seite, und Viktoria hörte ein metallisches Klicken, das von den entsicherten Waffen stammte. Sie sah es nicht, aber sie spürte es und hörte die Geräusche. Die Männer zielten auf die Menschen, drückten ab.

Vom zusammensackenden Körper der Mutter wurde Viktoria zu Boden gerissen, vom schweren Leib der Mutter halb verdeckt, blieb sie zitternd liegen. Mit einem Mal war es still um Viktoria herum, und sie wagte nur vorsichtige kurze Atemzüge, um nicht auf sich aufmerksam zu machen. Sie fühlte, daß jede unnütze Bewegung ihren Tod bedeuten könnte. Regungslos blieb Viktoria unter dem erstarrenden Körper der Mutter liegen.

Das Kind hatte sich stundenlang an den toten Körper der Mutter geklammert. Es war vollkommen erschöpft. Eine alte Frau war durch ein leises Wimmern auf Viktoria aufmerksam geworden. Behutsam versuchte sie, das Kind von der toten Mutter zu lösen.

»Matka.« In Viktorias Stimme lag all das Leid, das sie während der letzten Stunden erlebt hatte. Viktoria klammerte sich fest an die Hand der Frau. Eine schwache Erinnerung streifte Viktorias Gedanken: Sie blickte zurück zu ihrem Vater und zur Mutter, die seltsam verrenkt auf dem Boden lagen. Sie wollte sich von der Frau losreißen und zur Mutter zurücklaufen, wollte den Körper mit dem eigenen wärmen. Die Frau nahm Viktoria auf den Arm und redete beruhigend auf sie ein. Viktorias Kopf sank auf die Schulter der Frau; das Kind verkroch sich förmlich mit dem Gesicht in ihrem Nacken, so daß es nicht die vielen, leblos daliegenden Körper sah, die, wie achtlos weggeworfen, den Rand der Straße säumten.

Die Frau brachte Viktoria in die nahegelegene kleine Kirche. Innerhalb von Stunden war die Kirche zu einem Zufluchtsort für Verletzte, Obdachlose und Hilfesuchende umfunktioniert worden. Der Pfarrer, völlig überlastet, versuchte jedem Bittsteller Hilfe zu gewähren. Auch Viktoria wurde vom Pfarrer aufgenommen und bekam einen Schlafplatz in einer Kirchenbank zugewiesen.

Aus einem unruhigen Schlaf hochschreckend, schrie das Kind immer wieder in seiner Muttersprache Polnisch »Matka! Matka!«; verzweifelt rief es nach seiner Mutter. Die Hand des Pfarrers legte sich beruhigend auf Viktorias schweißnasse Stirn.

»Du wirst irgendwann bei deiner Matka sein«, meinte er. »Deine Mutter, deine Matka, ist jetzt im Himmel!«

Der Pfarrer blickte auf die vielen Menschen, die in den Kirchenbänken und auf dem Boden ihr Nachtlager aufgeschlagen hatten.

»Schlaf jetzt! Du weckst mit deinem Geschrei die anderen.«

Der Pfarrer kannte Viktorias Eltern, die vor Jahren von ihm getraut worden waren, und er erinnerte sich, daß der Mann eine Schwester in Österreich hatte, die nahe der ungarischen Grenze lebte.

Die Geburtsurkunde von Viktorias Vater zeigte dem Pfarrer den Geburtsort, und er war sicher, dort die Schwester ausfindig machen zu können.

Er schrieb einen Brief an das dortige Pfarramt. Dann brachte er Viktoria zu einer Frau, die bereits zwei Waisenkinder zu ihren eigenen fünf Kindern aufgenommen hatte.

»Bei diesem Kind ist es etwas anderes«, beruhigte er die Frau, die, mit einem hilflosen Blick auf ihre Kinderschar, Viktorias Aufnahme ablehnen wollte.

»Dieses Kind ist zwar auch eine Waise, es hat aber zum Glück noch eine Tante.«

Er erklärte der Frau, daß bereits ein Brief unterwegs wäre und er auf eine baldige Antwort hoffe.

»Viktoria bleibt nur übergangsweise, nur für kurze Zeit hier bei dir.«

Er sah die Frau bittend an.

»Sobald die Tante von dem Unglück erfahren hat, wird sie das Kind schnell zu sich holen wollen.«

Er griff in seinen Talar und zog ein paar Geldscheine hervor. Viktoria sah unsicher vom Pfarrer zur Frau, die schnell nach dem Geld griff. Seufzend breitete sie ihre Arme aus und drückte Viktoria halbherzig an sich.

Die erhoffte Antwort auf den Brief ließ auf sich warten, und der Pfarrer vermutete, daß er aufgrund der anhaltenden Unruhen und der schwierigen politischen Lage des Landes nicht an sein Ziel gelangt war. In den nächsten Monaten schrieb er zwei weitere Briefe mit gleichlautendem Inhalt.

Hin und wieder besuchte er Viktoria bei der Pflegemutter und legte jedesmal seufzend ein paar Geldmünzen, Almosen aus dem Opferstock, in die fordernd geöffnete Hand der Frau.

Fast ein Jahr später gelangte ein Brief in den Geburtsort von Viktorias Vater. Der Brief wurde von dem jungen Pfarrer Urban entgegengenommen.

Nach der Sonntagsmesse eilte der Pfarrer zu Agathe Czaplinsky, stellte sich vor sie hin und sprach mit überdeutlichen Lippenbewegungen:

»Agathe, ich hab noch mit dir zu reden.«

Agathe erschrak sehr; sie glaubte, daß ihr der Pfarrer eine Strafpredigt halten würde, und überlegte sofort, welches Gebot sie wohl mißachtet haben mochte. Während sie in Gedanken bereits nach möglichen Übertretungen seit der letzten Beichte suchte, steckten einige Frauen ihre Köpfe zusammen und tuschelten über Agathe, was sie jedoch nicht sah und schon gar nicht hören konnte. Denn seit einer Scharlacherkrankung in der Jugend war Agathe taub. Aufgrund dieser Behinderung war sie menschenscheu. Wenn Agathe sprach, war ihre Stimme meist unerträglich laut. Die einzige Möglichkeit, Worte aufzunehmen, war für sie das Ablesen von Lippenbewegungen. Die undurchdringliche Stille, in der sie sich befand, ließ sie ungewollt zur Einzelgängerin werden.

Der Pfarrer führte Agathe zur vordersten Sitzreihe der Kirchenbänke und bedeutete ihr, sich niederzulassen. Die letzten neugierigen Weiber des Dorfes hatten zu diesem Zeitpunkt die Kirche bereits widerstrebend verlassen, ein längeres Ausharren ohne ersichtlichen Grund wäre denn doch zu auffällig gewesen.

Zögernd begann der Pfarrer, der nicht recht wußte, wie er mit der Übermittlung der Todesnachrichten beginnen sollte, seine Ansprache. Er bemühte sich, sein Gesicht Agathe zuzuwenden, und wirkte dadurch ein wenig verkrampft.

Er brachte Agathe den Tod ihres Bruders und dessen Frau sehr vorsichtig bei. Ihre Reaktion auf diese Nachricht verwirrte ihn. Agathe seufzte erleichtert, fast erfreut auf. Ihr erster Gedanke war: Ich habe mir nichts zuschulden kommen lassen!

Agathe bedauerte den Tod ihres um fünf Jahre älteren Bruders keineswegs. Sie hatte ihn, seit er ihren gemeinsamen Heimatort vor mehr als zwanzig Jahren verlassen hatte, nicht mehr gesehen. Und Agathe war froh über sein Weggehen gewesen. Sie hatte den Bruder nicht gemocht, seine Trunksucht gefürchtet und verachtet. Nein, sie hatte wirklich keinen Grund zu trauern.

Vor Jahren hatte sie einen kurzen Brief mit einem Hochzeitsfoto darin erhalten – ein karges Lebenszeichen von ihrem fast vergessenen Bruder. Sie erinnerte sich noch genau an die Abbildung, die das schmale Gesicht einer Frau und den zarten Schleier, der sie umgab, zeigte. Der Mann an ihrer Seite, in einem dunklen Anzug, wurde – bis auf den hellen Gesichtsfleck – vom düsteren Hintergrund verschluckt. Ein paar magere Zeilen über die geschlossene Ehe, unpersönlich gehalten, wie für eine Fremde gedacht. Kalt! Sie hatte nichts anderes erwartet. Agathe hatte das Bild und den Brief im Küchenofen verbrannt; sie wollte nicht an ihren Bruder erinnert werden.

Den Bruder hatte Agathe nicht gemocht und dessen Frau nie kennengelernt; dennoch – sie war eine fromme Christin – beschloß sie, nach einigen schwerfälligen Überlegungen, ein Vaterunser und den Rosenkranz zu beider Gedenken zu beten. Und eine Totenmesse lesen zu lassen. Das gehört sich so, auch wenn es was kostet.

Damit glaubte Agathe, ihrem Bruder Genüge getan zu haben. Nun konnte sie ihn endgültig aus ihren Gedanken streichen. Aber dann erzählte ihr der Pfarrer von dem Kind, einem kleinen Mädchen. Dieses Kind, von dem Agathe keine Ahnung gehabt hatte, sollte nun von ihr, der einzigen Verwandten, aufgenommen werden. Agathe war aufs äußerste irritiert.

Erwartungsvoll blickte der Pfarrer zur blaß gewordenen Agathe, die in der Kirchenbank saß und ihr Gebetbuch fest umklammert hielt. Er dachte, Agathe würde Trost und eine lebenserfüllende Aufgabe durch die Aufnahme ihrer Nichte finden. Agathe schnaubte wütend durch die Nasenflügel, und der Pfarrer, der diese Reaktion ihrem Schmerz zuschrieb, legte tröstend seine Hand auf die ihre.

Körperkontakt war Agathe ein Greuel; sie erinnerte sich an die Schläge, die der betrunkene Bruder in seinem Zorn hatte auf sie niederprasseln lassen. Jedesmal war sein Handrücken zuerst liebevoll über ihre Wange gestrichen und wiegte sie damit in Sicherheit, blitzschnell hatte er dann seine Hand zurückgezogen, weit ausgeholt und auf Agathe eingeschlagen. Schlimmer als der Schmerz war für Agathe die Erniedrigung, die sie empfand. Durch das gemeine Spiel ihres Bruders war ihr Vertrauen anderen Menschen gegenüber gebrochen worden. Nie wieder wollte sie sich einer Blöße hingeben, nie wieder einem Menschen ihre Gefühle zeigen! Man macht sich nur lächerlich und wird verletzt!

Die Hand des Pfarrers lag besitzergreifend auf Agathes Hand. Angewidert drückte das vierzigjährige Fräulein den ganzen Körper zurück an die Lehne der Kirchenbank, wollte möglichst viel Abstand zwischen sich und den Pfarrer bringen. Agathe wandte den Kopf zur Seite, mit einem Ruck zog sie ihre Hand aus der Umklammerung.

Sie zeigte sich wenig erfreut über ein Kleinkind, das in ihre Welt eindringen würde. Seitdem der Bruder das Elternhaus und damit auch Agathe verlassen hatte, lebte sie allein. Nun, nicht ganz allein: Da hatten sich im Laufe der Jahre über dreißig Katzen um Agathe angesammelt und einen dauerhaften Wohnsitz in ihrer Welt, in dem kleinen Haus gefunden.

So verschlossen Agathe anderen Menschen gegenüber war, so offen und herzlich ging sie mit ihren Katzen um; sie waren ein wichtiger Bestandteil ihres Lebens, waren in gewisser Weise ihre Ansprechpartner und ersetzten größtenteils die Menschen des Ortes, zu denen sie wenig Kontakt finden konnte und wollte. Der junge Pfarrer, der Bürgermeister, der Kuhdoktor und ein Mann namens Mischa zählten zu den wenigen Menschen, zu denen Agathe Vertrauen gefaßt hatte. Hin und wieder, bei Erkrankung einer ihrer Katzen, holte sie den alten Kuhdoktor zu Hilfe.

Ihre Lebensform ermöglichte es Agathe und ihren Katzen – inmitten von Obstbäumen, Beerensträuchern und Gemüsebeeten, zwei Milchkühen, zwei Schweinen und mehreren Hühnern – ein von der Außenwelt unabhängiges Dasein zu führen. Die überzähligen Eier der in den wärmeren Monaten fleißig legenden Hennen und die überschüssige Milch tauschte sie im Ort, jeweils vor der Morgenandacht, beim Gemischtwarenhändler gegen Lebensmittel, die sie nicht selber erzeugen konnte, oder für Stoff und Garn.

Nun sollte sie das Kind ihres toten, ungeliebten Bruders aufziehen! Eine Vorstellung, die ihr so fremd war wie ein vergnügtes Lachen. Ein kleines Kind würde rücksichtslos ihre Ruhe stören und in ihre Abgeschiedenheit eindringen. Sie hatte Angst vor dem Kind.

»Nein!« sprach Agathe laut zu sich, obwohl sie selbst es nicht hören konnte, und versetzte mit diesem Wort der Ablehnung den Pfarrer in Ratlosigkeit. Überzeugt fügte sie hinzu: »Ich will dieses Kind nicht!«

Entschlossen verließ sie das Gotteshaus.

Der junge Pfarrer Urban hatte eine schlaflose Nacht. Zornig dachte er an Agathe, die seine wohlgemeinte Bitte, das Waisenkind bei sich aufzunehmen, abgelehnt hatte. Immerhin bin ich der Pfarrer der Gemeinde, und ich werde ihr Nein nicht dulden!

Am Morgen hatte der Pfarrer einen Entschluß gefaßt. Er hatte sich soweit gesammelt, um Agathe energisch gegenüberzutreten und dem starrköpfigen Fräulein ordentlich die Leviten zu lesen. Während er sich auf den Weg zu Agathes Haus machte, arbeiteten seine Gedanken bereits an einer eindrucksvollen Rede, die darauf abzielte, die Frau mit allen ihm zur Verfügung stehenden Mitteln umzustimmen, das Kind doch bei sich aufzunehmen.

Der erste Besuch bei Fräulein Agathe! Nebel und Kälte noch im April; ein weiter Weg, durch das Dorf hinaus, Richtung Wald, über den weichen Hügel mit seinen Weingärten, an den schmutzigen Feldern und am Weiher vorbei; und die Kette des Fahrrades noch immer nicht geflickt: Da muß man doch fluchen! Und Pfarrer Urban fluchte wie ein Pferdehändler; von den Weinbergen bis zum Weiher.

Als er über die Türschwelle von Agathes Haus trat, saß sie in ihrem roten Ohrensessel, umringt von Katzen, deren lauernde Blicke jede Bewegung des Mannes verfolgten und ihm Schauer der Furcht über den Rücken jagten. Ihm war, als verstünden die Tiere – im Gegensatz zu Agathe – jedes seiner Worte und mißbilligten die Überredungsversuche, das Waisenkind in ihre kleine Welt aufzunehmen, in gleichem Maße wie ihre Besitzerin. Besonders der schwarzweiß gefleckte, wohlgenährte Kater schien eine ausgesprochene Abneigung gegen den Pfarrer und sein Anliegen zu hegen, denn er fauchte furchterregend, sobald sich der Mann zu nahe in Richtung Ohrensessel wagte und seine Überredungskünste inbrünstiger wurden.

Agathe wiederholte immer wieder ihre Behinderung als Vorwand für die Absage. Sie erhob sich aus dem Ohrensessel und ging zum Küchentisch. Von dort nahm sie einen mit Speiseresten gefüllten Blechtopf, stellte ihn auf den Boden und rief nach ihren Katzen:

»Matthäus, Thaddäus, Simon, Petrus, Jesus …«

Der Pfarrer erstarrte. Entsetzt griff seine Hand auf die Schulter der auf dem Boden knienden Frau. Agathe richtete sich auf und blickte fragend in sein Gesicht.

»Wie hast du die Katzen gerufen?«

Er glaubte, sich verhört zu haben. Stolz sagte Agathe:

»Ich hab meinen Katzen biblische Namen gegeben. Du siehst hier«, und sie deutete wohlgefällig auf die um den Blechtopf gescharten Tiere, die in ihrer Freßlust einander abzudrängen versuchten, »alle zwölf Apostel mit ihrem Führer auf einem Haufen, und diese Schüssel ist für Moses und seine Verwandtschaft.«

Sie stellte einen zweiten Topf auf den Boden, und Moses und seine Verwandtschaft drängten sich um das Futter.

»Jesus?« fragte der Pfarrer nach.

»Ja, Jesus.«

Agathe strich über das schwarzweiß gefleckte Fell des Tieres.

»Mein Lieblingskater, auch wenn er bei Vollmond manchmal ins Haus scheißt.«

Der Pfarrer schnappte nach Luft, tastete sich zum Ohrensessel und hielt sich wankend an dessen Lehne fest. Agathe blickte ihn verständnislos an.

»Gotteslästerung!« preßte der Pfarrer zwischen seinen Zähnen hervor.

Agathe hatte es nicht von seinen Lippen ablesen können, und sie dachte zornig: Nun, wenn er nicht länger mit mir reden will, ich will es auch nicht! und drehte ihren Kopf demonstrativ zur Seite. Erzürnt über so viel Starrsinn und Kaltherzigkeit, verabschiedete sich Alois Urban unfreundlich, stolperte beim Hinausgehen über Jakobus und Bartholomäus, schrie laut auf und wurde von dem aus dem Schlaf gerissenen Judas Iskariot kräftig in die Wade gebissen.

»Gott steh mir bei!« stöhnte der schweißgebadete Pfarrer, der nun fluchtartig Agathes Grundstück verließ, über die gekennzeichneten Gräber von Sisi und Franz Joseph latschend.

»Blasphemie!«

Der Pfarrer hatte das Gartengatter geschlossen und fühlte sich vor den Katzen einigermaßen sicher. Widerlich! Er schnaubte empört. Nicht nur, daß diese Agathe Czaplinsky sich mir widersetzt, sich weigert, einem Kind, das noch dazu von ihrem eigenen Fleisch und Blut abstammt, Zuflucht zu gewähren, sondern sich auch vor Gott versündigt! Sie hat den Viechern biblische Namen gegeben; ihren »dreizehn Lieblingen« – ohne Rücksicht auf ihr Geschlecht – gar die Namen der Apostel! Und auch *Seinen* Namen hat sie entweiht.

Er blickte zum Hühnerstall. Wahrscheinlich hat sie ihren Hennen, Schweinen, Hasen und Kühen ebenfalls biblische Namen gegeben! Da hatte er sich getäuscht, wie er einige Tage später von Agathe erfahren sollte, die beinahe beleidigt auf seine gehässig gestellte Frage reagierte.

»Wollen Sie etwa meine Katzen mit diesen dummen Viechern im Stall vergleichen?«

Hatte Pfarrer Urban bis jetzt keine Ahnung von dieser gotteslästernden Namensgebung gehabt, so würde er sie in Zukunft nicht dulden und gegen Agathes krankhafte Katzenverherrlichung ankämpfen. Das Mitleid, das er der tauben Frau entgegengebracht hatte, war durch die Enttäuschung, daß sie das Kind nicht aufnehmen wollte, wie weggefegt.

Miststück! Ausgetrocknete, verbitterte alte Jungfer! Das kommt davon, wenn sie ohne Mann … Da kann man doch nur verblöden! Erschrocken biß sich der Pfarrer auf die Unterlippe. So weit hatte er selbst in seinem Zorn nicht gehen wollen, das ehrfürchtige Bild der Jungfrau Maria auf so banale Weise zu beschmutzen, indem er eine Verbindung zur sterblichen Agathe herstellte. Und dann dachte er an sich und seine Einsamkeit; nicht lange.

In seinem Kopf formten sich bereits stichhaltige Sätze – wohldosiert auf Agathe abgestimmt –, die er in der nächsten Sonntagspredigt von sich geben wollte. Bei dieser Gelegenheit wollte er auch gleich die Frauen, die im gebärfähigen Alter waren, zurechtweisen. In letzter Zeit häuften sich im Beichtstuhl vorgebrachte Wehklagen von Frauen, die über allzu großen Kindersegen haderten. Überdies waren ihm gerüchteweise seltsame Methoden zu Ohren gekommen, die eine Zeugung verhindern sollten. Da wollte er noch nachforschen, um detailliertere Informationen zu erhalten. So könnte er sich ein besseres Bild von der ganzen Angelegenheit verschaffen und gezielt dagegen vorgehen.

Er hatte auch von einer Bäuerin aus dem Nachbardorf gehört, die zu einer Engelmacherin gegangen war, um die Leibesfrucht loszuwerden! Gott reagierte sofort und mit all seiner Kraft! wurde ihm erzählt. Die Bäuerin rutschte aus und fiel in die Jauchegrube. Sie starb einen qualvollen Tod. Und auch die Engelmacherin hat der Allmächtige bestraft. Sie wurde wahnsinnig und erhängte sich im Kuhstall – so hatte man es ihm zugetragen. Wäre ja noch schöner, wenn die Frauen jetzt selbst bestimmen könnten, wann ihnen Gott ein Kind zukommen lassen soll! Grimmig besann er sich wieder auf Agathe. War es bei ihr doch ähnlich. Auch sie weigerte sich, ein Kind anzunehmen. Für den Pfarrer machte es wenig Unterschied, daß sie es nicht selbst auszutragen hatte.

Aber noch bevor der Pfarrer sein heftiges Donnerwetter gegen Agathes Kaltherzigkeit und satanische Katzenliebe einerseits und die Lobpreisungen für den Segen einer kinderreichen Familie andererseits anbringen konnte, trat die leidige Geschichte in den Hintergrund. Denn es passierte etwas völlig Unerwartetes. Es versetzte nicht nur den Pfarrer und die taube Agathe in Panik und Aufruhr, es betraf das ganze Dorf.

Es hatte damit begonnen, daß der Kuhhirte und gleichzeitig Trommler des Ortes, schwitzend, wild mit seinen Holzstäben auf das Blech einschlagend, über die vom Regen schlammige, mitten durch den Ort verlaufende Straße rannte. Durch sein heftiges Trommeln lockte er die neugierigen Menschen aus ihren Häusern, ließ sie aus den angrenzenden Feldern herbeieilen. Atemlos hatte er seinen Platz in der Mitte des Ortes, neben dem Brunnen, eingenommen. Keuchend berichtete er von dem Unfaßbaren, das sich nahe dem Fluß, auf der Wiese hinter dem Birkenhain, seinen Augen dargeboten hatte: Sieben von zweiundzwanzig Kühen, die dort grasten, lagen mit aufgeblähten Bäuchen und hervorquellenden Augen verendet im Gras.

Der herbeigerufene Tierarzt, von den Dorfbewohnern nur Kuhdoktor genannt – er wurde auch bei menschlichen Leiden gerufen –, war ratlos, konnte sich das seltsame Kuhsterben nicht erklären. Er glaubte an einen Einzelfall. Aber sein Gefühl hatte ihn betrogen, denn schon kamen andere Bauern, die ihn verzweifelt um Hilfe baten. Beim einen waren es die Hühner, beim anderen die Ziegen und Schweine, die verendet waren. Innerhalb weniger Stunden hatte sich dieses unerklärbare Tiersterben ausgebreitet und verschonte nicht einen einzigen Bauernhof der Gemeinde.

Daraufhin beauftragte der Bürgermeister den Trommler, alle Bewohner zu informieren.

»Es wird kund und zu wissen getan, daß der Ort unter Quarantäne gestellt wird, sollte diese rätselhafte Seuche nicht bald ein Ende finden.«

Diese wenig aufbauende Mitteilung stürzte die Menschen in noch tiefere Niedergeschlagenheit; es war, als ob eine höhere Macht eine unüberwindbare Grenze um den Ort gezogen hätte, einen Kreis, über den das Tiersterben nicht hinaustrat. Schon konnte man unter den sich gottesfürchtig und religiös nennenden Menschen des Dorfes Stimmen hören, die von einer Strafe Gottes sprachen. Das lasterhafte, ungezügelte Leben mancher Bewohner sei bestraft worden. Besonders unter den eifrigen Kirchgängern machten Gerüchte und Unterstellungen die Runde.

Die Frau vom Sozi macht's doch mit jedem! Und dann die Anna und der Russ'! Und der Greißler ist doch auch nicht koscher …

Auch der Bürgermeister blieb nicht verschont; er habe bei einer Grundstücksangelegenheit einen Mann übervorteilt, der Mann hätte sich daraufhin erhängt.

Die Spekulationen wucherten unaufhaltsam weiter, wurden von Stunde zu Stunde gemästet, Lügen wuchsen wie Brennesseln an jeder Ecke; es stank überall im Dorf.

Drei Tage waren vergangen, drei Tage, an denen viele Ortsbewohner, hilflos dem nicht enden wollenden Tiersterben gegenüber, eifrig die Kirche aufsuchten, Kerzen spendeten, durch Fürbitten und Bußangebote auf Gottes Hilfe vertrauten und das Ende der sonderbaren Seuche erhofften. Noch nie war die Kirche so gut besucht gewesen, noch nie so hell erleuchtet vom Schein der gespendeten Kerzen. Pfarrer Urban blickte von der Kanzel wie ein König auf seine Untertanen.

Agathe, die bereits den Verlust einer Kuh hatte hinnehmen müssen, was sie einigermaßen gelassen aufgenommen hatte, wurde nun von weiteren, für sie viel schlimmeren Schicksalsschlägen getroffen. Eine trächtige Katze, ein Enkelkind Moses', war innerhalb weniger Stunden qualvoll verendet. Als ob dieser Verlust nicht arg genug gewesen wäre, lag nun Lieblingskater Jesus mit aufgeblähtem Bauch zu ihren Füßen.

Agathe weinte laut vor sich hin. Vergeblich war sie zum Kuhdoktor gelaufen, hatte ihn angefleht, nach Jesus zu sehen. Er hatte sein Kommen verweigert, war über ihr Anliegen empört gewesen.

»Stündlich krepieren hier im Ort Tiere, die den Menschen ihre Nahrung, ihr Auskommen sichern! Was schert mich da ein räudiger Kater!«

Der Kuhdoktor war aufgebracht. Selbst am Stammtisch im Wirtshaus wetterte er über Agathe.

»Jeder von uns hat Tiere verloren! Die schrullige Alte glaubt, daß sich alles nur um sie und ihre Katzen dreht!«

Da der Tierarzt Jesus nicht helfen wollte und offenbar auch nicht konnte, beschloß die verzweifelte Frau, Mischa aufzusuchen.

Mischa, keineswegs beliebt, nur geduldet, der am Rand des Ortes hauste; gewissermaßen ein Überbleibsel aus dem Ersten Weltkrieg. Vor Jahren mußte der aus Rußland stammende Mann als Kriegsgefangener in der Gegend arbeiten. Auf einem Bauernhof half er bei allen anfallenden Arbeiten, sei es im Stall oder auf dem Feld.

Von Anfang an suchte Mischa die Nähe Annas, der Tochter des Bauern, bei dem er arbeiten mußte. Es war Anna, die ihm hin und wieder heimlich ein Stück Brot, Kuchen und einmal sogar ein Paar Socken zusteckte.

Als sie hohes Fieber hatte und das Mittel des Kuhdoktors nicht half, brachte ihr Mischa einen selbstgebrauten Saft aus Kräutern und Wurzeln. Bereits am nächsten Tag war Anna fieberfrei.

Zwischen den beiden entwickelte sich eine schüchterne Freundschaft. Anna half Mischa, die deutsche Sprache zu erlernen, und versuchte, ihm auch Lesen und Schreiben beizubringen. Mischa zeigte ihr, welche Kräuter und Wurzeln man zusammenmischen mußte, um Fieber zu senken oder eitrige Wunden zu heilen.

Nach dem Krieg wurde Mischa vom Bauern fortgeschickt.

Mischa war nicht besonders froh über seine wiedergewonnene Freiheit; in seiner russischen Heimat hatte er keine Verwandten mehr. Die Gegend und der kleine Ort waren ihm vertraut geworden. Und er gestand sich ein, daß er schon Annas wegen nicht fort wollte.

Der Bauer, der schon lange mißbilligend Mischas Geplänkel mit seiner Tochter verfolgt hatte, machte ihm klar, daß Anna längst einem anderen versprochen wäre. Mischa solle ja die Finger von Anna lassen.

»Scher dich zurück nach Rußland!«

Mischa ließ sich nicht vertreiben, er blieb in Annas Nähe. Im Birkenhain, nahe beim Fluß, baute er sich eine kleine Holzhütte, die eher einem Verschlag als einer Behausung glich. Da niemand dieses Stück Land beanspruchte und nur die Kühe auf den umliegenden Wiesen grasten, hatte es niemand gewagt, den kräftigen Mann, der sich mit seinen Fäusten jederzeit Respekt verschaffen konnte, zu vertreiben.

Zwar beäugten einige Menschen des Ortes Mischa mißtrauisch, wenn er Kräuter sammelte, aus denen er Salben mischte, Tee braute und verschiedene Tinkturen herstellte, die bei vielen Krankheiten eine heilende Wirkung zeigten. Anerkennung bei jenen, die sich den Kuhdoktor nicht leisten konnten, und Ablehnung bei den Bürgern und Bauern.

Der Bauer brüstete sich zwar damit, daß er Mischa von seinem Hof vertrieben hatte, aber ein heimliches Treffen seiner Tochter mit dem Russen hatte er nicht verhindern können.

An einem Nachmittag kam es in der Holzhütte zwischen Mischa und Anna zu einer ersten und einzigen unbeholfenen zärtlichen Vereinigung ihrer Körper.

Ein Knecht hatte gesehen, wie Anna aus Mischas Holzhütte schlich, und die Beobachtung dem Bauern sofort erzählt. Schreiend stellte der Bauer Anna zur Rede. Sie schwieg.

Daraufhin wollte er sie mit Schlägen zum Reden zwingen, wollte ein Geständnis über das Treiben in der Holzhütte aus ihr herausprügeln. Schließlich beteuerte Anna, daß zwischen Mischa und ihr nichts vorgefallen sei, dessen sie sich schämen müßte. Umgehend ließ der Vater nach der Hebamme aus dem Nachbardorf schicken und verlangte von ihr eine genaue Untersuchung der Tochter.

»Ich erwürg den Kerl!«

Der Vater stand im Zimmer, während die Hebamme Annas Oberschenkel auseinanderdrückte. Als sie sich wieder aufgerichtet hatte, blickte sie in Annas Augen, drehte sich zum Bauern um.

»Anna ist noch Jungfrau!«

Der Bauer holte sein Jagdgewehr aus dem Schrank und ging zu Mischas Hütte.

»Wenn du dich noch einmal der Anna näherst, knall ich dich ab!«

Von nun an ließ der Bauer Anna nicht mehr ohne Begleitung vom Hof. Er war mißtrauisch und drängte auf eine baldige Heirat mit dem ausgesuchten jungen Bauern.

Der Bauer machte es Mischa schwer, Arbeit zu finden. Er verbreitete, daß der Russ' ihn bestohlen hatte. So mußte Mischa täglich weit laufen, um in entfernten Ortschaften, in denen man von diesem Gerücht nichts wußte, als Gelegenheitsarbeiter Geld zu verdienen. Er war ein tüchtiger Arbeiter, aber sein Akzent verriet ihn überall; es war nicht schwer herauszufinden, daß er ein ehemaliger Kriegsgefangener war. Die Bauern gaben ihm weniger Lohn als einem Einheimischen. Mischa nahm das wortlos hin; Hauptsache, er konnte in Annas Nähe bleiben!

Er schlich oft zum Bauernhaus, sehnsüchtig blickte er zu Annas Fenster, das sich unter dem Dach befand. Zweimal gelang es Mischa, Anna durch das geöffnete Fenster einen Feldblumenstrauß hineinzuwerfen. Zu sehen bekam er sie jedoch nicht.

Drei Monate nach jenem Liebesnachmittag wurde Anna verheiratet. Am Tag der Hochzeit versteckte er sich hinter der Kirche, drückte sich an ein wuchtiges, efeubewachsenes Holzkreuz. Die Hochzeitsleute verließen, begleitet von vielen Ortsbewohnern, die Kirche, und Mischa erhaschte von seinem Versteck aus einen Blick auf die Braut. Annas Körperhaltung und Gang drückten Verunsicherung und Trauer aus! Ihr Gesicht war blaß und voll Kummer.

Kurz überlegte er, die Gegend zu verlassen, blieb dann aber doch in Annas Nähe. Man hätte es lieber gesehen, wenn Mischa aus der Gegend verschwunden wäre; das wußte er.

Agathe wickelte laut schniefend den teilnahmslosen Jesus in ein altes Bettlaken und machte sich auf den Weg zu Mischa, zu dem sie Vertrauen hatte und der einen Hoffnungsschimmer zur Rettung des Tieres in ihr aufsteigen ließ.

In ihrem Kummer um den Kater, in ihrer großen Sorge um ihn, war ihr die Stimmung, die im Ort herrschte, entgangen. Agathe war in den letzten zwei Tagen nicht in der Morgenmesse gewesen. Sie wußte nicht um die Enttäuschung der Menschen, die sich von Gott im Stich gelassen fühlten und deren Gebete von ihm nicht erhört wurden.

Aus dieser Verzweiflung heraus passierte, was sich später keiner mehr erklären konnte und wollte: Zuerst war es nur geflüstert worden – obwohl man sich später nicht erinnern konnte, wer damit begonnen hatte –, dann wurde es – auch darüber herrschte später Unklarheit, wer es zuerst war – laut ausgesprochen: »Mischa ist schuld am Tiersterben!«

Jeder im Ort wußte auf einmal, wie gefährlich die Mixturen, die der Mann braute, waren. Und man erinnerte sich wieder an die Geschichte mit Anna. Schadenfroh hatte man Mischa leiden sehen, niemand hatte ihm seine Hilfe angeboten; man hatte ihm nur Verachtung entgegengebracht, sich nicht gescheut, ihm dies offen kundzutun, und hatte ihn nie in die Ortsgemeinschaft aufgenommen.

Jetzt hatte sich Mischa mit dieser grausamen Seuche an allen gerächt. Er wollte die Menschen, indem er ihnen etwas Wichtiges zum Leben – ihre Tiere – nahm, bestrafen! Mischa, der Russe! Man hätte nicht dulden dürfen, daß der Fremde in der Nähe ihres Ortes blieb.

Nicht einmal der Kuhdoktor hatte das Tiersterben klären können; wie sollte er auch, wenn Mischa Gift verstreut hatte, so geschickt, daß selbst ein Arzt getäuscht werden konnte!

Der noch unerfahrene Pfarrer Urban merkte die ansteigende Empörung der Menschen in der Gemeinde, ohne sie richtig einschätzen zu können. Seine wohlmeinenden, tröstenden Predigten von der Kanzel prallten plötzlich gegen eine Wand aus Verzweiflung, Ratlosigkeit und einem befremdlich lodernden Zorn.

Vor der Kirchentür wurden die Rufe nach Selbsthilfe lauter. Wollte Gott nicht helfen – man hatte es ja ausreichend mit ihm versucht –, dann blieb nur ein Ausweg: Man mußte sich, vereint und damit stark, gegen jenen Mann wehren. Wenn er nicht mehr existierte, nähme bald alles wieder seinen gewohnten Lauf, und das Tiersterben könnte keine Fortsetzung finden, davon waren bald die meisten der Ortsbewohner fest überzeugt.

Während sich die aufgebrachten Menschen beim Brunnen auf dem Marktplatz, in der Ortsmitte, zusammenrotteten, saß Agathe frierend auf einem Strohbündel auf dem Lehmboden in Mischas Holzbaracke. Ein schmächtiges, von Steinen in Schranken gehaltenes Feuer gab den beiden Menschen, die einander stumm gegenübersaßen, kaum Wärme.

Stunde um Stunde hatte Mischa eine gelbliche Flüssigkeit in den halbgeöffneten Katzenmund geträufelt, viele beruhigende Worte hatten sein Handeln begleitet, zeugten von der großen Achtung und Liebe, die er den Tieren entgegenbrachte.

Noch war nicht gewiß, ob Jesus am Leben bleiben würde. Agathe schloß die Augen und faltete ihre Hände; nicht zum

Gebet, nein, um einen Schwur abzulegen, einen Pakt mit einem höheren Wesen einzugehen, um das Leben ihres geliebten Katers zu retten. Wer Du auch bist, da oben! Bitte, bitte, laß meinen Jesus nicht sterben! Ich verspreche hoch und heilig: Wenn er am Leben bleibt, will ich das Kind meines Bruders bei mir aufnehmen. Agathe seufzte. Sie wußte, daß die Einhaltung des Schwurs nicht leicht für sie sein würde.

Der Pfarrer kniete vor dem Altar und betete einen Rosenkranz. Ein gewaltiges Stimmengetöse, das durch die halbgeöffnete Tür drang, riß ihn aus seiner Andacht. Erschrocken verließ er die Kirche. Über die Grabhügel des Friedhofs zogen gespenstische Lichtfetzen; Frauen und Männer hielten geweihte Betkerzen in ihren zu Fäusten geballten Händen.

Der Großteil der Ortsbewohner, so zahlreich sonst nur beim Fronleichnamszug anzutreffen, war auf der Straße, in einem wilden Durcheinander versammelt. Die Gesichter hatten nichts Friedliches an sich, und die Augen wirkten versteinert. Nur die hüpfenden Flammen der dicken Betkerzen warfen Bewegung und eine erschreckende Lebendigkeit auf ihre Körper.

Die Menschenmasse drängte voran, Sprechchöre trieben zum Klang stampfender Schritte weiter zu ihrem Ziel, dem Birkenhain, zur Holzbaracke, zu Mischa.

Der Pfarrer wollte dem Treiben Einhalt gebieten, wurde aber von der unansprechbar gewordenen Menschenflut zur Seite gestoßen, weggerempelt und, schlimmer noch, einfach nicht beachtet. Er rappelte sich wieder hoch, stolperte über seinen Talar und blieb kurz benommen auf der Erde liegen. Er flehte Gott und die Menschen um sich herum an; doch niemand wollte ihn bemerken. Flüche, die seiner großen Enttäuschung entsprangen, begleiteten seine Schritte, die ihn zum Birkenhain mitrissen.

Agathe umarmte Mischa ungeschickt. Sie schenkte ihm große Dankbarkeit. Jesus war aus seiner Lethargie erwacht, hatte zaghaft ein paar Laute von sich gegeben und begann schließlich, behutsam von Agathe in den Arm genommen, zu schnurren.

»Die Katze ist trächtig«, erklärte Mischa. Agathes Lippen verzogen sich zu einem unbeholfenen, abstoßenden Lächeln. Während sie sich zum Ausgang hinwandte, bemerkte sie aus ihren Augenwinkeln, daß sich Mischas Lippen hinter dem struppigen Bart bewegten, sein Blick war erschrocken zur Holztür gewandt. Durch deren Spalt zwängte sich rötliches Licht, das Agathes Aufmerksamkeit anzog. Mischa hörte die näherkommenden Stimmen, die festen, entschlossenen Schritte vieler Menschen und begann zu zittern.

Weißen Fahnen gleich, trugen die Menschen ihren Atem vor sich her. Sie hatten ihr Ziel erreicht, umzingelten kerzenbestückt, einen Halbkreis bildend, Mischas Holzbaracke. Die aufgebrachten Stimmen versiegten allmählich. Gleich würde einer der Menschen aus der Menge treten, sich bücken, einen Stein vom Boden aufheben und ihn in Richtung Hütte werfen, als Signal für die anderen, die noch im Hintergrund standen. Dann würde einer nach dem anderen seine Betkerze auf die Hütte schleudern, Mischa sollte in der Hütte verbrennen. Gerade als jener winzige Augenblick der letzten Besinnung zu verlöschen schien, die ersten Arme hoben sich angriffsbereit, da öffnete sich die Lattentür des Holzverschlags, und heraus trat Agathe, das Bettlaken mit der darin eingewickelten Katze in den Armen haltend, dahinter, halb von ihr verdeckt, der ängstlich geduckte Mischa. Agathe sah arglos in die Gesichter der Menschen, doch schlagartig war ihr die Gefährlichkeit der Situation bewußt geworden. Sie hob das Laken vor ihre Brust, streckte es hoch. Mit fester Stimme rief sie in diese bedrohliche Stille, eine Stille, die nicht nur in ihr herrschte, sondern die ausnahmsweise auch die Menschen um sie herum umgab.

»Jesus lebt! Er ist trächtig! Mischa hat meine Katze gerettet!«

Ein Raunen ging durch die Menge. Für Sekunden war unklar, ob die Menschen aufgrund dieser absurd anmutenden Worte um so heftiger losschlagen würden oder doch noch zur Besinnung kommen konnten. Einer der Bauern, Mischa erkannte Annas Vater, hatte sich gebückt und einen Stein aufgehoben. Nach Agathes Worten zeigte er sich unbeholfen. So als wollte er ihn nur auf dem Wasser des Weihers springen lassen, warf er den Stein in die Richtung, in der Agathe und Mischa standen.

Der Stein hatte den Schwanz der Katze getroffen, sie zuckte unmerklich zusammen und gab einen leisen, empörten Laut von sich.

»Jesus lebt!« wiederholte Agathe unbeirrt.

»Auch eure Kühe, Hühner und Schweine, alle eure Viecher werden leben!« fügte sie mit fester Stimme hinzu, wunderte sich aber gleichzeitig über sich selbst. Sie hatte keine Ahnung, woher sie den untrüglichen Glauben an eine Beendigung des Tiersterbens nahm. Unsicher streckte sie ihre Hand mit dem Medizinfläschchen in die Höhe.

Ein leises Glucksen, ein unterdrücktes Lachen. Tumultartig schwoll eine Welle mit hysterischem, befreiendem Gelächter aus den Mündern der Umstehenden, hob sich schaurig über ihre Köpfe. Selbst der Pfarrer begann zu lachen, obwohl ihm gar nicht danach zumute war. Agathe blickte irritiert zu Mischa. An seinen Gesichtszügen, die sich hinter dem Vollbart zu verbergen versuchten, konnte sie dennoch erkennen, daß auch er lachte. Agathe sah auf den trächtigen Jesus, blickte auf die vielen gelösten Gesichter, die nun näherkamen, und sie begann, zaghaft mitzulachen.

Ein Bauer hatte eine Flasche Schnaps aus seiner Jackentasche gezogen und reichte sie der Runde. Man hatte die Betkerzen auf den harten Lehmboden gestellt und sitzend einen Kreis um sie gebildet. Ein anderer Bauer war zu seinem Hof gelaufen und hatte einige Flaschen Wein geholt, und der Wirt rollte gegen Mitternacht ein Faß Bier heran. Agathe war längst nach Hause gegangen und kümmerte sich um die übrigen Katzen, die sie in den vergangenen Tagen vernachlässigt hatte.

Es dämmerte bereits. Die Stimmung der am Lagerfeuer vor Mischas Holzbaracke ausharrenden Menschen glich einem Volksfest, mit der Ausnahme, daß nicht getanzt wurde.

Der Pfarrer, der den alkoholischen Getränken tüchtig zugesprochen hatte, versuchte, die Runde aufzulösen, sie zum Besuch der Morgenmesse zu animieren; keiner hörte auf ihn. Wieder und wieder prosteten die Menschen einander zu, klopften Mischa auf die Schulter und benahmen sich so, als ob ein lange geplantes Treffen diese übermütige Feier ausgelöst hätte. Keiner verlor ein Wort über das Tiersterben, niemand wagte eine Anschuldigung gegen Mischa.

So mußte er vor die Gemeinde treten! Mit zittrigen Händen wankte der Pfarrer am Morgen aus der Sakristei auf den Altar zu. In seinem Kopf war nur düsteres Klopfen.

Kein Schäfchen war gekommen, nicht einmal der Mesner, auch kein Ministrant.

»Dem Himmel sei Dank!« rief er aus und dachte sich: Zum Glück! Meine ganze Autorität wäre sonst im Arsch.

Ihm war so übel, und er bekämpfte diese Übelkeit mit Meßwein, wankte weiter in den Beichtstuhl und ließ sich erschöpft darin nieder. Seine Hände umklammerten kraftlos die Heilige Schrift. Um zu seiner altgewohnten Ruhe zu finden, begann er, in dem Buch zu lesen. Die Buchstaben tanzten vor seinen Augen, ermattet ließ er das Buch in seinen Schoß sinken.

War das, was er in der Nacht erlebt, mit seinen eigenen Augen gesehen hatte, eine teuflische Erscheinung gewesen?

Alois Urban fühlte sich als Versager vor Gott und, vor allem, vor den ihm Schutzbefohlenen.

Er gestand sich ein, daß, wäre Agathe nicht gewesen, er allein dem bösen Treiben gegen Mischa nicht hätte Einhalt gebieten können. Er war völlig ratlos. Nie und nimmer hätte er es für möglich gehalten, daß seine Schäflein die Hand gegen einen anderen Menschen erheben könnten.

Und er hatte über die kleinen, harmlosen Schrulligkeiten eines Menschen richten wollen, hatte Agathe wegen ihrer Tierliebe in seinen Gedanken bereits verdammt gehabt.

Das seltsame Tiersterben, das niemals aufgeklärt werden konnte, fand genauso plötzlich, wie es begonnen hatte, sein Ende. Agathes dahingesprochene Prophezeiung hatte sich bewahrheitet.

Nie wieder wurde unter den Bewohnern des Ortes über diese Nacht gesprochen; sie schwiegen mit einer Beharrlichkeit und Einstimmigkeit, die für sie unüblich war.

Auch Mischa schwieg, aus Angst vor einer Wiederholung, und er dachte sogar daran, den Ort zu verlassen. Aber er wußte nicht, wohin er sollte; auch hatte er den Ort als sein Zuhause angenommen. Er wollte nicht wegziehen. Er wollte in Annas Nähe bleiben.

Aber die Angst um sein Leben seit jener Nacht hinterließ in ihm eine anhaltende Furcht.

Agathe hielt ihr stummes Versprechen, den Handel, den sie der Katze wegen eingegangen war, und machte sich zu Mittag auf den Weg zum Pfarrer. Ein Bauer mit einem Ochsengespann, das einen Wagen, angehäuft mit Schafskadavern, hinter sich herzog, begegnete ihr, als sie sich dem Ort näherte. Auf dem Marktplatz traf sie auf einen Bauern mit einer Fuhre Kadaver.

Endlich das Pfarrhaus erreicht, läutete sie vergebens. Um diese Zeit in der Kirche? dachte sie und schritt durch das hohe Portal. Unsicher blickte sie sich um. Sie konnte den Pfarrer nirgendwo finden und begann daraufhin, in jedem verborgenen

Winkel der Kirche nach ihm zu suchen. (Die lauten Schnarchgeräusche, die aus einer Ecke der Kirche durch den Raum bis hinauf zur Empore hallten, mußten ihr natürlich entgehen.)

Ihn im Gotteshaus zu rufen wäre ihr nicht richtig erschienen. Gerade als sie ihre Suche abbrechen und wieder nach Hause gehen wollte, fiel ihr Blick auf den Beichtstuhl. Die Tür war geschlossen, aber sie erkannte ein Stück Stoff, das sich im Spalt verklemmt hatte und dunkel hervorlugte. Der schwarze Stoff gehörte zum Talar des Pfarrers. Erfreut über ihren Spürsinn eilte Agathe zum Beichtstuhl. Erst als sich nach mehrmaligem Klopfen die Tür nicht öffnete, wagte Agathe, dies selbst zu tun. Sie fand den Pfarrer zusammengesunken im Beichtstuhl sitzen und erschrak über das blutleere Gesicht, das sie an einen eben geschlachteten Gockel erinnerte. Vorsichtig, unnötigen Körperkontakt vermeidend, stupste sie mit zwei Fingern kurz seine Schulter.

»Herr Pfarrer! Soll ich den Kuhdoktor holen?«

Erschrocken rappelte er sich hoch.

»Nein, laß nur, Agathe!«

Der Pfarrer schluckte, seine Kehle war ausgedörrt und schmerzte.

»Mir geht es gut. Ich hab gerade mit unserem Herrn gesprochen! Er ist sehr betrübt.«

Mit zitternder Hand fischte er nach dem Rosenkranz in seinem Talar und versuchte, den aufsteigenden Brechreiz zurückzuwürgen.

Er stierte sie grantig an.

»Die Alte hat mir noch gefehlt!« murmelte er und schleppte sich in die erste Sitzbank; Agathe folgte ihm in angemessenem Abstand. Reuevoll blinzelte er zum Altar, sah den ans Kreuz Geschlagenen und senkte beschämt seine Augen. Die Bilder der vergangenen Nacht tauchten vor ihm auf; die Hilflosigkeit, in der er sich befunden hatte, nagte an seinem Stolz, und der Restalkohol an seinem Kreislauf.

Er senkte demütig sein Haupt, so tief, als ob er vor einem Richtersenat angetreten wäre, und wartete auf die Anklage, die ihm Agathe nun zweifellos und zu Recht vorlesen würde. Aber ohne lange herumzureden und ohne ein Wort über das gestrige Geschehen zu verlieren, teilte Agathe ihm trocken und sachlich mit, daß sie das Mädchen nun doch bei sich aufnehmen wolle.

»Das Mädchen? Ach ja, das Kind des toten Bruders. Ich werde alles Nötige in die Wege leiten, um das Kind nach Österreich kommen zu lassen. Gehet hin in Frieden. Amen.«

Ein seltsamer Geruch stieg dem Pfarrer in die Nase, und irritiert musterte er Agathe. Auch sie hatte den scharfen Geruch längst bemerkt und musterte ihrerseits den Pfarrer.

»Es brennt!« schrie dieser, erhob sich hastig und lief zum Ausgang. Agathe rannte hinter ihm ins Freie, ohne zu wissen, warum.

Vom Birkenhain her zogen dicke schwarze Rauchwolken, die von einem bestialischen Geruch begleitet wurden. Der Wind wehte genau auf den Ort, besser gesagt auf die Kirche zu und wirbelte winzige weiße Flocken mit sich.

Agathe breitete die Arme aus. Mit ihren Handflächen fing sie die weißen Flocken auf und zerrieb sie zwischen ihren Fingerspitzen.

»Asche, Herr Pfarrer! War das eine Kuh oder ein Schwein? Was meinen Sie?«

Eine penetrante Welle Übelkeit stieg in des Pfarrers Speiseröhre. Der kürzeste Weg zum Pfarrhaus? Durch die Kirche und die Sakristei! Außen herum braucht man länger.

Urban schaffte es bis zum Opferstock und übergab sich im Weihwasserkessel. Schnell wischte er die Spuren, die seine Magenentleerung auf dem Talar und im Gesicht hinterlassen hatte, mit einem Taschentuch weg, verließ die Kirche und kehrte zu Agathe zurück. Sie hat mein Malheur nicht mitbekommen, stellte er fest, als sich ihnen der Bürgermeister näherte.

»Die Welt geht unter!«

»Ja, das wird noch den ganzen Tag anhalten.«

Der Bürgermeister hielt eine Hand schützend vor die Augen.

»Der Ruß brennt ordentlich in den Augen und im Mund. Aber bis zum Abend werden alle Kadaver verbrannt sein, dann können wir diese leidige Seuche endgültig vergessen. Heute ist noch kein Tier krepiert. Hast recht gehabt, Agathe.«

Die Pfarrersköchin, die den Weihwasserkessel zu reinigen hatte, sprach von einem Racheakt, von einer Hinterfotzigkeit des Sozis Odorfer. Doch Pfarrer Urban zeigte nur vieldeutend mit beiden Händen Richtung Hölle.

Die Schwester der Pfarrersköchin erfuhr es als erste, dann die Nachbarin, die wiederum die Geschichte an ihre Mutter weitergab. Der Teufel hatte den Ort besucht, sich in einen Weinkeller geschlichen und ein ganzes Faß ausgetrunken. Da er sich nicht länger auf den Beinen halten konnte, wollte er auf einem Ziegenbock in die Hölle zurückreiten. Doch der Ziegenbock hatte den Betrunkenen abgeworfen. Darüber so erbost, verfluchte der Teufel alle Tiere der Gegend.

Während der Teufel hinter dem Gottesacker seinen Rausch ausschlief, verendeten viele Tiere. Halbwegs nüchtern schlich der Teufel in die Kirche, sah den Weihwasserkessel, dachte nur an Wein. Schon nach dem ersten Schluck ergoß sich der teuflische Mageninhalt in den geheiligten Kessel. Gottes Rache fürchtend, machte sich der Teufel schleunigst, diesmal zu Fuß, auf den Weg in sein Reich.

»Ja, so hat es sich zugetragen.«

Man bekreuzigte sich dutzendmal und machte beim nächsten Kirchgang einen Bogen um den Weihwasserkessel. So entstand die Legende vom Teufel und dem verdreckten Weihwasserkessel.

Tagelang konnte man in der Gegend den beißenden, üblen Geruch der verbrannten Tierkadaver riechen. Besonders schlimm war es für Mischa, der unmittelbar neben der Brandstelle ausharren mußte. Zu seinem Trost brachte ihm ein Bauer eine Flasche selbstgebrannten Schnaps.

»Zieh ordentlich an! Dann vertragst den Gestank besser. Wenn du mehr trinkst, riechst gar nichts mehr.«

Auch der Bürgermeister besuchte Mischa und brachte ihm gleich drei Flaschen Wein mit. Der Wirt vom *Goldenen Adler* schleppte ein Faß Bier heran. Bald stapelten sich Wein- und Schnapsflaschen neben dem Bierfaß in der kleinen Holzbaracke. Kaum ein Bauer, der nicht auf dem Weg zur Brandstelle mit einer Flasche bei Mischa eingekehrt wäre. Und Mischa, dem der Schreck noch in den Gliedern saß und der überdies sehr unter dem Gestank litt, sprach dem Alkohol kräftig zu; auch nachdem sich der Geruch verflüchtigt hatte. Denn seine Angst war geblieben, und der Alkohol schenkte ihm eine scheinbare Sicherheit.

Es war nicht einfach, das elternlose Mädchen aus Teschen in den abgelegenen Ort nahe der ungarischen Grenze, der Ort gehört jetzt zum Burgenland, zu bringen. Agathe selbst sah sich durch ihre Gehörlosigkeit nicht imstande, das Kind zu holen, und der Pfarrer fühlte sich, besonders nach dem vorangegangenen Ereignis, unabkömmlich. Dafür setzte er sich an seinen Schreibtisch und verfaßte einen Brief an den Pfarrer in Teschen, der ein paar Wochen darauf sein Ziel erreichte.

Matka! Ich trage kein Kind im Bauch. Wärme mich, Engelbert, bleib da, Hermann!

Viktoria liegt nicht auf dem Boden, sie sitzt im Zug. Sie hatte einen herrlichen Traum. Eine Frau, die ihrem Vater sehr ähnlich sah, aber im Unterschied zu ihm herzlich lachen konnte, schloß sie liebevoll in die Arme, und eine geheimnisvolle, weiche, warme Farbe umhüllte alles um Viktoria. Sie wollte nach der Farbe greifen, sie berühren, festhalten. Doch sobald sie nur einen Finger nach der Farbe streckte, schien diese von ihr wegzurücken. Viktoria hörte die Stimme ihrer Mutter, die ganz nah bei ihr zu sein schien, fühlte ihre Hand, die über ihre eiskalte Wange strich.

»Kocham cię, ich liebe dich.«

Viktoria lag auf dem eiskalten Boden, konnte vor Schmerzen nicht einmal mehr weinen. Traurig, unendlich traurig. Sie schloß die Augenlider.

»Kann mich denn niemand hören?!«

Warum wärmt ihr mich nicht! Der schwarze Kater Engelbert schlich sich feige davon, und Hermann, das Großmaul, versteckte sich hinter einer Hecke.

3. EIN ORT NAMENS FRIEDEN

Teschen. Die wenigen Habseligkeiten, die Viktorias Eltern besessen hatten und die bei den Unruhen nicht gestohlen worden waren, hatte der Pfarrer, der Viktoria geholfen hatte, veräußert, um für das Kind die Bahnfahrt nach Österreich bezahlen zu können. Ein goldenes Medaillon, das man der toten Mutter vom Hals genommen hatte, blieb neben einigen Fotografien, zwei Häkeldeckchen, abgetragener Kleidung und einer Holzpuppe in Viktorias Besitz.

Sorgfältig verschnürte die Pflegemutter den Karton. Sehr wohl war ihr nicht bei dem Gedanken, das vierjährige Kind Hunderte von Kilometern mit der Eisenbahn reisen zu lassen. Aber welche Möglichkeit hätte sie gehabt, sie mußte sich um ihre Kinder und Pflegekinder kümmern. Viktoria muß alleine zurechtkommen!

Teschen war bereits getrennt. Der Fluß Olsa teilte die Stadt zur rechten Seite in Polnisch-Teschen, und der Pfarrer konnte vom Hügel aus auf die linke Seite, auf Tschechisch-Teschen, sehen. Selbst ihm war es nicht möglich, die bewachte Stadt zu verlassen, aber er war stolz darauf, wenigstens für das Kind eine Ausreiseerlaubnis errungen zu haben.

Die Reise würde acht bis zehn Tage dauern, und fünfmal würde das Kind den Zug wechseln müssen, um an sein Ziel in Österreich zu gelangen.

»Hier, Viktoria.«

Der Pfarrer hatte das Kind zum Bahnhof gebracht und drückte ihm ein Essenspaket in die Hand. Noch einmal erklärte er dem Mädchen, mit dem Essen sorgfältig und sparsam umzugehen. Der Pfarrer sprach langsam, da er die polnische Sprache nicht sonderlich gut beherrschte und sie gerne mit deutschen Wörtern vermischte. Viktoria hatte mit ihrer Mutter nur polnisch gesprochen. Durch ihren Vater, der meistens deutsch, aber auch polnisch redete, war ihr die witzige Sprache des Pfarrers nicht ganz fremd.

Der Pfarrer wartete mit Viktoria auf den einfahrenden Zug. Eine ältere Frau, die mit einem Koffer neben den beiden stand, wurde vom Pfarrer, nach einigen prüfenden Blicken, gebeten, auf das Kind zu achten. Sie versprach, Viktoria am nächsten Morgen im angegebenen Bahnhof aus dem Zug zu schicken und sich zu vergewissern, daß Viktoria die Weiterfahrt nicht verpassen würde.

Auf einem Karton hatte der Pfarrer die einzelnen Stationen von Viktorias Reise aufgeschrieben. Jetzt hängte er das Schild, als Kette diente ein Garn, um Viktorias schmalen Hals.

Er hatte Viktoria in den Waggon begleitet, ihr über das Haar gestrichen, sich beiläufig eine Träne aus dem Augenwinkel gewischt und gesagt: »Paß gut auf dich auf! Gott sei mit dir!«

Dann hatte er schnell den bereits anfahrenden Zug verlassen. Er sah das kleine Gesicht nicht mehr, das sich gegen die Fensterscheibe preßte und in dem sich eine erbärmliche Verlassenheit spiegelte.

Pfarrer Urban ging in den nächsten Wochen täglich zum Bahnhof und hielt nach einem kleinen Mädchen Ausschau. Der Bahnhofswärter, der einzige Bedienstete des verschlafenen kleinen Bahnhofs – er war für alles verantwortlich –, begrüßte geschäftig jeden Tag den Pfarrer, und gemeinsam warteten sie auf den einzigen Zug aus dem Norden, der hier für drei Minuten Station machte.

Nach drei Monaten, etwa zu dem Zeitpunkt, an dem der Brief Teschen erst erreicht hatte, gab Pfarrer Urban seine, wie er meinte, vergeblichen Bahnhofsbesuche auf und betete lieber in der Kirche für das Seelenheil des vermißten Kindes; ein kurzes, schnell gesprochenes Vaterunser.

Agathe hingegen zitterte jeden Vormittag, so lange, bis sich die Uhrzeiger auf zwölf geschoben hatten. Dann löste sich ihre Anspannung, sie wußte, heute konnte das Kind nicht mehr kommen, der einzige Zug des Tages war bereits wieder abgefahren.

Viktoria weinte. Sie konnte nicht begreifen, warum sie der Proboszcz – der Pfarrer – allein gelassen hatte. Und warum hatte sie nicht bei der Frau und den Kindern bleiben dürfen? Ihre kleine Hand umklammerte das Medaillon.

»Matka«, flüsterte Viktoria, und sie versuchte angestrengt, sich das Gesicht der Mutter in Erinnerung zu rufen. Vorsichtig drückte sie mit der Daumenkuppe gegen den stecknadelgroßen Knopf an der linken Seite des Medaillons. Mit einem hellen Klick klappte das Medaillon auseinander, ein sorgfältig zusammengefaltetes Papierband fiel ziehharmonikagleich in Viktorias Schoß. Die quadratisch gefalteten kleinen Flächen waren leer. Umständlich fügte sie das Papierband wieder zusammen und legte es zurück in den goldenen Bauch des Medaillons. Ein Mann, der erst vor kurzem den Sitzplatz gegenüber eingenommen hatte, beobachtete interessiert das goldene Medaillon, das Viktoria langsam unter ihre Weste schob.

Es war Viktorias fünfter Reisetag. Die fremde Frau hatte ihr Reiseziel längst erreicht und dafür gesorgt, daß das Kind den richtigen Anschlußzug erreicht hatte. Nun war Viktoria auf sich alleine gestellt. Immer wieder hatte sie das Pappschild angestarrt, hatte es fragend den wechselnden Gesichtern der Schaffner hingehalten und auf den letzten Namen in der Reihe gedeutet. Kopfschütteln und eine teilweise unverständliche Wortfolge ließen sie erahnen, daß ihre Reise noch lange nicht beendet sein würde.

Der fünfte Tag. Schon am dritten hatte sie das letzte Stück Brot gekaut und das kleine Stück Fleisch und die Äpfel verschenkt. Ein Einbeiniger bat so lange um Essen, bis das Herz des Kindes weich wurde. Drei Stück Zigaretten hatte ihr der Einbeinige für die Speisen geschenkt. Seien viel wert, fünfmal so viel wie das Essen. Sie solle die Zigaretten eintauschen, meinte er, bevor er aus dem Zug humpelte. Seit zwei Tagen hatte das Kind nichts gegessen.

»Ciotka Agathe.«

Leise wiederholte Viktoria den Namen ihrer Tante. Der Pfarrer hatte ihr erzählt, daß die Frau, zu der sie fuhr, die Schwester ihres Vaters sei, ihre Tante – Ciotka –, und er hatte davon gesprochen, daß die Tante allein leben würde und sich sehr auf das Kommen des Kindes freue. Daß die Tante – gluchy – taub war, hatte in Viktoria Mitleid hervorgerufen. Sie hielt sich die Ohren zu. Das eintönige Gerumpel des Zuges war so um einiges leiser zu vernehmen.

»Es muß schrecklich sein, gar nichts zu hören!« stellte Viktoria altklug fest. Aber ich habe ein Geschenk, ein wertvolles. Sie wickelte die Zigaretten, die sie sorgfältig in ihr Kopftuch gepackt hatte, aus. Die Tante wird sich freuen. Soll ich eine eintauschen? Ich habe Hunger.

Agathe war gerade beim Stallausmisten, als sich eine Hand auf ihre Schulter legte. Erschrocken schrie sie auf. Vor ihr stand Pfarrer Urban, der schon eine ganze Weile hinter ihr verharrt hatte und nicht wußte, wie er Agathe auf sich aufmerksam machen konnte. Nun war genau das passiert, was er hatte vermeiden wollen: Agathe war zutiefst erschrocken. Sie griff sich keuchend an die Brust und schimpfte vor sich hin. Genau das wollte er vermeiden. Verdammt! Mach ich denn alles falsch!

Erst als der Pfarrer ihr erklärte, daß das Kind seinem Gefühl nach wohl nicht mehr kommen würde, atmete Agathe erleichtert auf. In Polen war es wiederholt zu Unruhen gekommen.

»Man kann nicht wissen, ob dem Kind etwas zugestoßen ist«, meinte der Pfarrer und dachte bei sich: Auch die Bahnreise ist für ein vierjähriges Kind nicht ungefährlich.

Viktoria hatte sich in ihre Weste gewickelt. Sie schlief unruhig und sehnte sich nach der Mutter. Leise hörte sie ihre Stimme. »Es gibt eine Farbe, mein Kind, die ist einzigartig. Diese Farbe, die keinen Namen trägt, kann man nicht beschreiben. Nur dann, wenn man wirklich glücklich ist, kann man sie sehen und manchmal sogar fühlen.«

Ein lauter Schrei riß sie aus einem wirren Traum. Eine dicke Frau kämpfte mit dem Mann, der vis-à-vis von Viktoria gesessen war. Einige Reisende waren von ihren Sitzen aufgesprungen und nach hinten geeilt; sie wollten der Frau helfen. Da drängte der Schaffner die Umstehenden zur Seite.

Nach einem kurzen Handgemenge wurde der Mann vom Schaffner in den Sitz gedrückt, und die dicke Frau sprudelte aufgeregt einige Sätze heraus, von denen Viktoria nichts verstand.

»Er ist ein Dieb! Jawohl, ein Dieb!«

Schließlich griff die Frau in die Westentasche des Mannes und zog triumphierend Viktorias Medaillon heraus. Viktorias Hand glitt zum Hals. Sie konnte nicht begreifen, warum der Mann ihr Medaillon, das Medaillon ihrer Mutter, gestohlen hatte.

Nachdem der Mann mit dem aufgebrachten Schaffner das Abteil verlassen mußte, setzte sich die dicke Frau neben Viktoria und legte ihr das Medaillon um den Hals. Sie tätschelte dem Kind laut schnaufend die Wange, kramte in ihrem Strohkorb und gab ihm süßes Brot und frische Milch aus der Blechkanne zu trinken. Gut, daß ich nicht getauscht habe, dachte Viktoria und hielt den Karton, in dem sich die Zigaretten befanden, triumphierend in ihren Händen.

Die nächsten zwei Reisetage verbrachte Viktoria in der Obhut der dicken Frau, die, bevor sie den Zug verließ, einer anderen Frau auftrug, sich um Viktoria zu kümmern. So wurde Viktoria von Bahnhof zu Bahnhof weitergereicht, bis endlich ein Schaffner auf das letzte Wort, das auf dem Pappschild geschrieben stand, deutete und sagte: »Nächste Station. Du mußt schnell aussteigen. Der Zug hält nicht lange.«

Viktoria, die den Schaffner nicht verstanden hatte, ahnte, was er meinte. Sofort stellte sie sich zur Tür und wartete darauf, daß das Rattern und Rumpeln langsamer werde.

Viktoria erinnerte sich an den Pfarrer, der gesagt hatte: »Frieden. In dem Ort, siehst du?« und er strich mit seinem Finger über den Namen, der ganz unten auf dem Pappschild stand. »In dem Ort herrscht Frieden. Hörst du? Pokój, Frieden!«

Viktoria hatte die Pappschachtel mit ihren Habseligkeiten fest an sich gepreßt, das Tuch, in dem sich das Essen befunden hatte, um den Kopf geschlungen.

Der Zug wurde langsamer und kam endlich zum Stehen. Viktoria riß und zerrte an der Tür; sie wollte sich nicht öffnen lassen. Wenn nun der Zug weiterfährt?! Sie begann zu schreien.

Die Tür wurde von außen aufgerissen, und Viktoria fiel geradewegs in die Arme eines Mannes. Elias Tannenbaum, Inhaber einer Gemischtwarenhandlung – der einzigen Gemischtwarenhandlung im Ort –, war zum Bahnhof gekommen, um eine Stofflieferung in Empfang zu nehmen. Er hatte Viktorias Rufe gehört.

»Pokój?«

Viktoria blickte den Mann fragend an. Er sah das Pappschild um Viktorias Hals, überflog rasch das Geschriebene und wußte dann, daß es sich bei dem Kind um die längst verschollen geglaubte Nichte von Frau Czaplinsky handelte. Freundlich erwiderte er »Pokój«, obwohl er keine Ahnung hatte, was das Wort bedeutet. Viktoria atmete erleichtert auf. Endlich war sie am Ziel.

»Pokój«, wiederholte sie andächtig. Viktoria hatte dem Ort einen anderen Namen gegeben, und, obwohl der Ort alles andere als ›friedlich‹ war, blieb der polnische Name für Frieden der Name ihrer neuen Heimat. Sie weigerte sich später, den Ort anders als ›Pokój‹ zu bezeichnen.

Während der Zug aus der Station fuhr, setzte Elias Tannenbaum Viktoria kurzentschlossen auf den mit Stoffballen beladenen Leiterwagen.

»Ab heute hat unser Ort 353 Einwohner!« rief er dem Bahnhofswärter zu.

»Falsch, Elias!« Der Bahnhofswärter war zum Leiterwagen getreten. »354 Einwohner! Der Oberlehrer hat heute morgen Nachwuchs bekommen. Leider nur ein Mädchen. Na, wenigstens hat er schon einen Stammhalter.«

Viktoria sah zurück auf das Bahngleis, auf das kleine Wärterhaus; daneben zwei Holzbänke, die von Ziersträuchern eingerahmt waren.

»Agathe wird sich freuen!«

Der Bahnhofswärter musterte Viktoria mitleidig. »Die Jungfer wartet doch sehnsüchtig auf ihr erstes Kind.« Er lachte böse.

Elias Tannenbaum zog den vollbeladenen Leiterwagen geduldig über den holprigen Weg, der vom Bahnhof zum Ort führte. Obwohl er schwitzte, pfiff er laut einen Marsch. Viktoria beobachtete von ihrem Stoffballensitz aus die kleinen Staubwolken, die die Räder des Leiterwagens aufwirbelten, und die müde zum Rand des Weges, zu den Grasbüscheln und zum Gestrüpp hin eilten.

»Was ist los, Kind?«

Viktoria war vom Leiterwagen gesprungen und ein paar Schritte über die Wiese gelaufen.

»Tam! – Dort!«

Sie zeigte auf eine Gruppe Sonnenblumen.

»Die gefallen dir wohl!«

Die Sonnenblumen, dahinter die Felder. Der Mais stand beinahe so hoch wie die Köpfe der Sonnenblumen. Hoffentlich gibt es keine schweren Gewitter, so wie im letzten Jahr. Kurz vor der Ernte hatte der Hagel die meisten Felder verwüstet, auch den Großteil der Weinreben. Elias hatte daraufhin wenig verkauft, und noch heute schuldeten ihm einige Bauern Geld für Waren. Elias seufzte.

Selten hatte er Zeit gefunden, ein bißchen zu verschnaufen, die Landschaft zu betrachten.

»Die Sonnenblumen stehen auch morgen noch da, komm, wir müssen weiter!«

Wenig später hatten sie den Ortsrand erreicht. Aus dem ersten Haus, der Werkstatt des Schmieds, drang lautes Klopfen und Zischen, und Viktoria erschrak. Diese Geräusche erinnerten sie an die Schüsse, an ihre toten Eltern. Ein Zittern am ganzen Körper.

»Er beschlägt ein Pferd«, erklärte Elias, als er ihre Angst spürte.

»Grüß dich, Elias«, rief der Schmied, der kurz von seiner Arbeit aufblickte und dem Neuankömmling winkte.

»Das Pferd spürt gar nichts«, beruhigte Elias das Mädchen und stapfte weiter.

Ein Mann mit einem Einspänner kam ihnen entgegen und grüßte kurz mit der Hand, in der er eine Peitsche hielt. Ohne das Tempo des Pferdes zu zügeln, fuhr er an ihnen vorbei.

»Das ist der Kuhdoktor. Der hat es meistens eilig.«

Obwohl Elias begriffen hatte, daß Viktoria seine Sprache nicht verstehen konnte, redete er aus dem Gefühl heraus weiter, erklärte dies und das, wollte das Kind beruhigen und ihm die fremde Umgebung ein wenig zugänglicher machen.

»Da vorn ist die Kirche.«

Kurz überlegte er, ob er das Kind beim Pfarrer abliefern sollte. Er lugte über die Friedhofsmauer auf die Grabsteine und Holzkreuze und weiter bis zum Pfarrhaus. Die Tür war geschlossen und Elias erinnerte sich, daß eine Magd heute früh im Geschäft erzählt hatte, daß ihr Bauer im Sterben läge. Der Pfarrer würde ihm wohl die Letzte Ölung erteilen, folgerte Elias und ertappte sich dabei, wie er ein Kreuzzeichen schlug. Es konnte ja nicht schaden.

Aus einem weißgetünchten Haus drang der Versuch heller Kinderstimmen, einen Kanon zu singen.

»Das Schulhaus. Wenn du etwas älter bist, darfst du auch dorthin gehen.«

Ein schmächtiges Kind. Auf vier Jahre hätte er es nicht geschätzt; höchstens auf drei. Und seiner Tante, stellte er nach einem prüfenden Blick in Viktorias schmales Gesicht fest, ähnelte es in keiner Weise.

Viktoria lächelte Elias mit großen, dunklen Augen, die von langen, dichten Wimpern umgeben waren, unverhohlen an. Ihr schulterlanges braunes Haar stand struppig und wirr um ihren Kopf. Höchstens drei. Er hob das Kind vom Leiterwagen. Keine zwölf Kilo. Darauf hätte er wetten können. Doch Wetten waren ihm nicht gestattet. Trotzdem: keine zwölf Kilo.

Ungestüm rannte Viktoria zum Brunnen, der sich in der Mitte des Ortes befand und schöpfte mit der hohlen Hand Wasser aus dem steinernen Trog, das sie gierig trank.

»Arme Kleine! Ich hab gar nicht daran gedacht! Du bist sicher hungrig und durstig. Komm!«

Er deutete stolz auf das Haus, das unmittelbar neben dem mächtigen Wirtshaus stand: »Das ist mein Gemischtwarenladen.«

Die Tür des Ladens wurde aufgerissen, und eine Frau trat mit grimmigem Blick heraus.

»Und das ist meine Frau«, sagte er nun leise und eher für sich bestimmt.

»Elias! Wo bist du so lang gewesen!«

Die Frau hatte ihre Hände in die Hüften gestemmt. Viktoria war unter den Leiterwagen geschlüpft.

Widerwillig hatte Frau Tannenbaum es zugelassen. Elias durfte dem Kind Brot und Limonade reichen, gierig hatte es den letzten Brotkrümel in ihren Mund gesteckt und das Glas leer getrunken. Elias verlangte nach einer weiteren Schnitte Brot. Seine Frau wurde ungehalten.

»Du mischt dich überall ein! Du hättest das Kind beim Bahnhofswärter lassen sollen. Du und deine Gutmütigkeit!« Sie schüttelte den Kopf.

»Wie sollte das Kind allein zu Agathe finden? Ich werd es hinbringen!« meinte er trotzig.

Viktoria hatte die Auseinandersetzung der beiden verfolgt. Auch ohne ein Wort davon verstehen zu können, fühlte sie, daß sie der Auslöser für den harten Wortwechsel war. Sie wagte nicht, das von Elias gereichte Brot anzurühren. Sie wollte wieder nach Hause zur Pflegemutter, weg von hier! Durch den Laden, zurück zur Station. Tränenblind stolperte sie über die ausgestreckte Leiterwagendeichsel und fiel der Länge nach auf den unebenen, staubigen Boden.

Herr Tannenbaum war dem Kind nachgelaufen, half ihm auf und versuchte es zu beruhigen.

»Geh schon, Elias. Bring das Kind zu seiner Tante. Aber beeil dich! Hörst du? Beeil dich!«

Elias Tannenbaum setzte das Kind auf seine Schultern und schritt zügig voran.

»Manchmal glaube ich, mein Name ist: *Beeildich.*« Er klopfte auf seine Brust:

»Ich heiße Elias Beeildich. Und du?«

Stolz erklang es aus dem ersten Stock: »Ich Viktoria Beeildich.«

Die letzten Häuser waren hinter hohen Fichten verschwunden.

Sie kamen an einem Weiher vorbei, dessen Wasser im Sonnenlicht glitzerte, und Viktorias Unsicherheit wich der Freude über diesen Anblick.

»Siehst du das Haus dort vorne? Ich kann auch schon den Rauch aus dem Schornstein sehen. Es ist Mittag. Die Tante kocht.«

Elias hob das Kind von seinen Schultern. Er griff in seine Jackentasche und zog seine Hand, zur Faust geballt, wieder heraus. Er kreiste mit seiner geschlossenen Hand vor Viktorias Augen. Langsam öffnete er sie. Viktoria dachte, es wäre ein schwarzer Regenwurm. Er zeigte auf den Mund des Kindes. Während Viktoria vorsichtig ein Stück von der Lakritzstange abbiß, öffnete Elias Tannenbaum das Gatter.

»Wir sind da.«

Drei Katzen begrüßten miauend die beiden. Viktoria spielte gleich mit ihnen. Agathe pumpte Wasser aus ihrem Brunnen. Elias war um den Brunnen herumgegangen. Erschrocken trat Agathe einen Schritt zurück, als sie Elias vor sich stehen sah.

»Was suchst du hier, Elias!« fuhr sie ihn grob an. Für sie war sein Erscheinen mit Mißtrauen verbunden, und sie stellte sich sogleich die Frage, ob sie ihm vielleicht keine Eier mehr liefern dürfe. Nein, das hätte er ihr wohl auch morgen sagen können! Es mußte einen anderen Grund geben, warum er sich die Mühe gemacht hatte, den weiten Weg zu ihr heraus zurückzulegen.

Ein unangenehmer Verdacht stieg in ihr auf. Bevor Elias zu einer Erklärung ansetzen konnte, hatte sie sich instinktiv umgedreht.

Agathe schlug entsetzt ihre Hände vors Gesicht. In diesem Augenblick drückte sich – ganz zufällig – eine schwarzweiß gefleckte Katze an Agathes Beine. Agathe fixierte die Katze, die sie mit funkelnden Augen anfauchte.

Durch zusammengekniffene Lippen zischte sie: »Laß mich in Ruh! Ich halt ja mein Versprechen! Du Teufel, du verfluchter!«

Sie hatte keine Freude mit dem Geschenk, wackelte nur mit dem Kopf, murmelte etwas Unverständliches, sah das Kind, das erwartungsvoll auf ein Lächeln hoffte, gar nicht an, legte die Zigaretten weg, irgendwohin zwischen Ofen und Abwasch, und fütterte die Katzen wie jeden Tag um diese Zeit.

Langsam schlich Viktoria hinter Tante Agathe her, die schmalen Holzstufen zum Dachboden hinauf. Die Tür quietschte so laut, als ob sie sich beschweren würde. Nach so vielen Jahren muß ich mich wieder bewegen!

»Hier.« Agathes knöcherne Hand wies in einen dunklen Raum. An der linken Seite ein Bett, gegenüber eine Truhe mit einer Petroleumlampe darauf, dazwischen ein Fenster; durch die zugezogenen Vorhänge drang spärlich Licht.

Vor dem Fenster ein Sessel, der aussah, als würde er von alleine zusammenbrechen, und Viktoria nahm sich vor, nie auf ihm Platz zu nehmen. Viktoria stellte ihre Habseligkeiten auf den groben Holzboden. In den breiten Fugen konnte sie den Staub erkennen, der sich hier im Laufe der Jahre angesammelt hatte.

»Die Petroleumlampe darf nur ich anzünden, hörst du?« Agathe hatte sich drohend vor dem Kind aufgebaut. Viktoria fröstelte.

»Dieses Zimmer ist von nun an deines!«

Viktoria konnte nicht verstehen, was die Tante sagte, aber auch so war ihr klar, daß sie von nun an hierbleiben mußte.

»Nein! Das machst du falsch!« Tante Agathes Stimme donnerte auf Viktoria herab. Viktorias kleine Hände umfaßten unsicher die Zitzen der Kuh. Die Händchen drückten und zogen vergebens. Bitte, Kuh, mach endlich, wünschte das Kind. Doch die Kuh blieb stur. Ungeduldig zerrte Agathe das Kind vom Schemel hoch.

»Füttere die Hühner. Das wirst ja können!«

Hühner füttern machte Viktoria Spaß, den Küchenboden mit der Reißbürste scheuern weniger.

Seit Jahren hatte Agathe jeden Sonntag ein Huhn im Suppentopf gekocht; sie aß eine halbe Woche daran. Für zwei reichte das Essen nicht ganz so lange, obwohl das Kind wenig Appetit hatte. Aber das Huhn schmeckte Agathe besser, seitdem sie es in Gesellschaft einnehmen konnte.

An einem Sonntagmorgen sah Viktoria, wie Agathe einem Huhn den Hals umdrehte. Viktoria mußte zusehen, wie das Beil den Kopf vom Körper trennte, wie das Tier gerupft wurde, wie die Finger der Tante das Hinterteil des Huhns auseinanderdrückten, die Hand bis über das Handgelenk eintauchte. Sie mußte, sollte zusehen und schloß die Augen, als Agathe ihr erklärte, wie man Gedärme, Magen und Herz aus dem Innersten des Huhns löst. Und ganz vorsichtig die Leber herausnehmen!

»Nächsten Sonntag darfst du ein Huhn rupfen und ausnehmen und auf den Herd stellen«, drohte die Tante. Lieber wäre Viktoria in die Kirche gegangen, wenn es sein müßte, auch dreimal am Tag.

Viktoria hatte die Drohung längst vergessen, war an diesem Morgen besonders vergnügt, hatte sie es doch am Vortag ohne Wissen der Tante geschafft, der Kuh einen Napf voll Milch abzuringen. Die fette und warme Beute hatte sie mit einigen Katzen geteilt. Sie würde es wieder versuchen, wenn die Tante in der Kirche war, einen ganzen Eimer voll würde sie melken.

Die Haustür sprang auf, und Agathe streckte Viktoria ein eben geköpftes Huhn entgegen.

»Rupfen, ausnehmen, waschen und kochen!« lautete der Befehl.

Die Finger waren vom Rupfen klamm und von kleinen Einstichen gezeichnet, die Katzen spielten mit den Federn, verstreuten sie in der Küche. Die Eingeweide, die Leber, das Herz und was noch? Durch diese schmale Öffnung herausziehen, sortieren, mitkochen oder weglegen. Was jetzt? Ich greife da nicht hinein. Und wenn sie mich dafür umbringt. Und der Kopf? Wird er auch mitgekocht? Und die Füße mit den Krallen? Die Haut des Huhns gibt nach, läßt sich ziehen, anheben, zurückdrücken. Ich greife da nicht hinein! Mir graust davor. Ich esse nie wieder ein Huhn! Lieber verhungere ich!

Das Wasser brodelt, Tropfen springen über den Suppentopfrand auf die heiße Herdplatte. Hätten auch die Hühner Namen, Tante Agathe würde keines mehr schlachten. Warum raunzen die Katzen? Ihr werdet ja nicht geschlachtet. Warum helft ihr mir nicht?

Nach der Messe drängte sich Agathe vor, stellte sich schon vor dem Schlußgebet beim Beichtstuhl an, um ja die erste zu sein. Ihre monatliche Pflichtbeichte, die jedesmal in ein Vaterunser als Buße für ihre läßlichen Sünden mündete.

Nach der Sündenvergebung sprudelte es aus Agathe heraus, so laut und intensiv, daß die vor dem Beichtstuhl Wartenden jedes Wort mithören und sich amüsieren konnten.

»Ein halbes Jahr, fast auf den Tag genau, lebt sie schon unter meinem Dach. Und nichts als Scherereien hab ich mit dem Kind. Macht nicht, was man ihm sagt, es tut, was es will.« Agathe hatte sich zornig geredet.

»Die paar Brocken Deutsch, die es spricht, kann ich kaum von seinen Lippen lesen! Mit dem polnischen Gerede kann ich nichts anfangen. Mir scheint fast, das Kind will gar nicht Deutsch lernen. Damit will es mich ärgern!«

Der Pfarrer wollte etwas erwidern, aber Agathe schimpfte weiter.

»Am Donnerstag hab ich Viktoria zum Tannenbaum mitgenommen! Auf dem Weg dorthin habe ich etliche Münder gesehen, die Polackin gerufen haben und dabei mit ihren Fingern auf Viktoria gedeutet haben! Dem Kind scheint das nichts auszumachen, aber mir schon. Viktoria ist meine Nichte. Ich mag nicht, wenn man sie beschimpft. Außerdem«, fügte Agathe empört hinzu, »ist Viktoria nur zur Hälfte Polin, mütterlicherseits! Das sollten die Schimpfer, die Arschlöcher, sich merken!«

Schnell versprach der Pfarrer, am Nachmittag bei Agathe vorbeizukommen, und verabreichte ihr noch einmal die Absolution.

Die Tante hatte es gerochen, noch ehe sie die Küche betreten hatte. Sie sagte kein Wort, beugte sich über den Herd, hob den Deckel hoch und lobte Viktoria.

Die Tante zerlegte das Huhn und servierte der verunsicherten Nichte einen Teller mit heißer, dicker, bräunlicher Suppe und einem Flügerl.

»Hast du ausgezeichnet gemacht. Ich werd am Abend davon kosten. Der Bürgermeister hat mich ins Gasthaus eingeladen. Ich kann jetzt leider nichts mehr essen.«

War natürlich gelogen. Seit dreizehn Jahren war die Tante nicht mehr im Gasthaus, aber das konnte die würgende und schwitzende Viktoria nicht wissen.

Der Kampf der beiden, der keiner war, endete unentschieden. Viktoria aß die Suppe, die gallig nach Innereien roch, tapfer, wie sie meinte, und bis auf den letzten Bissen auf. Vor lauter Tapferkeit vergaß sie, sich zu übergeben. Für einen Moment war sogar Agathe beeindruckt.

Er kam wie versprochen am Nachmittag, um mit Agathe über Viktoria zu reden. Bevor er sich an den Tisch setzte, spähte er in den Suppentopf, nickte zustimmend und auch fragend, meinte, es würde gut riechen, wenn auch etwas seltsam.

Viktoria habe das erste Mal das Sonntagshuhn zubereitet.

Anerkennung vom Pfarrer, ein Handrücken streicht über das Mädchengesicht.

»Das duftet herrlich. Ein polnisches Rezept? Ich muß das kosten.«

Leider, so dachte Viktoria, entschied er sich dann doch für ein Stück Speck und ein Glas Weißwein. Tradition, wie er dreimal betonte. Zur Sonntagsjause Speck und Wein. Einfach und in jedem Haus zu finden. Kein Schäfchen sollte wegen ihm Umstände machen müssen.

Das Kind wurde aus dem Zimmer gewiesen, sollte im Hof spielen. Viktoria hatte verstanden und drückte ihr Ohr an die geschlossene Haustür.

»Manchmal wünsche ich mir, das Kind wäre nie geboren worden.«

Was konnte er antworten?

»Kann ich einen Schnaps haben?«

»Bei mir gibt's nur Likör.«

Er leerte das Glas in einem Zug. Auch Agathe genehmigte sich eines.

»Neuerdings macht sie in der Nacht ins Bett. Was soll ich tun?«

Himmelherrgott, was soll ich darauf sagen. Er nickte und reichte Agathe das leere Glas. Empört schnaubte die Frau durch ihre Nasenflügel.

»Ich hätte das Kind nicht bei mir aufnehmen sollen, Herr Pfarrer. Warum haben Sie mir das angetan?«

Agathe hatte zu wimmern begonnen, der Pfarrer schenkte ihr und sich selber nach. Beide verstummten in ihrer Ratlosigkeit, sprachen sich nach dem fünften Glas Trost und Gerechtigkeit im anderen Leben zu.

Viktoria hatte ihr Ohr an die Tür gepreßt und die Unterredung belauscht. Sie hatte mehr verstanden, als die Tante ihr zugetraut hätte. Als nur noch das Gluckern des Likörs zu hören war, lief

Viktoria in den Stall, kletterte über die Leiter auf den Heuboden.

Judas war ihr nachgeschlichen und wollte von Viktoria, den Bauch nach oben, die Beine weit von sich gestreckt, gestreichelt werden. Sie streichelte die Katze, bis sie schnurrte, und sah sich in ihrem Versteck bald von einer bunt gemischten Katzenschar umgeben, die sich schnurrend an sie drückte.

Mit den Katzen sprach Viktoria meistens polnisch.

»Kocham cię.«

Zärtlich strich Viktoria über das Fell eines Tieres. »Ich liebe dich«, wiederholte sie leise. Viktoria war unendlich traurig.

»Das Kind hat ins Bett gemacht!«

Agathes Worte hüpften noch aufdringlich laut in ihren Ohren. Sie schämte sich.

In den nächsten Wochen und Monaten verkroch sich Viktoria häufig auf dem Heuboden. Unter einem Haufen Stroh hatte sie ihre Holzpuppe, die sie vor ein paar Tagen gerade noch hatte retten können, versteckt.

Agathe hatte sie in den Ofen geschoben, um sie zu verbrennen.

»Du bist schon zu alt für eine Puppe!« hatte sie zu Viktoria gesagt. »Außerdem graust mir vor diesem schmutzigen Stück Holz!«

Viktoria hatte ihre Tränen nur mühsam zurückgehalten. Sie wußte, bitten oder betteln war bei der Tante sinnlos; es stieß in doppelter Hinsicht auf taube Ohren. Als sich Agathe vom Ofen abwandte und zur Tür stapfte, zog Viktoria schnell die schon angesengte Holzpuppe aus den Flammen, verbarg sie unter der Strickjacke und brachte sie auf den Heuboden.

Hinter einem Holzbalken hatte Viktoria ein Versteck eingerichtet. In ihrem alten Pappkarton hatte sie die Fotos, auf denen ihre Eltern abgebildet waren, und die zwei Häkeldeckchen verborgen.

Nun legte sie ihre Holzpuppe dazu und die drei Zigaretten, die sie an einem Nachmittag, als Agathe auf dem Feld war, hinter dem Mehlsack gefunden und an sich genommen hatte. Die Tante würde es nicht merken und außerdem den Wert dieser runden Dinger nicht richtig einschätzen.

Viktoria schloß die Augen und versuchte, sich das Gesicht der Mutter vorzustellen. Die Mutter lächelte ihr zu. Viktoria, deren Haare von einem Windstoß, der durch das offene Heubodenfenster stob, erfaßt wurden, bildete sich ein, daß die Hand der Mutter sie berührt hatte. Sie fühlte Trost beim Gedanken an die Mutter, die, so glaubte Viktoria, vom Himmel herab, ihre Hand schützend auf sie legte. Dieser Gedanke stärkte Viktoria und ließ sie die traurigen Kinderjahre leichter ertragen.

Einen ganzen Tag? Mindestens eine Nacht lang mußte sie da gelegen sein; es dämmerte bereits.

Etwas Feuchtes wischte über Viktorias Wange. Dumme Katzen! Wo ist euer Führer? Wo Agathe?

War ihr Wunsch, einzuschlafen und nicht mehr aufzuwachen, doch nicht so groß gewesen, um in Erfüllung zu gehen? Verwirrt blickte sie um sich: Sie befand sich noch immer auf dem eisigen Boden vor dem Hühnerstall, mit Sicht auf das Mansardenfenster und die darunterliegende Eingangstür des Hauses, und fror.

Die Schmerzen in ihren Beinen wurden von der Kälte verdrängt, und sie bemerkte nicht, daß sich zahlreiche Katzen um sie geschart hatten und wärmend ihre Pelzleiber an ihren Körper drückten.

»Siegfried!«

Mit seinem Gesicht vor Augen wurde sie erneut bewußtlos.

4. DER OBERLEHRER, DIE RATTE UND DIE GESCHICHTE VON DEN UNTERHOSEN

Endlich hatte Viktoria gelernt, wie man den Stall ausmistet, wie man die Schweine füttert, die Kuh melkt und den Hennen die Eier wegnimmt, ohne sie unnötig aufzuregen. »Wenn du sie erschreckst, legen sie zwei Tag lang nicht. Und Tannenbaum braucht die Eier und ich seine Waren.«

Endlich auch ein Stück Freiheit für die jetzt Fünfjährige. Jeden Tag durfte sie in den Ort gehen und den Korb, vollgefüllt mit Eiern, bei Herrn Tannenbaum abgeben. Er tauschte die Eier gegen Mehl, Zucker und andere Nahrungsmittel. Tannenbaum, der Viktoria seit dem Tag ihrer Ankunft mit »Pokój« begrüßte – inzwischen wußte er, was das Wort bedeutet –, schenkte dem Kind hin und wieder Süßigkeiten, hielt Viktoria, bevor sie seinen Laden verließ, schnell ein rundes Glas entgegen, aus dem sie sich eine Lakritzstange nehmen durfte. War seine Frau im Laden, bekam Viktoria keine Süßigkeiten, nur ein verschwörerisches Augenzwinkern von Elias.

Lakritze war für sie etwas Besonderes, weit mehr als nur eine Süßigkeit. Keines der anderen Kinder bekam von Tannenbaum etwas Süßes geschenkt; und jedesmal, wenn Viktoria von den Kindern gehänselt wurde oder sie ihr nachriefen »Die Polackin stinkt, die Serbin hinkt!«, reckte sie ihren Kopf in die Höhe und dachte an eine Lakritzstange, die man ihr, der Polackin, geschenkt hatte.

Das Schulzimmer, ein großer Raum, beherbergte sechs Klassen, deren einziges, mächtiges Oberhaupt der Oberlehrer war. Die siebenjährige Viktoria wurde gleich am ersten Schultag in die letzte Reihe gesetzt, neben Grete, die Schusterstochter, mitten in einen Haufen von zehnjährigen Buben, die über Viktorias Kleid lachten. Das Kleid war viel zu groß; Agathe achtete darauf, daß Viktoria ›das Gewand‹ – ausgemusterte Kleidungsstücke der Tante – möglichst lange tragen konnte; ob es nun ansehnlich war oder nicht, daran verschwendete sie keinen Gedanken.

Viktoria saß auf einem Stein neben dem Brunnen, ihre Schiefertafel auf den Knien, und zeichnete mit einem Stück Kreide Buchstaben darauf. Sie bemerkte nicht, wie sich Agathe näherte, und sah erst auf, als der Schatten der Tante auf die Tafel fiel.

Agathe hatte erst nach gutem Zureden des Pfarrers und einigen scharfen Worten des Oberlehrers, der bei Zuwiderhandlung eine Strafe androhte, gebilligt, daß Viktoria zur Schule ging. Die Tante selbst hatte in ihrer Jugend nur selten die Erlaubnis erhalten, den Unterricht zu besuchen. Wofür willst du schreiben und rechnen lernen! Für die Arbeit im Stall und im Gemüsegarten muß man ja nicht lesen können! Die Ansichten von Agathes Vater duldeten keinen Widerspruch. So konnte sie nur umständlich buchstabierend lesen, und das Schreiben gelang ihr sehr ungelenk. Damals beneidete sie ihren Bruder, der jeden Tag, ausgenommen sonntags, zur Schule gehen durfte. Heute war sie eifersüchtig auf Viktoria, hätte aber dieses Gefühl nie zugegeben.

»Hast du den Stall ausgemistet?«

Agathe hatte sich rachsüchtig vor Viktoria aufgebaut. Ein Gichtanfall quälte die Tante seit ein paar Tagen, und Viktoria wußte, daß sie dann besonders ungerecht sein konnte.

»Nein … aber … ich …«, stammelte sie verlegen. Schließlich hatte sie erst gestern den Stall saubergemacht. Muß doch nicht jeden Tag sein, dachte Viktoria und wollte weiterzeichnen. Zornig riß Agathe die Schiefertafel aus den Händen des Kindes. Die Tafel fiel krachend auf den Boden. Zwei große Sprünge! Der Oberlehrer würde sie bestrafen; Stockhiebe vor der ganzen Klasse oder auf den Holzscheiten knien, den ganzen Vormittag lang. Viktoria hob die beschädigte Schiefertafel auf und rannte zornig in den Stall.

Nach einer schlaflosen Nacht und nach der besonders genauen Erledigung ihrer Pflichten – wie Tante Agathe die Kinderarbeit nannte – machte sich Viktoria zeitig auf den Weg ins Dorf.

Herbert, der übereifrige Sohn des Bürgermeisters, und fünf andere Kinder befanden sich bereits im Schulzimmer. Sorgfältig putzte Herbert mit einem Tuch die Tafel, stieß dabei ein jüngeres Kind, das mithelfen wollte, grob zur Seite.

»Schleich dich, du Depp!«

Das Kind war zu Boden gestürzt und begann leise zu weinen. Während Herbert und seine Freunde einen Kreis um das auf dem Boden liegende Kind bildeten und es mit derben Schimpfworten verspotteten, hatte Viktoria sich unauffällig neben Herberts Sitzplatz gestellt. Sie zog ihre Schiefertafel unter der Jacke hervor und tauschte sie gegen die makellose, auf dem Tisch liegende aus. Schnell schlüpfte Viktoria zurück auf ihren Platz und setzte sich nieder.

Es verstrichen quälende Minuten, bis sich das Klassenzimmer vollständig mit Kindern gefüllt und der Oberlehrer das Klassenzimmer betreten hatte. Aufspringen, stramm grüßen, beten und dann Platz nehmen.

»Was hast du denn?« flüsterte Grete, »du bist ja ganz blaß.«

Ein strenger Blick des Oberlehrers in ihre Richtung verhinderte eine gelogene Antwort.

Und dann kam der Moment, den Viktoria die ganze Zeit

über gefürchtet hatte. Die Kinder mußten ihre Schiefertafeln auf den Tisch legen und Buchstaben von der Tafel abschreiben. Kontrollierend ging der Oberlehrer durch die dichtgedrängten Reihen. Viktoria wagte nicht aufzusehen, als der Oberlehrer bei Herbert angelangt war. Ihre Augen glitten über die fremde Schiefertafel, die vor ihr auf dem Tisch lag, ihre Finger strichen verstohlen über die Holzumrandung. Ihr Gesicht brannte. Vielleicht hat Herbert die Tafel gekennzeichnet, vielleicht erkennt er seine Tafel an einer bestimmten Kerbe! Bei diesen Gedanken wurde Viktoria übel.

Schon donnerte der Rohrstab vor Herbert auf den Tisch. Einige Male klatschte er drohend auf das Holz hinab. Viktoria riskierte einen Blick. Der Oberlehrer schnappte nach dem Ohr des Buben, zog ihn daran hoch und hinter sich her, bis zur Tafel.

»Na, Herbert, was haben wir gelernt? Na?«

Der Bub begann zu stottern.

»Damit du in Zukunft besser auf deine Schulsachen achtest«, er wandte seinen Kopf nach hinten, »kniest du dich auf die Holzscheite!«

Herbert wollte etwas erwidern, aber der Oberlehrer ließ keinen Einwand zu.

»Noch ein Wort, und du bekommst auch Stockhiebe!«

Langsam wendete Viktoria die Schiefertafel. Erleichtert atmete sie auf. Nein! Die Tafel hatte keine verräterischen Merkmale.

Viktoria hatte zwar ein fürchterlich schlechtes Gewissen, obwohl sie den Herbert nicht ausstehen konnte; aber sie fühlte sich nicht als Diebin. Sie hatte die Tafeln nur ausgetauscht, und Herbert, so fand sie, hatte das Knien auf den Holzscheiten nicht geschadet. Die Erleichterung, selbst einer Bestrafung entgangen zu sein, überwog alles.

»So nicht, Sepp!« brüllte der Bürgermeister abends im Wirtshaus am Stammtisch den Oberlehrer an.

»Du hast wohl vergessen, wer dir eine Wohnung besorgt hat!«

Der Oberlehrer rutschte auf der Sitzbank hin und her.

»Was sollen denn die Leut denken! Der Sohn vom Bürgermeister muß in der Ecke knien. Außerdem hat mir der Bub gesagt, daß er die Tafel nicht zerbrochen hat. Wahrscheinlich hat sie einer von dem Gesindel hingemacht, eines von den Kindern vom Tischler! Auf die solltest ein Aug haben, auf die Sozi-Bagage!«

Nervös umklammerte der Oberlehrer sein Weinglas.

»Das nächste Mal überlegst dir halt genau, wie du meinen Buben behandelst! Sonst ...«

Der Bürgermeister machte einen genüßlichen Schluck aus seinem Glas.

»Es gibt so viele Lehrer, die eine Anstellung wollen. Verstehst mich?«

Der Oberlehrer nickte gequält.

Viktoria lag im Bett, die Augen geschlossen, die Decke fest umklammert. Das Gesicht der Mutter erschien hinter ihren Augenlidern, und Viktoria hielt Zwiesprache mit ihr. Sie fühlte, daß die Mutter ihr die Tat vom Vormittag verziehen hatte. Pfarrer Urban war es bis jetzt nicht gelungen, sie von seinem Gott zu überzeugen. Urbans Gott war rachsüchtig und furchterregend, fand Viktoria.

»Vielleicht hat dieser Mann, den sie Gott nennen, niemals eine Mutter gehabt!«

Viktoria drehte sich zur Seite und schlief ein.

Durch das dringende Bedürfnis, das Klo aufzusuchen, erwachte Viktoria. Vorsichtig tastete sie sich aus dem Mansardenzimmer über die Holztreppe hinab in die Küche. Agathe schlief neben dem Herd auf dem Sofa. Viktoria wagte nicht, sie zu wecken, sie zu bitten, doch die Petroleumlampe anzuzünden. Mutig drückte sie die Türschnalle hinunter. Abgeschlossen, der Schlüssel abgezogen.

Der rechte Fensterflügel war angelehnt, damit die Katzen jederzeit ins Haus kommen und es verlassen konnten. Viktoria kroch ins Freie, tastete sich bloßfüßig an der Wand entlang zum Schweinestall, dann hinüber zu den zwei hohen Bäumen, die wie Wächter den schmalen Holzverschlag hüteten. Widerwillig setzte sich Viktoria auf das ausgeschnittene Holzbrett. Auch bei Tag tat sie das nur ungern; ständig raschelte es in der Tiefe des dunklen Lochs.

Es saß plötzlich da, fellig wie eine Katze und doch keine Katze, und quiekte und kam näher und lief über Viktorias Zehen.

Viktoria stürmte aus dem Klo und hastete ins Haus. Sie schwor sich, nie mehr in der Nacht das Haus zu verlassen.

»Du meinst Ratten!« hatte Grete überzeugt geantwortet, als Viktoria sie nach dem Untier mit dem langen Schwanz gefragt hatte. Grete hatte Viktoria nach der Schule bis zum Ortsrand begleitet und schickte sich an, wieder umzukehren.

»Bei uns unterm Plumpsklo tummeln sich auch einige Viecher!«

Grete rollte angewidert mit ihren Augen. Beinahe stolz erzählte sie Viktoria von einer Ratte, die die Ausmaße einer übergroßen Katze hatte.

»Mindestens diese Länge!«

Ihre Hände schoben sich auseinander.

»Ich hab Angst gehabt, daß sie mich in den Hintern beißt!« meinte Viktoria schaudernd, während sie an die vergangene Nacht dachte.

»Solang es nur der ist.« Flüsternd fuhr Grete fort. »Dem Knecht von einem Weinbauern hat einmal ein Ratz in das ..., weißt eh, 'bissen. Der hat vielleicht geblutet und geschrien.«

»Wo hat er ihn gebissen?«

»Na, in das, was die Männer da vorn tragen, wo sie sich immer kratzen.«

Viktoria verabschiedete sich fröstelnd. Eine große Hilfe, diese Angst abzubauen, war ihr Grete nicht gewesen.

Vorsichtshalber stellte sich Viktoria in Zukunft auch bei Tag auf die Holzumrandung des Klos, jederzeit bereit wegzuspringen.

Agathe hatte vor ein paar Tagen einige Buben vom Apfelbaum ihres Gartens vertrieben. Die Buben wollten nur spielen und ärgerten sich über Agathe, die sie mit Steinen vom Baum gejagt hatte. Herbert und Jakob schworen daraufhin Rache.

Viktoria warf flache Steine auf die Weiheroberfläche. Sie hatte beobachtet, wie die Buben die Steine etliche Male über das Wasser springen lassen konnten. Sie veranstalteten sogar Wettbewerbe; Mädchen waren bei solchen Spielen nicht zugelassen, und die Polackin schon gar nicht. Nach der Schule hatte es sich Viktoria zur Gewohnheit gemacht, eine kurze Rast beim Weiher einzulegen.

Viktoria hob gerade einen flachen Stein vom Boden, als sie vom Weg her Stimmen hörte. Rasch verbarg sie sich hinter Sträuchern. Sie erkannte von ihrem Versteck aus Jakob und Herbert. Herbert trug einen Pappkarton, dessen Deckel er mit einem Arm niederdrückte. Die beiden Buben feixten übermütig und lachten laut.

»Los! Such einen großen Stein.«

Herbert stellte den Karton ins niedere Gestrüpp am Rand des Weihers.

»Spinnerte Alte!« sagte Herbert, während er einen Stein anschleppte. Mit einem Lederriemen befestigte Herbert den Stein am Karton. Ein Schaben und Kratzen drang aus dem Karton, vermischt mit einem lauten Miauen.

»Und du bist sicher, daß du ihre Lieblingskatze erwischt hast?«

Jakob nickte voller Überzeugung.

»Ja, die schwarzweiß gefleckte.«

Viktoria schluckte aufgeregt. Die beiden schickten sich an, den Karton im Weiher zu versenken. Der Karton stand bereits bis zur Hälfte im Wasser, Herbert schob ihn mit dem Fuß weiter hinaus.

»Die Alte wird uns nicht mehr vertreiben.«

Noch ein kleiner Schubser, und der Karton mit dem hilflosen Jesus würde im Wasser versinken. Viktoria holte tief Luft, sprang hinter dem Gebüsch hervor und rannte auf die beiden Buben zu. Sie versetzte ihnen einen heftigen Stoß in den Rükken, die beiden verloren das Gleichgewicht, versuchten, sich aneinander festzuhalten, und plumpsten laut schreiend ins Wasser. Prustend tauchten sie auf. Viktoria riß und zerrte am Lederriemen. Mit einem Fauchen sprang Jesus aus der Schachtel heraus, schwamm ans Ufer, schüttelte sein feuchtes Fell und rannte davon, als ob der Teufel hinter ihm her wäre.

Eine Hand umklammerte ihr Fußgelenk. Ein Ruck, und Viktoria saß auf ihrem Hinterteil. Sie war überrumpelt worden. Ehe sie überhaupt begriff, was mit ihr passierte, war sie auch schon ins Wasser gezerrt worden. Ihre Finger versuchten, an den Büschen Halt zu finden. Schon reichte ihr das Wasser bis zum Hals. Ihre Füße fanden keinen Boden.

»Helft mir!«

Die Buben rannten davon.

Viktorias Hilfeschrei schwappte ins Wasser. Sie war untergegangen. Dann spürte sie, daß etwas ihre Hand berührte, und sie griff gierig zu. Nach Luft ringend, ließ sie sich ans Ufer ziehen. Als sie sich aufrichtete, sah sie Jesus, dessen Augen lauernd zwischen dem Unkraut hervorblitzten. Weit und breit war kein Mensch zu sehen, der ihr geholfen haben könnte.

Mischa war auf dem Weg nach Hause gewesen und hatte Viktorias Schreie gehört, war ihr zu Hilfe geeilt und sofort wieder im Gestrüpp verschwunden. Er fand, daß es für das Kind besser wäre, wenn man es nicht mit ihm sah.

Erleichtert erreichte Viktoria Tante Agathes Haus. Obwohl

sie es nicht für möglich gehalten hätte: Heute war sie froh, hier zu sein.

Sie versteckte sich auf dem Heuschober, bis ihre Kleidung halbwegs trocken war.

»Sei ja leise!«

Grete hielt ihren Zeigefinger vor den Mund. Genießerisch atmete Viktoria den Ledergeruch ein, der sich in der Schusterwerkstatt breitmachte. Schnell hielt sie ihre Nase über einen Leimtiegel, bevor Grete sie ungeduldig weiterzog.

»Der Vater will nicht, daß ich in die Werkstatt geh!« Unbemerkt gelangten sie durch die Hintertür in den Garten. Sie betraten einen Holzschuppen, und Grete atmete erleichtert auf.

»So! Hierher kommt im Sommer niemand.«

Vorsichtig legte Viktoria ihre Schiefertafel auf einen Holzstapel. Grete schlichtete einige Scheite zur Seite.

»Hier.«

Wichtigtuerisch rollte sie mit ihren Augen und nahm ein Bündel Papier in die Hände.

»Frauenzeitschriften! Hat der Vater der Mutter letzten Herbst aus der Stadt mitgebracht!«

Andächtig blätterten die beiden in den Zeitschriften. Viktoria war beeindruckt: Die abgebildeten Frauen wirkten beinahe unecht, so wie Puppen. Ihre Bekleidung war wunderschön, fand sie, und ihre Frisuren erst recht. Die Tür wurde aufgerissen, und Gretes Mutter trat energisch in den Schuppen.

»Hab ich dich endlich erwischt!«

Drohend hatte sie sich vor Grete aufgebaut. Grob zerrte sie Grete hinter sich her.

»Wart nur, bis der Vater nach Haus kommt! Wehe, du rührst noch einmal meine Zeitschriften an! Und du, scher dich nach Haus, Viktoria!«

Während Viktoria den Schuppen verließ und sich, ohne weiter beachtet zu werden, zur Hintertür der Schusterwerkstatt begab, konnte sie hören, wie Gretes Mutter sagte:

»Warum treibst du dich immer mit der herum?«

Viktoria hatte Angst, womöglich dem Schuster zu begegnen. Schnell lief sie durch die Werkstatt ins Freie.

Eines Morgens, die Zwölfjährige hatte gerade einen Korb Eier bei Elias abgeliefert und, da seine Frau nicht im Laden war, Lakritze bekommen, stellten sich ihr Herbert und Jakob in den Weg. Die beiden Raufer waren auf der Suche nach einem Opfer. Seit dem Vorfall am Weiher ließen sie keine Möglichkeit aus, das Mädchen zu ärgern.

»Her mit der Lakritzstange.«

»Laßt mich vorbei. Ich komm zu spät in die Schule.«

Der Oberlehrer bestrafte ein Zuspätkommen mit zehn Stockhieben. Die beiden Burschen grinsten nur höhnisch.

»Gib schon her!«

Jakob grapschte nach der Lakritzstange. Viktoria spuckte ihm ins Gesicht. Herbert griff nach dem Goldmedaillon und riß und zerrte an der Kette. Als sich Viktoria heftig zu wehren begann, schnappte einer nach ihrer Hand und drehte sie auf den Rücken. Viktoria begann laut zu schreien.

Die Burschen hatten sie zu Boden geworfen, und Viktoria versuchte, den einen zu kratzen und den anderen in den Arm zu beißen.

Da war auf einmal die donnernde Stimme des Oberlehrers zu hören.

»Auseinander!« brüllte er, und sofort erstarrten alle drei.

Der Oberlehrer war nicht bereit, sich eine Erklärung des Vorgangs anzuhören. Obwohl der Sohn des Bürgermeisters immer wieder zu einer Verteidigungsrede ansetzte.

»Ich hab genug gesehen!« schrie der Oberlehrer.

Während Herbert ungeschoren davongekommen war, mußte

Jakob den ganzen Vormittag über auf den Holzscheiten knien. Und Viktoria wurde zu fünfzehn Stockhieben verurteilt.

»Damit du dich nicht wieder mit den Burschen herumprügelst. Mag sein, daß das in Polen zum Alltag gehört. Hier bei uns herrschen andere Sitten. Los, beug dich über die Stuhllehne!«

Und genüßlich fügte der Oberlehrer hinzu:

»Den Kittel in die Höhe!«

Er lachte heiser. Als Viktoria, die vor Scham rot geworden war, seiner Aufforderung nicht gleich nachkam, setzte er trokken hinzu: »Fünfundzwanzig Stockhiebe!«

Dann schlug er eigenhändig Viktorias Rock bis zu ihren Schultern hinauf. Viktoria schloß die Augen. Jetzt konnte jeder sehen, was für eine Unterhose sie besaß!

Tante Agathe hatte ihr aus Stoffresten eine genäht. Dafür hatte sie noch brauchbare Teile einer alten Schürze verwendet, ein zerschlissenes Geschirrtuch, ein Stück von einem löchrigen Bettlaken und einen Ärmel einer zu klein gewordenen Bluse. Das Stoffungetüm bauschte sich schlotternd um die mageren Hüften des Kindes, wallend bis hinab zu den Knien.

Gelächter war zu hören. Der Oberlehrer selbst lachte so hämisch mit, daß er es wohl gar nicht wahrnahm; jedenfalls machte er keine Anstalten, es zu unterbinden.

Der Stock sauste auf Viktorias Hinterteil. Sie preßte die Lippen zusammen. Vom Vater und der Mutter war sie nie geschlagen worden, auch nicht von Tante Agathe.

Die Stockhiebe hätten ihr nicht viel ausgemacht – obwohl sie tagelang arge Schmerzen beim Sitzen verspürte und es ihr schwerfiel, die Kuh zu melken –, das böse Grinsen einiger Mitschüler schmerzte viel mehr, und die Erniedrigung; alle Kinder der Schule wußten jetzt, daß sie keine richtige Unterhose besaß.

Jakob schlich neben Viktoria als letzter aus der Klasse. Vorsichtig bewegte er seine Beine.

»Tut's noch weh?« fragte er Viktoria mit schmerzverzerrtem Gesicht. Viktoria blickte beschämt zu Boden und schüttelte verneinend den Kopf.

Stumm begleitete der Junge Viktoria bis zum Ortsende. Bis zu Agathes Haus erstreckten sich noch einige Wiesen und Felder. Zögernd blieb Jakob neben Viktoria stehen. Dann griff er nach ihrer Hand. Er zog sie hinter sich her bis zu einem Gebüsch, das einen Teil des Weihers umgab. Was will er. Verprügeln kann er mich nicht, mit ihm nehme ich es noch lange auf, dachte Viktoria.

»Schau!« sagte Jakob. Er knöpfte seine Hose auf und ließ den Bund bis über die Knie hinabrutschen. Viktoria riß die Augen auf: Jakob hatte eine Unterhose an, die ihrer zusammengestückelten sehr ähnlich war. Viktoria mußte lachen. Auch der Junge prustete los, verlor das Gleichgewicht und fiel zu Boden.

»Unsere Unterhosen sind verwandt«, kicherte Viktoria und ließ sich ins Gras fallen.

Es war herrlich, im Gras zu liegen und über die bunten Ungetüme zu spötteln! Viktoria rollte in ihrem Übermut bis knapp vor den Weiherrand, Jakob tat es ihr gleich.

Von beiden Kindern unbemerkt, spähte ein Augenpaar durch das Gebüsch.

»Da schau her! Die kleine Polackin und der Sozi!«

Viktorias knöchellanger Rock war bis über die Knie hinaufgerutscht. Hätte sie sonst sofort ängstlich den Rocksaum hinuntergezogen, so war es ihr im Moment gleichgültig.

»Wie viele Flicken hat deine, wie viele meine?«

Jakob zählte ihre, Viktoria seine.

»Die fangen ja früh an!«

Das Augenpaar hatte genug gesehen. Eilig verließ der Beobachter den Platz des unmoralischen Tuns. Das würde im Ort für lange Zeit Gesprächsstoff geben.

Wenig später verlangsamten sich die ausholenden Schritte und betraten gierig den Gasthof.

Tante Agathe tobte, schrie und wimmerte drei Tage und Nächte lang.

»Diese Schande! Diese Schande.«

In einem fort leierte sie diese Worte vor sich her, vergrub ihr Gesicht gelegentlich im Fell einer Katze, die gerade um sie war.

»Diese Schande!«

Nach zwei Tagen waren die Katzen so nervös geworden, daß sie verstört aus dem Haus flohen und sich auf dem Heuboden zusammenrotteten, wie Schwalben, die gen Süden ziehen wollen.

Selbstverständlich erfuhr auch der Pfarrer bei der abendlichen Stammtischrunde brühwarm von jener schändlichen Geschichte. Ja, er war Befürworter gewesen, als es darum ging, das Waisenkind nach Österreich zu holen. Wie hätte er wissen können, was für eine Brut man sich damit aufhalst? Längst war ihm aufgefallen, daß dieses mißratene Kind nicht an Gott glaubte!

»Siehst du, Agathe, das hast du nun davon, daß du das Kind so unchristlich erzogen hast!« warf er der gebrochenen Frau nach der Sonntagsmesse vor. Viktoria hatte sich in der Kirchenbank klein gemacht, umklammerte verkrampft das Gebetbuch und hoffte inständig, vom Pfarrer übersehen zu werden. Aber sie hatte sich geirrt.

»Und du, Kind, setzt dich jetzt in den Beichtstuhl! Du wirst mir ganz genau von deinen Sünden berichten!«

Seine Handflächen begannen feucht zu werden. Unauffällig musterte er Viktoria, die sich ergeben zum Beichtstuhl bewegte. Hübsch ist sie ja. Aber verdorben und sündig, ging es dem Pfarrer durch den Sinn.

Immer wieder fragte der Pfarrer das gleiche:

»Hat dich der Jakob dort angefaßt? Hast du den Jungen dort angefaßt?«

Viktoria war den Tränen nahe und schüttelte den Kopf, während ein zaghaftes Nein über ihre Lippen schlüpfte.

»Du sollst nicht lügen! Viktoria! Sieh mich an! Der Junge hat die Hose runtergelassen und dann …«

Er wischte seine schweißnassen Hände am Talar ab.

»Was ist dann passiert?«

»Nichts.«

»Du lügst! Man hat dich gesehen. Also!«

Viktoria hätte dem Pfarrer viel erzählen mögen, um endlich in Ruhe gelassen zu werden. Nur lügen mochte sie nicht. Sie hatte keine Ahnung, was er hören wollte, und ihre kindliche Phantasie reichte nicht aus, um ihm Dinge vorzugaukeln, die es ihr erlaubt hätten, den Beichtstuhl zu verlassen.

Das Verhör im Beichtstuhl dauerte bereits eine Stunde. Und immer wieder die Frage nach den angeblichen Berührungen, nach dem angeblich beobachteten Geschlechtsakt.

»Sag endlich die Wahrheit! Gott sieht alles und hört alles!«

»Dann fragen Sie doch ihn!« wurde es Viktoria endlich zu viel.

Der Pfarrer schleifte Viktoria an den Haaren vor die Kirchentür, übergab sie der wartenden Tante.

»Ein durchtriebenes Kind! Falsch und verlogen! Von nun an bringst du dieses verkommene Ding jeden Sonntag in die Messe. Achte darauf, daß sie dreimal täglich den Rosenkranz betet, in der Heiligen Schrift liest und die Gebote lernt!«

Mitleidig reichte er Agathe die Hand zum Abschied.

»Du mußt selbst überlegen, wie du das Kind bestrafen kannst!«

Tante Agathe beschloß, den Worten des Pfarrers Folge zu leisten und auf Viktoria zu achten. Von nun an wurde sie mit Einbruch der Dunkelheit im Mansardenzimmer eingeschlossen. Erst am Morgen, um halb sechs, öffnete sich die Tür, wenn es für das Kind Zeit war, die Kuh zu melken, den Stall auszumisten, die Schweine zu füttern, die Eier einzusammeln und zur Schule zu gehen.

Viktoria konnte mit den Vorwürfen, die ihr die Tante gemacht hatte, gar nichts anfangen. Aber sie fügte sich in das Schicksal, das sie von nun an zu einer Halbgefangenen machte. Immerhin bekam Viktoria einen porzellanenen Nachttopf ins Zimmer gestellt.

»Hat dich der Pfarrer auch verhört?«

Jakob verneinte.

»Das ist der Vorteil, wenn man der Bub von einem Sozi ist. ›Jeder Pfaff macht um einen Sozi einen großen Bogen‹, sagt mein Vater.«

»Hast du eine Strafe bekommen?«

Jakob verneinte abermals.

»Mein Vater hat über die Geschichte fürchterlich gelacht.«

»Was genau ist denn ein Sozi?« wollte Viktoria wissen.

»Das weiß ich auch nicht.«

Ein paar Monate später, Viktoria war nun dreizehn Jahre alt, war ihre Schulzeit beendet. Sie hatte sich daran gewöhnt, daß vor allem einige Kinder ›redlicher Bürger‹ neue Beschimpfungen für sie parat hatten. Beliebt war unter den Burschen der Singreim: »Gemma nach Polen Huren holen!«

Viktoria saß im Heuschober und drückte eine Katze fest an sich.

»Irgendwann stell ich mich mitten auf den Dorfplatz und fang ganz laut zu brüllen an, so lange, bis alle Leut zusammengelaufen sind!«

Die Katze schnurrte behaglich.

»Und dann«, Viktoria lachte, »heb ich meinen Rock in die Höh und zieh die Unterhose runter! Damit die Leut endlich wirklich einen Grund haben, auf mich zu schimpfen!«

Sie streichelte die Katze.

»Aber nur, wenn du dich auch ausziehst.«

5. SIEGFRIED, DER MANN AUS HERMESKEIL

Tante Agathe war mißtrauisch. Es erschien ihr beinahe unmöglich, daß jemand dem mißratenen Kind Arbeit geben wollte.

»Ich kann schon nächste Woche anfangen.«

Viktorias Freude war durch den abschätzenden Blick der Tante sehr gebremst worden.

»Der Aufseher hat mir bereits erklärt, welche Arbeit ich übernehmen darf...«

Agathe räusperte sich vernehmlich. Aha! dachte sie, der Aufseher! Womöglich verspricht er sich so einiges, wenn er Viktoria einstellt!

Letztendlich gab Tante Agathe ihr Einverständnis. Viktoria durfte in der Stoffdruckerei und Färberei einer großen Textilfabrik, die drei Ortschaften weiter angesiedelt war, arbeiten gehen. Ausschlaggebend war für Agathe gewesen, daß das Kind Geld verdienen würde.

»Aber wehe, du vernachlässigst deine Arbeit hier!«

Vor Freude hätte Viktoria beinahe die Tante umarmt. Sie besann sich gerade noch rechtzeitig – eine Umarmung, da hätte sie der Schlag getroffen – und nickte nur ein eifriges Ja in ihre Richtung.

Auch Grete hatte Arbeit in der Fabrik bekommen. Die beiden trafen sich jeden Morgen. Eine Dreiviertelstunde Fußmarsch zur Fabrik, eine Dreiviertelstunde Fußmarsch zurück. Morgens und abends. Eineinhalb Stunden nur für sich zu verwenden, und sei es auch nur, um zur Arbeit zu gelangen und mit Grete über allerlei Dinge sprechen zu können. Freiheit auf der Landstraße, auch wenn sie an manchen Tagen vor lauter Müdigkeit kein Wort herausbrachten.

Viktoria und Grete mußten im Lagerhaus die naturfarbenen Stoffballen auf kleine Wägen laden, die Wägen über einen Hof ziehen und sie in die Halle zum Bedrucken oder Einfärben bringen. Reine Frauenarbeit, wie auch das Drucken und Färben, das Aufhängen und Waschen. Fast ein reiner Frauenbetrieb; nur die Wartung der Maschinen und vor allem das Mischen der Farben war den Männern vorbehalten, wie die Aufsicht und Lohnauszahlung.

Viktoria mußte ihren Lohn zur Gänze Tante Agathe abliefern; kein Groschen durfte fehlen. Von ihr bekam sie gerade soviel ausgehändigt, um sich Lakritzstangen leisten zu können. Mußte sie aber nicht. Elias Tannenbaum hätte eine Bezahlung abgelehnt, wäre zutiefst gekränkt gewesen. So sparte Viktoria das Lakritzgeld, Groschen um Groschen.

Eines Morgens betrat sie den Laden. In der Tasche ihrer Stoffschürze klimperten einige Münzen. Verstohlen blickte sie zu Frau Tannenbaum. Sie händigte ihr die Eier aus. Herr Tannenbaum zwinkerte – wie er es seit Jahren tat – verschwörerisch zu Viktoria. Traurig verließ sie den Laden. Diesmal bedauerte sie es, nicht mit Frau Tannenbaum allein gewesen zu sein.

Vielleicht habe ich morgen Glück, tröstete sie sich. Das, was sie besorgen wollte, konnte sie unmöglich von Herrn Tannenbaum verlangen!

Nach fünf Tagen endlich war es soweit, Herr Tannenbaum war nicht im Geschäft. Viktoria verwickelte Frau Tannenbaum in ein unverfängliches Gespräch und fragte ganz nebenbei nach Elias.

»Der ist zum Bahnhof gegangen. Er erwartet einen Koffer mit Knöpfen.«

Viktoria jubelte innerlich. Schnell griff sie in ihre Schürzentasche und holte die Münzen hervor. Andächtig zählte sie sie vor Frau Tannenbaum und legte sie gestapelt auf den Ladentisch.

»Sind es genug?«

Frau Tannenbaum sah sie fragend an. Verlegen sagte Viktoria: »Ich möchte eine Unterhose. Eine aus einem weichen, hellen Stoff. Meine Freundin Grete hat so eine.«

Frau Tannenbaum schmunzelte.

Die Münzen reichten für zwei weiche, helle Stoffunterhosen. Wohl auch darum, weil Frau Tannenbaum Viktoria einen Sonderpreis gemacht hatte.

Die neue Hose war blutig. Viktoria hatte sich im Klo versteckt.

»Hast du Durchfall?« rief Grete und drängte: »Die Pause ist gleich vorbei.«

Es fiel ihr nicht leicht, beim Nachhausegehen darüber zu reden. Sie hatte schreckliche Angst, dachte an eine Krankheit, an die Schwindsucht; eine schlimmere Krankheit war ihr nicht eingefallen.

»Grete, ich verblute.«

Grete hatte sofort verstanden.

»Unten?«

»Ja.«

»Unwohl bist. Wirst noch öfter sein. Ich hab es auch schon. Passiert alle vier Wochen.«

Das war alles, was sie darüber wußte.

»Haben das Männer auch?«

Darüber konnte Grete keine Auskunft geben. Aber sie schenkte ihrer Freundin am nächsten Morgen eine selbstgestrickte wollene Binde.

Neuerdings beluden, schoben und zogen Jüngere die Wägen über den Hof. Noch lachten die Mädchen.

»Ein Aufstieg nach drei Jahren«, wie der Aufseher die neue Arbeit nannte. Eher ein Abstieg, empfand Viktoria. Sie mußte jetzt mit Grete die Druckmaschinen von den Farben reinigen. Unerträglicher Gestank Tag für Tag. Im Gegensatz zu Grete murrte Viktoria niemals auf. Ich will Mischerin werden, redete sie sich ein. Mischerin! Da sie ihre Arbeit sorgfältig erledigte, wurde sie hin und wieder vom Aufseher gelobt, was ihr unter den anderen Arbeiterinnen keineswegs Sympathien eintrug.

Viktoria war siebzehn Jahre alt, als der Aufseher sie zu sich rief. Verunsichert stand Viktoria in dem verglasten Raum, von dem aus die ganze Halle zu überschauen war. Er trug ihr die Stelle einer Druckerin an.

»Fräulein Czaplinsky, ich hab dich als tüchtige Arbeiterin beobachtet. Ich hoff, daß du das Vertrauen, das ich in dich setze, nicht enttäuschen wirst!«

Kameradschaftlich klopfte er ihr auf die Schulter. Viktoria, in ihrem Überschwang, wurde verlegen, bedankte sich stokkend und verließ rasch das Büro des Aufsehers. Grete wird Augen machen! dachte sie, während sie die Glastür hinter sich schloß. Sie bemerkte nicht die neugierigen, keineswegs wohlgesonnenen Blicke der Hilfsarbeiterinnen, die gerade Brotzeit hielten und in der Nähe des Büros ihre Köpfe zusammensteckten, um über Viktoria zu tuscheln.

»Die Czaplinsky bekommt den Posten der alten Frau Singer!«

Unruhe auch unter den älteren Arbeiterinnen, die sich Hoffnung auf eine Beförderung gemacht hatten.

»Was die kleine Czaplinsky kann, kann ich schon lang.«

»Vielleicht kannst du nicht alles so gut wie das junge Mädel!« Die Frauen lachten.

»Hat sie nicht schon als Zwölfjährige die Füß weit auseinandergespreizt?«

»Der Aufseher wird doch ganz geil, wenn er sie sieht«, meinte eine andere Arbeiterin. Und hatte nicht unrecht.

Viktoria konnte sich die ablehnende Haltung der Frauen nicht erklären. Und sie fand den Tabak kauenden, stets spuckenden Aufseher widerwärtig, verstand jedoch den Neid der Frauen. Eine Druckerin bekam fast doppelt soviel bezahlt wie eine ›einfache‹ Arbeiterin. Nur durfte man ja keinen Fehler machen, wie Frau Singer, die eine Farbe verwechselt hatte und auf der Stelle degradiert wurde.

Aufgestiegen, das bedeutet fast doppelt soviel Geld wie bisher. Tante Agathe mußte ja nicht alles erfahren. Für sie spielte sie die einfache Arbeiterin, die brav ihren Lohn ablieferte. Agathe freute sich, Viktoria ebenfalls. Nur das Ersparte gut verstecken, am besten im Heustadel.

Als Druckerin mußte man die Stoffballen in die Walze spannen, die Farbe in die Behälter füllen und das Bedrucken des Stoffes überwachen. Sie sah zum Zimmer hinüber, in dem die Farben gemischt wurden. Mischerin! Das konnte für eine Frau nicht so schwer sein, war sie sich sicher.

Frühjahr 1936: Tage, die in ihrer Bedeutungslosigkeit verstrichen wie die meisten anderen, die aber, durch eine kleine Abweichung vom Üblichen, anders waren. Bis zu diesem Frühjahr schien der eintönige Ablauf eines unbedeutenden Lebens für Viktoria gesichert.

»Hast du schon gehört?« Grete war ungestüm aus dem Haus gelaufen, als sie ihre Freundin durch das Fenster erblickt hatte.

Viktoria schüttelte verneinend den Kopf.

»Gestern am Vormittag ist ein junger Mann mit zwei großen Koffern ins Wirtshaus gekommen.«

Aufgeregt deutete Grete auf die gegenüberliegende Straßenseite, zum *Goldenen Adler*.

»Er hat nach einem Zimmer gefragt und wollt wissen, wo man den Bürgermeister findet.«

Grete kicherte.

»Der Wirt hat zum Stammtisch gedeutet und ihm gesagt, daß der Mann mit dem Krug Bier in der Hand der Bürgermeister sei.«

Viktoria und Grete hatten bereits einen Teil des Weges zur Fabrik hinter sich gebracht, sie schritten zügig quer durch die Felder.

»Der Fremde hat sich an den Stammtisch gesetzt, und so konnte der Wirt genau hören, worüber er mit dem Bürgermeister gesprochen hat.«

Grete bückte sich und band ihren Schuhriemen fester.

»Red schon!«

Viktoria war neugierig geworden, ein Fremder im Ort; schon eine Ewigkeit her. Aber Grete, die die Verbreitung der Neuigkeit ganz offensichtlich genoß, ließ sich mit dem Schnüren Zeit, wollte noch ein Stück Süßigkeit von Viktoria und bequemte sich dann endlich dazu, weiterzuberichten.

»Vor drei Monaten ist doch der Kuhdoktor gestorben.«

Viktoria unterbrach die Freundin: »Alt genug war er ja mit seinen zweiundneunzig Jahren.«

»Der Fremde, Siegfried Horten heißt er, sagt die Mutter, wird sein Nachfolger. Er hat in Wien studiert, sagt der Wirt. Ursprünglich kommt er aber aus dem Rheinland, aus, na, gleich fällt es mir wieder ein, aus Hermeskeil, hat er gehört, der Wirt, und meint, daß er ihn schwer versteht, den neuen Kuhdoktor. Seine Aussprach«, Grete rollte übermütig mit ihren Augen, »soll so geschliffen und scharf wie ein frisch gewetztes Messer vom Zigeuner sein.«

Viktoria wollte noch mehr über den Unbekannten erfahren, aber Grete winkte ab.

»Mehr weiß ich auch nicht.«

Die ohrenbetäubend laute Sirene übertönte weitere Fragen und befahl die Mädchen an ihre Arbeit.

Viktoria hatte den neuen Kuhdoktor noch nicht gesehen, als Grete ein paar Tage später einen Unfall erlitt. Sie hatte beim Maschinenputzen einen leeren Farbbehälter, der ungesichert auf einer Metallrolle stand, übersehen. Beim Reinigen der Kurbel war der schwere Behälter nach vorne gerutscht und aus zwei Meter Höhe auf Gretes linken Unterarm gefallen. Grete schrie und weinte fürchterlich.

Einige Arbeiterinnen, darunter auch Viktoria, waren zu der Verletzten gelaufen. Der Aufseher drückte die Arbeiterinnen zur Seite und untersuchte grob Gretes Verletzung.

»Da muß ein Doktor her.«

Er fluchte laut.

»Keinen Sanitäter, nicht einmal einen Verbandskasten gibt es hier! Dreihundert Menschen arbeiten in der Fabrik. Und wen schert es, wenn ein Unglück passiert?«

Er spuckte Massen von braunem Brei aus dem Mund und befahl Viktoria: »Geh und hol den Kuhdoktor!«

Er stopfte frischen Tabak in den Mund und fluchte weiter: »Wen kümmert's, daß es in der Umgebung keinen Arzt für Menschen gibt!«

Nie wird Viktoria den Moment vergessen, als sie Siegfried Horten zum ersten Mal gegenüberstand. Sie war außer Atem im *Goldenen Adler* angekommen.

»Den Kuhdoktor, schnell!« rief sie dem Wirt zu. »Die Grete hat sich verletzt!«

Wenig später hörte Viktoria polternde Stiefel, die sich über die Holztreppe des ersten Stockes hinabbewegten.

Ein großgewachsener Mann stand vor ihr, der Viktoria sogleich forsch fragte, was vorgefallen sei. In knappen Sätzen erzählte sie, was passiert war.

Komm! Siegfried Horten bedeutete Viktoria mit einer knappen Kopfbewegung, ihm zu folgen. Mit großen Schritten, mit denen sie nur schwer mithalten konnte, eilte er aus dem Gasthaus und weiter zum Haus des Bürgermeisters, in dessen Stall Horten seinen gemieteten Einspänner gestellt hatte. Ungeduldig wartete er, bis Viktoria den Kutschbock erklommen hatte, schnalzte mit der Zunge und machte sich in rasanter Fahrt auf den Weg zur Fabrik. Viktoria klammerte sich sicherheitshalber mit der einen Hand fest an die Eisenverstrebung, die als Armlehne diente.

Aus den Augenwinkeln beobachtete sie den Fremden, der sicher und fordernd das Pferd antrieb. Ein Mann, der Ruhe und Kraft ausstrahlte. Ein wunderbares Gefühl, dachte Viktoria. Laß uns kein Ziel anfahren. Viktoria vergaß die verletzte Freundin. Weiter!

Zu schnell war die Fahrt vergangen; düster und grau erhob sich das Fabriksgebäude vor Viktorias Augen. Unsanft wurde sie aus ihrem Tagtraum gerissen. Horten brachte das Pferd abrupt zum Stehen. Er sprang ab und schritt zügig auf das Gebäude zu. Enttäuscht rutschte Viktoria vom Bock. Der Kuhdoktor hatte sie schroff aufgefordert:

»Binde die Zügel am Baum fest!«

Gretes Unterarm war gebrochen. Horten ließ sich eine schmale Holzlatte bringen und brach sie entzwei. Eine Arbeiterin hatte von einem Stoffballen ein Stück Leinen abgeschnitten und es in schmale Streifen gerissen.

»Du mußt den Arm ein paar Wochen lang ruhig halten und darfst nicht arbeiten«, erklärte ihr Horten mit einer angenehm weichen, dunklen Stimme, während er Grete die Holzlatten links und rechts an den Unterarm drückte.

»Aber ich brauch das Geld, Herr Doktor!«

Grete war verzweifelt. Der Aufseher hielt die Holzstücke fest, und Siegfried wickelte die Stoffstreifen darüber.

»Nun«, stotterte der Aufseher, dem Grete leid tat, »ich werd dir inzwischen eine Arbeit geben, bei der du den verletzten Arm nicht brauchst.«

Grete atmete erleichtert auf. Die Arbeit, von der der Aufseher sprach, das Markieren fertig gedruckter Stoffballen – eine leichte Hilfsarbeiteraufgabe – könnte sie auch mit einer Hand erledigen.

»Du bekommst allerdings nur die Hälfte bezahlt.«

Grete wollte protestieren, doch der Aufseher schnauzte sie an: »Sei froh, daß ich dir überhaupt eine Arbeit geb! Und nun sei ja still, bevor ich's mir anders überleg!«

Grete wagte keine Widerrede.

Sie durfte sich im Hof auf eine Holzbank legen, und Viktoria durfte ausnahmsweise von ihrer Arbeit fernbleiben und sich um die Freundin kümmern, bis nach der Pause, wie der Aufseher betonte.

Ein Glas Wein für den Herrn Doktor. Zwei Stühle und ein Tisch wurden ins Freie gestellt, Horten und der Aufseher prosteten sich zu. Da hatten sich zwei Gleichgesinnte getroffen.

Die Sirene meldete sich dreimal kurz. Die Maschinen wurden gestoppt. Zehn Minuten Pause.

Einige Arbeiterinnen scharwenzelten aufreizend um den Kuhdoktor herum. Eine drückte wie nebenbei ihre Brüste gegen den Oberarm des Mannes und fragte ihn, lasziv direkt, ob sie ihm irgendeinen Wunsch erfüllen könnte.

»Vielleicht«, sagte Siegfried Horten abwesend und sah zu Viktoria hinüber. »Später vielleicht ...«

In seiner Stimme schwang eine klare, laute Herausforderung mit, die an Viktoria gerichtet war. Sie merkte, wie sie errötete und senkte verärgert den Kopf. Keinem der Umstehenden war die Konfrontation aufgefallen, die Frauen tanzten um den jungen Doktor wie um ein goldenes Kalb. Eindeutige Bemerkungen und freche Eindeutigkeiten wurden direkt ausgesprochen.

»Wer arbeitet, darf auch lieben«, konterte Horten und erntete breiteste Zustimmung. Provozierend sah er zu Viktoria hinüber.

Viktoria schlich in den Keller wie eine beleidigte Katze, setzte sich auf den langen Waschtrog, in dem sich die Arbeiterinnen waschen konnten, und ärgerte sich über Hortens Bemerkung; die ganze Pause lang, und noch bis zum Einschlafen.

»Hast du seine Augen gesehen?« Grete hüpfte, ihren Arm in einer Schlinge, mit Viktoria durch das Feld. »Und wie er meinen Arm verbunden hat! Ich hab seinen Atem an meiner Wange spüren können!«

Grete rollte verzückt mit ihren Augen; sie rollte sie bei jeder Gelegenheit, was ihr auch den Spitznamen Roll-Liesl eintrug. Sie seufzte.

»Siegfried.«

Viktoria war stehengeblieben.

»Und was ist mit dem Herbert?«

Grete schnaubte verächtlich.

»Ach, der! Der ist ja noch ein Bub. Siegfried aber …« Verträumt ging Grete weiter.

»Vor ein paar Wochen hast du mir aber ganz andere Dinge erzählt.«

»Da hab ich den Siegfried noch nicht gekannt!«

Viktoria wurde zornig.

»Jetzt hör aber auf! Du redest vom Kuhdoktor und sagst Siegfried, als wärst du mit ihm eng befreundet!«

»Na, was nicht ist, kann ja noch werden.«

Grete lächelte siegessicher.

Grete beschloß, lieber einen Umweg zu gehen; nur noch Landstraße. Ein paar Tage später hatte sie Erfolg. Viktoria und Grete stapften müde von der Fabrik nach Hause, als sie ein Pferdegespann überholte. Horten hielt an und fragte, ob sie nicht mitfahren wollten. Grete nickte erfreut, doch Viktoria lehnte massiv ab: »Nein, danke. Wir haben noch etwas zu besprechen. Von Frau zu Frau. Sie verstehen. Auf Wiedersehen!«

Irritiert setzte Horten seinen Weg fort. Grete fluchte wie eine alte Färberin und jagte Viktoria durch die Brennesseln.

Eine eigenwillige Person und hübsch dazu. Wagt es, meine Einladung auszuschlagen. Horten wollte Näheres über Viktoria erfahren.

»Er meint die Czaplinsky, die Polackin! Man hört es ja kaum noch, weil sie so gut Deutsch gelernt hat. Kompliment, Herr Oberlehrer, aber sie ist eine Polackin.«

Am Stammtisch des Wirtshauses kam Stimmung auf. Der Pfarrer rülpste ungeniert.

»Laß ja die Finger von der, Herr Doktor!«

Der Wirt hatte eine neue Runde Bier auf den Tisch gestellt und setzte sich kumpelhaft zu Siegfried; die alte Geschichte, sie wurde wieder aufgewärmt.

Siegfried verließ das Gastzimmer, torkelte die Holzstufen zu seinem Zimmer hinauf. Er tauchte seinen Kopf in die Waschschüssel, schüttelte ihn, daß die Wassertropfen nur so herumflogen. Eindeutig zu viel getrunken, keine klaren Gedanken und dann dieses Mädchen! Er legte sich aufs Bett und zeichnete mit einem Finger die Figur der Achtzehnjährigen an die Wand.

»Nun, wenn die so leicht zu haben ist«, Siegfried öffnete seinen Hosenschlitz. Seine Hand strich über sein Geschlechtsteil.

Verdammt wenig los in diesem Kaff, kein Bordell, kein Dienstmädchen, das man … am liebsten im Gras. Er dachte an Wien, an seine Studentenzeit; er hatte sie ausreichend genützt. Er seufzte. So richtig wieder einmal …

Er war eingenickt, die Hand fest im Hosenschlitz. Sein Schlaf war unruhig und von nackten Frauen beherrscht.

Ein lautes Trommeln an der Tür schreckte Siegfried aus dem Halbschlaf. Überlaut drang die Stimme des Wirtes durch die verschlossene Tür an sein Ohr.

»Schnell, Herr Doktor! Der Bürgermeister braucht Sie. Seine Kuh kalbt. Sie ist schon so alt, daß er Angst hat, sie krepiert!«

»Ich komme!« rief Siegfried und wollte aufstehen. Just in diesem Moment hatte ›sein Herr seinen Dienst getan‹. Rasch zog er die naß gewordene Hand aus der Hose und knöpfte den Hosenschlitz zu.

»Du spinnst ja.«

Grete rollte bedrohlich mit ihren Augen.

»Wenn der Doktor mich auf den Kirtag eingeladen hätte, ich wäre mitgegangen.«

Verständnislos schüttelte sie den Kopf.

»Dafür würde ich sogar … warum nicht? Ja, ich tät's.«

»Du liest zu viel von diesen romantischen Heftln und Frauenzeitschriften!« meinte Viktoria und schob sich den letzten Bissen ihres Marmeladenbrots in den Mund. Kauend fragte sie, wie es denn dem gebrochenen Arm ginge.

»Besser, aber noch nicht so gut, um nicht vom Doktor kontrolliert werden zu müssen.«

Sie rollte sehnsüchtig mit ihren Augen.

»Könnte ja sein, daß er mich zum Kirtag einlädt«, meinte Grete schnippisch.

Ein schriller, langgezogener Ton: Feuer!

»Schnell! Alle raus hier!«

An die Pumpe! Verwirrt bahnte sich der Aufseher einen Weg ins Freie.

»Lauft in die Dörfer! Holt Hilfe. Allein schaffen wir das nicht.«

Umständlich wurde der Wasserschlauch ausgerollt. Mit einem Schlauch würde sich das Feuer kaum eindämmen lassen.

»Holt euch Kübel! Das Feuer darf nicht auf die Halle übergreifen.«

Viktoria hatte sich mit Grete aus der Halle gedrängt. Noch hatten sie den Knall in den Ohren, der vom Anbau her zu hören gewesen war. Dort, wo die Farben gemischt wurden, wo strengstes Rauchverbot herrschte, wo es sogar verboten war, im Freien ein Streichholz anzureißen.

Auf ihr Drängen hin hatte ihr der Aufseher vor einem halben Jahr die *Giftküche* gezeigt. Hochexplosive Chemikalien, wie er erklärte, in Flaschen und Fässern und frische Farben, kübelweise.

»Hier möcht ich arbeiten!« hatte sie ausgerufen.

»Frauen haben hier nichts zu suchen.«

Es sei eine gefährliche und verantwortungsvolle Arbeit, die Kenntnisse erfordere, die sie nicht habe. Viktoria ärgerte sich. Jakob, der gleichzeitig mit ihr in der Fabrik zu arbeiten begonnen hatte, durfte schon lange Farben mischen!

Eine neuerliche Explosion, die das Dach des Anbaus in die Luft jagte, löste unter den Arbeiterinnen Panik aus. Hysterisches Geschrei vermischte sich mit hilflosen Rufen; wirres, planloses Herumirren der geschockten Menschen. Keiner dachte mehr ans Löschen.

Und dann ein markerschütternder Schrei aus dem Anbau. Die Menge verstummte. Der Aufseher rannte zum qualmenden, teilweise brennenden Haus.

»Der Jakob!« brüllte er.

Viktoria schlüpfte aus ihrer Weste.

»Grete! Mach schon!«

Sie tauchte ihre Weste in einen Wasserkübel. Einige Frauen taten es ihr gleich. Mit den triefnassen Westen in den Armen rannten Viktoria, Grete und drei andere Arbeiterinnen zum Anbau. Viktoria stülpte sich ihre Weste über den Kopf, riß ihre

Freundin, die zögernd neben ihr stand, mit sich. Sie drängten in den Anbau. Viktoria mußte husten. Ihre Augen tränten. War die Küche rechts oder links? Mühsam versuchte sie sich zu orientieren. Sie hörte ein lautes Stöhnen, tief drinnen im undurchsichtigen Qualm. Hinter ihr war Gretes Stimme zu hören, die sie zu einer Umkehr bewegen wollte. Weitergehen, über keines der Fässer stolpern. Weiter durch den beißenden Qualm. Die Umrisse eines Mannes.

»Jakob?«

Der schwere hölzerne Arbeitstisch war umgefallen und hatte Jakobs Beine eingeklemmt; er lag hilflos auf dem Boden. Die Glasscherben zerbrochener Chemikaliengläser knirschten unter ihren Schuhsohlen, als sich Viktoria dem Tisch näherte. Sie zog und zerrte an der leblosen Gestalt. Ihr war nicht bewußt, daß sie dabei laut schrie.

Plötzlich waren Arbeiterinnen um sie, die den Tisch anhoben und Jakob befreiten.

»Raus jetzt! Schnell!«

Grete trieb die Hilfsmannschaft ins Freie. Viktoria tastete sich als letzte vorwärts. Sie hatte beinahe den Ausgang erreicht, als ihr ein brennender Dachbalken den Weg versperrte. Unten durchkriechen, schoß es ihr durch den Kopf. Zischend sauste ein zweiter Balken auf den Boden. Weiterkriechen auf allen vieren! Keuchend und hustend schleppte sie sich ins Freie. Zwei Arbeiterinnen zerrten sie weiter.

»Weg hier, bevor alles in die Luft fliegt!«

»Eine leichte Rauchvergiftung. Und die Hautabschürfungen verheilen bald. Zwei Tage bleibst du im Bett!«

Der Kuhdoktor zwinkerte Viktoria zu.

»Im Moment ist die Fabrik ohnehin geschlossen.«

Er erhob sich vorsichtig von der Bettkante, stand mit eingezogenem Kopf vor ihr.

»Meine Hochachtung! Du warst sehr tapfer.«

Sein Blick glitt ungeniert über Viktorias Brüste, die sich unter einem gemusterten Nachthemd wölbten. Viktoria griff rasch nach der Wolldecke. Zum Glück betrat Tante Agathe das Mansardenzimmer.

»Eine Färberin ist ums Leben gekommen, keine von unserem Dorf, sie ist wahrscheinlich von einem Dachziegel erschlagen worden. Man hat sie unter den Trümmern gefunden. Hat der Jud erzählt.«

»Und der Jakob?«

Tante Agathe lachte gehässig:

»Sein rechtes Bein ist zerquetscht worden, es mußte amputiert werden. Aber er lebt! Du hast deinem Liebsten gewissermaßen das Leben gerettet.«

Viktoria strafte Agathe mit einem bösen Blick. Konnte sie die saudumme Geschichte nicht endlich vergessen! Sicher kannte er sie auch schon, der Kuhdoktor. Und wenn schon! Mit vorgebeugtem Oberkörper stand er da, vor ihrem Bett, befürchtete, sich an der Holzdecke den Kopf zu stoßen. Hatte er nicht gelächelt vorhin? Natürlich hatte man ihm die Lügengeschichte erzählt! Erschrocken stellte Viktoria fest, daß es ihr doch etwas ausmachte.

Siegfried Horten drehte sein Gesicht zu Agathe. »Es ist ein Wunder, daß die Fabrik nicht vollständig niedergebrannt ist.«

»Wär nicht schad drum gewesen! Wer braucht denn diese bunten Stoffe.«

Tante Agathe blickte abfällig zu Viktoria.

»Eitelkeit ist eine Sünde, sagt der Herr Pfarrer, und der muß es wissen.«

Mit diesen Worten wollte sie das Mansardenzimmer verlassen.

»Ich möchte ihre Nichte am Sonntag zum Tanz einladen, Frau Czaplinsky.«

In Agathes Gesicht spiegelte sich Freude wider, und sie dachte gleich fünf Schritte weiter: Der Kuhdoktor und Viktoria! Damit wären auch meine Katzen gut versorgt.

Ehe Agathe antworten konnte, rief Viktoria:

»Nein! Ich will nicht tanzen!«

Sie schluckte, verstand nicht, warum sie das gesagt hatte.

Verärgert verabschiedete sich Siegfried Horten, nickte der verdatterten Agathe zu und verließ eilig das Mansardenzimmer. Was bildet sich dieses Mädchen ein! Noch einmal werde ich sie nicht fragen!

Schon im Garten war sein Zorn verflogen; Viktorias Widerstand reizte ihn, und er war sicher, ihn brechen zu können.

In den nächsten Wochen waren die Arbeiter und Arbeiterinnen damit beschäftigt, ein Ziegelhaus zu errichten. Der Aufseher trieb den Aufbau voran.

»Es gibt erst wieder vollen Lohn, wenn das neue Mischhaus fertig ist und in der Fabrik alle Maschinen wieder laufen.«

Grete hatte sich gebückt und nestelte an ihrem Kopftuch, das am Boden lag, herum.

»Schau nicht so blöd«, fuhr Grete Viktoria an. Die Sirene kündete das Arbeitsende an.

»Es ist ganz einfach.«

Grete hatte etwas, so groß wie ein Apfel, in ihrem Kopftuch versteckt. Sie legte das Kopftuch mit dem *Geheimnis* auf den Boden und sah suchend zum Ufer des Weihers.

»Bring mir den großen Stein!«

Viktoria reichte Grete den Stein. Rund fünfzigmal schlug Grete auf das Tuch ein, bis das vormals apfelgroße *Geheimnis* plattgedrückt war. Dann öffnete sie den Knoten, breitete das Tuch aus, aus dem sich eine kleine rötliche Staubwolke hob, und wies stolz auf dessen Inhalt.

»Wangenrot! Die Ziegelsteine von der Fabrik sind dafür bestens geeignet!«

Vorsichtig befühlte Viktoria mit ihren Fingerspitzen das Feingestampfte und rieb es auf ihre Wangen.

»Aber laß dich vom Aufseher nicht erwischen. Der zählt die Ziegelsteine«, scherzte Grete.

Grete zog eine Blechdose aus ihrer Schürzentasche, öffnete sie und hielt sie vor Viktorias Nase.

»Willst du eine?«

Viktoria nickte interessiert.

»Drehen mußt du sie dir schon selber.«

Viktoria nahm vorsichtig einen Zug. Langsam – in ihrer Kehle kribbelte es, und sie unterdrückte ein Husten – blies sie den Rauch durch ihre Lippen.

»Weißt schon das Neueste?«

Viktoria schüttelte den Kopf und nahm einen weiteren Zug. Es schmeckte ihr.

»Der Kuhdoktor hat in Wien eine Freundin.« Erwartungsvoll räusperte sich Grete.

»Und wenn?« Viktoria warf die Zigarette in hohem Bogen in den Weiher.

»Ich hab geglaubt, du machst dir was aus dem Doktor!«

Viktoria erwiderte gelassen: »Du vielleicht?«

Viktoria hatte sich auf dem Heuschober verkrochen. Sie war unglücklich. Sie dachte an Siegfried Horten. Lange hatte sie ihn nicht mehr gesehen. Ein angehender Doktor, Student der Veterinärmedizin, vertrat ihn seit drei Wochen.

Gretes Vater, der zur Stammtischrunde zählte, hatte vom Wirt gehört, daß der Kuhdoktor bei einer wichtigen Tagung in Wien sei.

»Wahrscheinlich lernt der Piefke dort, wie man richtig spricht«, dozierte der Oberlehrer.

»Ja, sicher«, erwiderte der Wirt.

»Er lernt unsere Sprache. Die da!«

Die Stammtischrunde war über die eindeutigen Bewegungen, die der Unterleib des Wirts vollführte, in Gelächter ausgebrochen, und auch der Oberlehrer brachte vor Lachen kein Wort mehr heraus.

An einem Sonntag – der einzige Tag, an dem sie, die Stallarbeit ausgenommen, nicht arbeiten mußte – saß Viktoria alleine am Ufer des Weihers. Sie hatte jetzt ihre eigene Blechdose für den Tabak und das Papier. Geschickt drehte sie sich eine Zigarette.

Das goldene Medaillon baumelte an ihrem Hals und warf spitze Funken auf das Wasser. Viktoria zündete die Zigarette an und nahm einen kleinen Zug. Wohlig schloß sie ihre Augen. Sie hörte ein leises Rascheln im Gebüsch.

»Hermann, bist du es?«

Keine Antwort.

»Hier bin ich, Hermann!«

»Kannst du mir auch eine drehen?« Siegfried Horten setzte sich neben Viktoria. »Du hast jemanden erwartet?«

»Nein.«

»Lüg nicht! Du hast doch eben nach Hermann gerufen!«

Viktoria mußte lachen.

»Hermann besucht mich oft, auch Engelbert traut sich manchmal bis hierher. Da sind sie ja.«

Ein alter schwarzer Kater und ein wohlgenährter dreifarbiger Kater schlichen näher. Jetzt mußte auch Siegfried lachen. Es verging ihm schnell.

»Darf ich vorstellen: Engelbert Dollfuß und Hermann Göring.«

Siegfried war aufgesprungen, die Katzen suchten schreiend das Weite.

»Hermann Göring! Unmöglich!«

»Wir haben auch noch eine Katze, die Jesus heißt, obwohl sie ein Weiberl ist, und einen Adi Hitler.«

»Adolf, meinst du. Adolf.«

»Die Tante nennt ihn Adi, gefällt ihr besser. Sie sucht die Namen aus. Nur von Berühmtheiten.«

Siegfried drehte sich selber eine Zigarette. Langsam verflog sein Zorn über die Namensgebung, er setzte sich neben Viktoria.

»Es war anstrengend in der Stadt. Ich bin froh, daß ich wieder hier bin.«

Seine Augen fixierten Viktoria. Ein Schwindelgefühl erfaßte sie. Langsam tastete seine Hand nach ihrer und legte sich besitzergreifend darauf. Viktoria zog ihre Hand nicht weg. Sie genoß das neugewonnene Gefühl, das sich in ihr breitmachte. Sie fühlte sich geborgen, und das komische Kribbeln in ihrem Bauch hatte wohl mit Liebe zu tun. So genau wußte sie es nicht. Sie wünschte sich, daß dieses für sie Unbenennbare lange anhalten möge.

Siegfried betrachtete Viktoria mit halbgeöffneten Augen. Zum wiederholten Male stellte er fest, daß ihm dieses Mädchen, diese junge Frau, gut gefiel. Er rutschte näher.

Ihr weicher Gesichtsausdruck ließ ihn triumphieren, ihr Widerstand schien gebrochen. Er hatte recht gehabt! Zärtlich strichen seine Finger über Viktorias Wange. Sie war auch nicht anders als andere Frauen!

Bei Einbruch der Dunkelheit war Viktoria in ihr Mansardenzimmer gegangen, hatte gewartet, bis sich der Schlüssel im Schloß gedreht hatte, und war dann, mit ziegelroten Wangen und aufgemalten Strumpfnähten an den Waden, zum Fenster geschlichen.

»Unsinn!«

Viktoria mußte über sich selbst lachen und stampfte laut auf.

»Sie kann mich ja doch nicht hören.«

Etwas bange war ihr zumute, als sie aus dem Fenster kletterte und sich langsam vom Mauervorsprung bis hin zum Dach des Hühnerstalls hantelte. Sie stieg auf das Dach, kletterte über die Leiter, die seit Jahren dort ihren Platz hatte, in den Hof.

Durch die Vorhänge ließen sich Agathes Umrisse erkennen. Trotzig reckte Viktoria ihren Kopf in die Höhe, und sie versuchte, das schlechte Gewissen, das sie hatte, zu verdrängen. Es war das erste Mal, daß sie sich über ein Verbot der Tante hinwegsetzte, das erste Mal, daß sie das Mansardenzimmer auf diesem Weg verließ.

In der Nähe des Weihers wartete Siegfried Horten mit seinem Einspänner.

Viktoria war müde, aber glücklich, als sie sich am nächsten Morgen mit Grete traf, um zur Arbeit zu gehen. Die halbe Nacht hatte sie mit Siegfried getanzt, gelacht und wieder das Gefühl der Geborgenheit gespürt. Was machte es da schon aus, daß zwei Fabriksarbeiterinnen ebenfalls auf dem Weinfest waren und Viktoria böse angestarrt hatten! Trotzdem war Viktoria erleichtert, daß die beiden Frauen aus einem anderen Ort stammten. Ihr Tanzen mit Siegfried würde vielleicht nicht bekannt werden.

Lachend gab sie Viktoria einen Schubs.

»Du hast ja keine Ahnung!«

Grete verschluckte sich fast vor Aufregung, und ihre Augen drehten sich so übermütig, daß sie fast aus den Höhlen kullerten.

»Es ist einfach himmlisch! Schöner, als ich geglaubt habe. Schade, daß du nicht dabei warst!«

Mit einem Seufzer ließ Grete ihren Oberkörper zurück ins Gras fallen. Viktoria hatte sich auf den Bauch gerollt, ihre Ellbogen gegen den Boden gestemmt und den Kopf auf ihre Hände gestützt.

»Ich weiß nicht.«

Skeptisch beobachtete Viktoria einen Weberknecht, der auf einem Grashalm balancierte. Ein Windhauch fuhr durch ihr Haar, zog am geflochtenen Zopf; der Weberknecht wippte am Grashalm auf und ab.

»Ich hätt Angst!«

Viktoria zuckte zurück, als der Weberknecht vom Grashalm stieg und auf sie zumarschierte. Viktorias rasche Bewegung hatte das Tier erschreckt. Beleidigt krabbelte es von Viktoria fort.

»Der Herbert!«

Grete seufzte mehrmals lautstark. Viktoria hätte ihr gerne von Siegfried erzählt, aber seitdem Grete vor ein paar Tagen das erste Mal im Beiwagen von Herberts Harley Davidson mitgefahren war, gab es kein anderes Thema. Der Bürgermeister und reichste Bauer der Gegend hatte seinem einzigen Sohn den Wunsch nach einer Harley Davidson erfüllt.

Herbert stand damit schlagartig im Mittelpunkt der Dorfgemeinde. Nachdem Grete im Beiwagen hatte mitfahren dürfen, war ihre Liebe zu Herbert wieder neu entfacht. Grete genoß das Aufsehen und die neidischen Blicke, die ihr, Herbert und besonders der Harley galten.

»Ich werd den Herbert bitten, daß er dich auch einmal mitfahren läßt!«

Es war sinnlos, fand Viktoria, heute mit Grete über Siegfried zu reden. Das mußte sie wohl verschieben, bis Gretes Begeisterung etwas nachgelassen hatte und sie wieder vernünftig denken konnte.

Ein paar Tage später stürmte eine zornige Grete aus dem Haus, empört auf Viktoria zu.

»Mein Vater hat da so einiges über dich und den Kuhdoktor gehört, gestern abend am Stammtisch! Ich dacht, wir sind Freundinnen! Und dann verschweigst du mir das!«

Es brauchte den ganzen Weg bis zur Fabrik, um Grete zu besänftigen.

Viktorias geheime nächtliche Ausflüge wiederholten sich unter Siegfrieds drängenden Bitten.

Sie waren über eine Stunde gefahren, er hatte ihr das Fürstenschloß gezeigt und war mit ihr in eine Weinstube eingekehrt.

»Hier, für dich«, sagte er mitten im Gespräch über Agathes Katzen und drückte ihr ein Päckchen in die Hand. Viktoria hatte außer Lakritzstangen nie ein Geschenk bekommen und war verunsichert. Vorsichtig löste sie die Masche und schlug das Zeitungspapier auseinander. Ein Buch kam zum Vorschein.

»Ich bin sicher, daß du dich freust.«

»*Mein Kampf.*«

»Schlag es auf.«

»Für Viktoria. In Liebe, Siegfried«, stand auf der ersten Seite, unter dem Bild des Verfassers.

Mein erstes Buch, das mir alleine gehört, ging es ihr durch den Kopf, während Siegfried ihr vorschwärmte, wie wichtig und interessant es sei, und ihr auftrug, es genau zu lesen. Beeindruckt nickte Viktoria.

Sehr wohl hatte Agathe eines Morgens die mit Ziegelstaub gefärbten Wangen bemerkt und die Nichte in schrillem Ton zur Rede gestellt. Die ruhige, sonst eher zurückhaltende Viktoria hatte die Tante nur herausfordernd angesehen und dann, gut erkennbar für Agathe, gelacht. Ihre Liebe zu Siegfried hatte sie mutig gemacht. Trotzdem nahm sie sich vor, nach den Ausflügen mit Siegfried ihr Gesicht am Brunnen zu waschen.

Und Agathe bescheinigte sich wieder einmal, daß sie dieses Kind nicht hätte bei sich aufnehmen sollen.

Tante Agathe hatte niemals ein Wort über die Liebe verloren oder gar über die geschlechtliche Vereinigung gesprochen. Und selbst wenn sie es gewollt hätte, ihre theoretischen Erfahrungen diesbezüglich waren ebenso karg wie ihre praktischen. Und was sie darüber von anderen Mündern aufgeschnappt hatte, fand sie eher abschreckend, um nicht zu sagen tierisch.

Es war eine Spätherbstnacht. Siegfried war mit Viktoria vier Ortschaften weiter im Kino gewesen. Noch hatte sie das Stimmengewirr, das sich im neuerbauten Kinosaal vor der Vorstellung erhoben hatte, in den Ohren. Und die Aufschreie einiger Frauen, als das Licht ausging, und die erfreuten Ausrufe, als aus einem Lautsprecher, der vorne an der Wand hing, Musik ertönte, und das Gerät im Hintergrund, von einem leisen Surren begleitet, das Bilder an die Wand warf. Aufgeregt hatte sie Siegfrieds Hand ergriffen und nicht bemerkt, nicht gleich bemerkt, wie er später seinen Arm um sie legte. Sie war beeindruckt. Obwohl ihr Grete bereits von einer Kinovorführung berichtet hatte, war es für Viktoria ein kleines Wunder. Sie hatte einen richtigen Tonfilm gesehen. Während der ganzen Rückfahrt mit dem Einspänner redete Viktoria von nichts anderem als diesem wunderbaren Erlebnis. Siegfried gelang es nicht, ihren Redefluß zu unterbrechen.

Kurz vor dem Dorf hielt er plötzlich an, hob Viktoria vom Kutschbock und schmunzelte.

»Komm!«

Er zog sie mit in die alte, baufällige Kapelle.

Viktoria starrte an die Decke ihres Mansardenzimmers. Der Verputz war teilweise abgebröckelt. In der rechten Zimmerecke bewegten sich Spinnweben im Luftzug. Das Fenster schließen, durch die Scheibe lange nach draußen sehen.

»Nein«, schrie es in ihr. »So hab ich mir die Liebe nicht vorgestellt!«

Sie betastete ihren Unterleib, vorsichtig, um ihn wieder mit sich zu versöhnen. Sie schloß die Augen und spürte erneut Siegfrieds Hände, die zuerst liebevoll ihre Wange gestreichelt hatten. Sie erinnerte sich daran, wie Siegfried seine Lippen auf ihre gepreßt hatte, sie ihre auf seine, er wieder seine auf ihre. Minutenlang.

»Nicht so flüchtig, wie die Schauspieler im Film, richtig«, wie er sagte und sie elegant in die Arme nahm und sie auf die

Sitzbank legte und küßte, auf den Mund und auf den Hals, wo es kitzelte, und durch die Bluse auf die Brüste, was sie unanständig, aber aufregend fand.

Ist eine Kapelle, eine baufällige, noch ein Gotteshaus? Keine Bilder, kein Altar, nur noch drei Holzbänke. Nur ein Haus wie jedes andere. Er küßt besser als die im Tonfilm.

Und dann sein Satz, den sie zuerst nicht ernst genommen hatte: »Ich will dich.«

Keine Küsse mehr, nur Hände, die bestimmt unter ihre Bluse griffen und ihre Brüste packten, sie zusammendrückten, wieder losließen, wieder zusammendrückten, die an ihren Brustwarzen hingen wie Kletten. Viktoria wollte sich aufrichten und rutschte von der Holzbank auf den kalten Steinboden. Siegfried beugte sich über sie, seine Hände schoben sich unter ihren Rock, zerrten an ihrer Unterwäsche.

»Nicht! Nicht jetzt, nicht hier. Morgen, wenn die Tante in die Kirche geht«, hatte sie gebettelt, aber Siegfried hatte sich nicht beirren lassen.

»Laß mich, Viktoria«, hatte er heiser gesagt und zu stöhnen begonnen.

Sie hörte das Schnauben des Pferdes, das am Straßenrand stand. Sie fühlte Nässe und Dreck in ihrem Nacken. Siegfried hatte Viktorias Unterhose bis zu den Knien hinabgezogen.

»Nein! Nicht!«

»Du kannst nicht schwanger werden. Nicht, wenn du noch Jungfrau bist«, lachte er provokant und preßte seinen Unterleib gegen ihren. Sein Gewicht nahm ihr die Luft. Siedendheiß stieg der Schmerz aus dem Unterleib bis zum Hals. Sekundenlang schnappte Viktoria nach Luft.

Siegfried war mit einem erleichterten Stöhnen zur Seite gerollt. Dann Stille.

Viktoria fühlte sich enttäuscht, betrogen. Nein! So hatte sie sich das Ganze nicht vorgestellt.

Siegfried flüsterte ihr ins Ohr: »Ich liebe dich.«

Viktoria war halbwegs beruhigt. Es mußte doch richtig gewesen sein, was eben passiert war, wenigstens für ihn. Und ihr fiel ein Satz aus einer Predigt ein: »Die Frau hat dem Mann untertan zu sein.« Und doch hoffte sie, daß er nicht so dachte; er war zärtlich, wenn auch nur ganz kurz.

Viktoria drehte die Flamme der Petroleumlampe höher, nahm ihr Medaillon vom Hals, öffnete es, entnahm ihm das zusammengefaltete Papier, befeuchtete die Spitze des Stifts und schrieb in zierlichen Buchstaben auf das Papier: *Eintragung Nummer eins: Siegfried und Viktoria.*

Darunter schrieb sie das Datum des vergangenen Tages.

Tante Agathe saß mit versteinerter Miene in ihrem Ohrensessel und erwiderte Viktorias Gruß nicht. Sie hat von Siegfried und mir und von meinen nächtlichen Ausflügen erfahren. Sie wird mich aus dem Haus jagen, am besten packe ich gleich meine Sachen.

»Sie ist tot«, kam es leise über die Lippen der Alten.

»Ich hab Jesus unten beim Fluß gefunden, sie hat sich in einem Erdloch verkrochen, zum Sterben hingelegt.«

Agathe konnte nicht weitersprechen.

Viktoria schaufelte hinterm Haus, neben dem Gemüsegarten, ein tiefes Loch, in das Jesus, in ein Bettlaken eingewickelt, versenkt wurde.

Siegfried hatte seit jener Nacht keinen Versuch unternommen, Viktoria zu treffen. Sie war maßlos enttäuscht. Einige Male war er am Morgen mit seinem Einspänner an ihr und Grete vorbeigefahren und hatte beiden nur flüchtig zugenickt.

»Der tut so, als ob er uns nicht kennen würd.«

Grete rollte empört mit ihren Augen.

Viktorias Gemütsverfassung wurde durch das zufällig belauschte Gespräch noch verschlimmert. Zwei Arbeiterinnen sprachen davon, daß der Kuhdoktor eine Frau aus der Stadt heiraten würde.

»Wird Zeit, daß der fesche Doktor eine Familie gründet!«
Viktoria wurde blaß.

»Rennen ihm genug Weibsbilder hinterher. Er könnt an jedem Finger zehn haben.«

Ein schadenfrohes Lachen begleitete den nächsten Satz:

»Die kleine Czaplinsky hat sich wohl auch Hoffnung gemacht. Nur weil er einmal mit ihr tanzen war.«

Viktoria beschloß, nie wieder an Siegfried zu denken. Aber sie merkte rasch, daß das nicht so einfach war.

»Laß nur, Grete, es geht schon wieder.«

Viktoria stützte sich auf den Waschtrog.

»Ich vertrag den Geruch der Farben nicht mehr.«

Sie lächelte gequält. Grete schüttelte den Kopf und meinte trocken: »Was heißt da *Geruch der Farben*! Wenn ich nicht wüßt, daß du noch nie mit einem Mann … ich tät sagen, du bist schwanger.«

Rasch blickte Viktoria zur Tür des Waschraums.

»Sei still! Wenn das jemand hört!«

Verwirrt dachte sie wieder an Siegfrieds Worte: Jungfrauen können nicht schwanger werden!

Grete war entsetzt, vor allem, weil ihr ihre Freundin nichts von ihrem *Liebhaber*, wie sie es nannte, erzählt hatte.

»Wer war es?«

»Das sag ich nicht. Nicht einmal dir.«

Grete spielte die Beleidigte.

»Geht mich ja nichts an.«

Und schon war die Neugierde wieder da.

»Einer aus der Fabrik?«

Viktoria verneinte.

»Doch nicht der Kuhdoktor?«

Viktoria schüttelte wieder den Kopf.

Nach der neunten Frage, nach dem neunten Nein, kapitulierte Grete und zischte spöttisch: »Dann kann's nur der Pfarrer gewesen sein.«

Sie sind lange am Ufer gesessen, ohne ein Wort zu reden. Grete hat dann ihre Freundin noch bis zur Gartentür begleitet und ganz sachlich gemeint: »Vielleicht kann ich dir helfen. Es gibt da einige Hausmittel.«

»Brandblasen. Am ganzen Hintern und am Bauch. Ich bin so lang im Waschtrog gesessen, bis ich fast ohnmächtig geworden bin.«

»Und?«

»Ist nichts rausgekommen. Kein Blut, kein gar nichts.«

Es war kalt. Viktoria zog ihre Weste enger an ihren Körper. Keines der alten Hausmittel, die Grete kannte, hatte geholfen.

»Dann bleibt dir nichts anderes übrig. Du mußt es versuchen. Man sagt, dabei verliert man es ganz sicher.«

Und Viktoria beschloß, einen letzten Versuch zu wagen. Sie hatte Angst.

Es war Sonntag. Die Tür wurde aufgeschlossen und Tante Agathe forderte Viktoria forsch auf, vor dem Kirchgang ihre Pflichten zu erledigen.

Langsam kleidete sich Viktoria an, kämmte ihr langes Haar, flocht es zu einem Zopf, den sie im Nacken zusammensteckte. Sie ging zum Fenster und betrachtete ihr Gesicht in der Scheibe. Verzweifelt stampfte sie mit ihrem Fuß auf und griff nach der großen Schere, die Tante Agathe zum Schneidern verwendete.

Die Stute vom Schuster fohlte.

»Bei so einem jungen Vieh hab ich nicht gewußt, ob ich allein zurechtkomm. Dank dir, Doktor.«

Der Schuster rieb das Fohlen fest mit Heu ab. Die Frau des Schusters bat Horten in die Stube.

»Ich hab gehört, Sie wollen heiraten, Herr Doktor.«

Die Frau des Schusters stellte Horten einen Krug Wein auf den Tisch und beugte sich vertraulich zu ihm.

»Das ist korrekt«, erwiderte Horten knapp, und die Frau getraute sich nicht weiterzufragen. Enttäuscht ging sie in die Küche.

Absichtlich hatte Siegfried vor einiger Zeit am Stammtisch dieses Gerücht in die Welt gesetzt. Er wußte, daß man bald im ganzen Ort darüber Bescheid wissen würde. Auch Viktoria würde davon hören. Sie wird zu mir kommen und mich fragen. Und ich werde lachen, einfach lachen.

Viktoria hat mich verunsichert, gestand er sich ein. Und man hat ihr Unrecht getan. All das Gerede über sie stammte von den klatschsüchtigen, intriganten Weibern. Die Frau vom Schuster war auch so eine. Er nahm einen kräftigen Schluck.

Daß Viktoria noch Jungfrau gewesen war, davon hatte er sich überzeugen können. Und es hatte ihn verwirrt. Beinahe hätte er sich in Viktoria verliebt. Aber nur beinahe. Ekel war in ihm aufgestiegen, als er dieses sich heimtückisch anschleichende Gefühl wahrnahm.

»Hier, Herr Doktor.«

Grete war in die Stube gekommen und servierte Horten kalten Schweinsbraten und Brot.

»Wie geht es deinem Arm?«

Grete war bereits wieder bei der Tür.

»Dem geht's gut.«

Und bevor sie die Tür schloß, meinte sie noch keck: »Mir

geht's überhaupt gut. Und meiner Freundin auch. Die ist nämlich schwanger.«

Er hat mit keiner Wimper gezuckt. Er war es also nicht. Ich komm schon noch dahinter, wer ihr das Kind gemacht hat.

Ein Scherz, dachte Horten und schenkte sich nach. Außerdem hat Grete viele Freundinnen.

An Agathes Seite betrat Viktoria, lange nach dem letzten Glokkenschlag, das Gotteshaus. Sie hatte ein Kopftuch umgebunden und vermied es aufzusehen.

Tante Agathe war entsetzt gewesen, als sie Viktoria die Treppe herabkommen sah. Sie zeterte und wetterte so lange, bis ihr bewußt wurde, daß sie zu spät zur Messe kommen würden.

»Kurze Haare! Neumodischer Firlefanz! Eitle Kuh! Setz ein Kopftuch auf und beeil dich!«

Mit Einbruch der Dämmerung wurde Viktoria in ihr Zimmer eingeschlossen; es erschien ihr an dem Tag besonders eng und grau. Viktoria legte sich angezogen auf das Bett. Sie preßte ganz fest ihre Augen zusammen. Langsam erhob sie sich, nahm das Buch vom Fensterbrett und starrte es an. Drei Seiten, drei langweilige Seiten hatte sie gelesen. Nur Politik und keine Bilder. Wer liest denn so was?

Langsam öffnete sie das Fenster. Mit zittrigen Knien stieg sie auf das Fensterbrett.

Zusammengekrümmt lag sie seit Stunden auf dem gefrorenen Boden vor dem Hühnerstall. Viktoria erwachte aus ihrer Ohnmacht.

»Ich bin noch immer schwanger«, murmelte sie kraftlos und schrie es im nächsten Moment Richtung Haus.

»Tante Agathe! Ich bin schwanger! So hilf mir doch!«

Nichts rührte sich im Haus. Viktoria schrie weiter, bis sie heiser wurde und nur noch krächzen konnte.

Und wieder war es Mischa, der Viktorias Schreie hörte. Stockbetrunken wankte er aus seiner Hütte und torkelte, nachdem er bereits fünfmal der Länge nach hingefallen war, auf den Gartenzaun zu. Er sah die am Boden Liegende, die ihm zuwinkte und ihn inständig bat: »Der linke Fensterflügel neben der Tür steht halb offen. Steig hinein und hol Tante Agathe.«

Mischa schaute verständnislos zum Fenster. Einsteigen? Welch seltsames Spiel? Er lachte und mußte sich am Zaun festhalten, um nicht wieder zu fallen.

Erst als Viktoria ihn anschrie, begriff er, daß er helfen sollte. Schwerfällig stapfte er zum Fenster.

»Geh schon, kriech hinein!«

Viktoria drängte.

»Hol Tante Agathe!«

Mischa lachte und drückte das Fenster weit auf. Schwerfällig kroch er durch das Fenster ins Innere. Wenig später vernahm Viktoria zwei Schreie.

Mischa hatte sich über die schlafende Agathe gebeugt und sie mit beiden Händen wachgerüttelt. Ein gellender Schrei. Agathe war sofort hellwach. Mischa taumelte drei Schritte zurück. Ein Mörder, dachte sie und griff nach dem vollen Nachttopf neben dem Bett und schleudert ihn dem *Mörder* ins Gesicht. Jetzt schrie Mischa; so laut, daß er fast nüchtern wurde.

Tante Agathe eilte bloßfüßig, im langen Flanellnachthemd, ins Freie.

Agathe stellte keine Fragen; wahrscheinlich war sie zu entsetzt. Sie forderte Mischa auf, ihr zu helfen, die Nichte ins Haus zu tragen und auf ihr Bett zu legen.

Tante Agathe hatte Viktoria fest in Decken gehüllt. Sie kniete sich neben Viktoria und tätschelte unbeholfen ihre Hand.

Agathe, die sonst so geschickt Gefühle verbarg, wischte flink über ihre tränenden Augen. Übertrieben laut sagte sie dann:

»Ich hol jetzt den Kuhdoktor!«

»Es ist Zeit, nach Haus zu gehen«, murmelte Mischa betroffen und wankte hinter Agathe in den Hof.

»Nein, nicht den Kuhdoktor!«

Viktorias Protestschrei wurde von Mischa nicht mehr wahrgenommen, von Agathe nicht mehr bemerkt.

Bewegungsunfähig lag Viktoria im Bett; am liebsten wäre sie davongelaufen.

»Ich will nicht, daß Siegfried von meiner Schwangerschaft erfährt!«

Siegfried stürzte vor Agathe ins Haus. Er hatte sich bereits ein Bild gemacht: Er war überzeugt, daß Viktoria ihn besuchen wollte; wie er es sich gewünscht hatte. Beim Versuch, von der Mansarde zu klettern, mußte sie abgerutscht und so unglücklich gefallen sein, daß sie sich dabei an den Beinen verletzt hatte. So mußte es gewesen sein.

Er hatte sie in die Mansarde hinaufgetragen und in ihr Bett gelegt. Ihre gebrochenen Unterschenkel waren von ihm besonders exakt geschient und einbandagiert worden.

Er wollte die Schweigsame aufmuntern, etwas Witziges erzählen.

»Wenn du ein Pferd wärst, hätte ich dich erschießen müssen.«

Es war ihm so herausgerutscht und ziemlich peinlich.

»Ich bin ein Pferd. Erschieß mich.«

»Und das Fohlen?«

»Welches Fohlen?«

»Grete hat gestern geplaudert.«

»Was hat sie erzählt?«

»Daß ihre Freundin schwanger ist. Bist du schwanger?«

Viktoria nickte nur. Siegfried räusperte sich, atmete laut

aus und wieder ein, ehe er weiterfragte, die Anwort schon wissend.

»Ist das Kind von mir?«

Viktoria war fassungslos. Sie hatte mit allem, nur nicht mit so einer Frage gerechnet. Sie nickte und drehte den Kopf zur Wand.

Auf und ab, von der Tür zum Fenster und zurück, mit gebeugtem Oberkörper. Fünf Schritte und einen halben. Fünf Schritte und einen halben.

»Ein Kind.«

Dann verließ er das Zimmer.

»Ihre Nichte ist gründlich!«

Siegfried hatte sich zu Agathe an den Küchentisch gesetzt.

»Sie hat sich gleich beide Unterschenkel gebrochen. Doppelt hält besser!«

Zwei Stunden lang mußte Agathe über ihre Vorfahren und Verwandten Auskunft erteilen. So viel Fragen wegen zwei gebrochener Beine?

Und wieder diese Frage! Agathe nickte und bekräftigte noch einmal: »Ja, ihre Mutter war Polin und ganz sicher katholisch.«

Er bedankte sich bei Agathe und stieg die Treppe hinauf.

Er nahm auf der Bettkante Platz, die Finger seiner rechten Hand fuhren durch ihr kurzes Haar.

»Schade um deine schönen, langen Haare. Jede deutsche Frau sollte langes Haar tragen. Eine Frau mit langem Haar paßt auch viel besser zu einem Kuhdoktor. Sie werden nicht mehr gekürzt. Abgemacht.«

Sie brauchte lange, bis sie verstand, was er damit sagen wollte.

Kurz und bündig und gründlich. Er wollte keine Zeit verlieren. Das Kind sollte noch im Bauch der Mutter seinen Namen tragen. Ehrensache!

Wieder in der Küche hielt Siegfried bei Agathe um die Hand ihrer Nichte an. Die Tante war hocherfreut. Ein Arzt im Haus! Nie mehr müßte sie um eine kranke Katze bangen! Sie jubelte.

Sobald Viktoria von den Schienen und Verbänden befreit werden würde und ein aufrechtes Gehen auf Krücken möglich wäre, sollte die Trauung stattfinden. Agathe und Siegfried vereinbarten einen Hochzeitstermin in der kleinen evangelischen Kirche des Nachbarortes.

Am 12. März 1937 heiratete die neunzehnjährige österreichische Fabriksarbeiterin Viktoria Czaplinsky, auf zwei Krücken gestützt, den um dreizehn Jahre älteren deutschen Tierarzt Siegfried Horten. Es war eine kleine Hochzeit, der Agathe und Grete beiwohnten. Siegfried hatte, gleich wie Viktoria, seine Eltern früh verloren. Seine um drei Jahre ältere Schwester, die mit ihrem Mann in Berlin lebte, war verhindert und hatte nur einen Brief, den Siegfried kurz erwähnte, mit Vermählungsglückwünschen geschickt.

Die Tränen, die Viktoria beim Jawort über die Wangen liefen, entsprangen nicht ihrer Freude; die Beine schmerzten unerträglich. Aber das mußte der Mann neben ihr ja nicht wissen.

Viktoria vermerkte ihre Eheschließung folgenderweise im Medaillon: *Eintragung Nummer zwei: Nie wieder eingeschlossen werden! Endlich frei! Heirat Siegfried und Viktoria!*

Gleich nach der Eheschließung übersiedelte Siegfried vom Gasthaus in Agathes Haus. Tante Agathe schien förmlich aufzublühen. »Die Leut im Ort grüßen mich nun freundlich! Ich kann es an ihrem Lächeln sehen! Ein Doktor im Haus, das ist schon was anderes!«

»Ein weiterer Zuwachs?! Bald wird es eng im Haus.«

Viktorias Bauch konnte auch die weltfremde Tante nicht länger übersehen. Viktoria, deren Unterschenkel beinahe verheilt waren, erledigte – auf einen Stock gestützt – wieder einen Teil ihrer Pflichten. Tante Agathe ging ihr nur bei besonders anstrengenden Arbeiten ein wenig zur Hand.

»Es war fad ohne dich! Du hast mir gefehlt!«

Grete verdrehte in gespielter Anklage ihre Augen. Viktoria reinigte ihre Hände und Arme von Farbrückständen. Sie griff nach ihrem Stock, der an der Wand neben dem Waschtrog lehnte.

»Bis das Kind da ist, darf ich in der Fabrik arbeiten.« Und leise fügte sie hinzu: »Dann ist Schluß. Hausfrau und Mutter!«

Grete nahm die Blechdose aus ihrer Schürze und drehte für Viktoria und sich eine Zigarette. Viktoria setzte sich auf den Rand des Waschtrogs. Ihre Hand glitt zum Medaillon, das unter der Bluse verborgen war; verschmitzt lächelte sie. Eine dritte Eintragung war dazugekommen, vor ein paar Tagen: *Heute Nacht in Siegfrieds Armen!!!*

Einige Arbeiterinnen betraten den Waschraum und grüßten Viktoria und Grete freundlich.

»So eine Frechheit!« empörte sich Grete beim Hinausgehen. »Früher haben die ihr Maul nicht aufgebracht, wenn sie dich gesehen haben!« Und liebevoll stichelte sie: »Bist jetzt was Besseres, Frau Kuhdoktor.«

Eines Nachts, Anfang Juli, erwachte Viktoria, von einem schmerzhaften Ziehen im Rücken geweckt. Dieser Krampf dauerte nur kurz an, und Viktoria schlief wieder ein.

Irgendwoher vernahm Viktoria das Krähen eines Hahns und hatte das Gefühl, daß sein schneidender Laut ihren Unterleib attackieren würde. Langsam wälzte sie ihren behäbig gewordenen Körper von der einen auf die andere Seite.

»Siegfried?«

Er schlief tief und reagierte nicht auf Viktorias leisen Versuch, ihn zu wecken. Sie atmete vorsichtig aus und noch vorsichtiger wieder ein. Der Schmerz war wieder abgeklungen. Viktoria war nicht sicher, ob es sich dabei um eine Wehe gehandelt hatte. Woher denn auch. Sie fiel in einen Alptraum, aus dem sie erst hochschreckte, als Tante Agathe an die Tür des Mansardenzimmers klopfte.

»Schnell, Siegfried! Der Jakob, der Sohn vom Tischler, ist da! Man braucht dich.«

Während Siegfried das Bett verließ und sich schnell ankleidete, kämpfte Viktoria gegen einen neuerlichen Schmerzanfall. Sie preßte ihre Lippen ins Kissen. Gleich würde er wieder vorbei sein, tröstete sie sich.

Siegfried war aus dem Zimmer gestürmt und lief polternd die Holzstufen hinab. Viktoria hörte durch die angelehnte Tür, wie Siegfried mit Jakob sprach. Sie hörte, daß seine Mutter von der Leiter gestürzt war, sich am Rücken schwer verletzt hatte. Langsam entfernten sich die Stimmen.

»Siegfried?«

Keuchend drückte sie sich vom Bett hoch.

»Siegfried?!«

Dann hörte sie Tante Agathe, die in der Küche herumrumorte und offenbar die Katzen fütterte. Viktoria war bis zum Türstock gelangt.

»So, meine Lieben. Ich muß euch jetzt verlassen. Nach der Morgenmesse bin ich wieder bei euch. Lebt wohl und scheißt im Garten!«

Viktoria hatte sich bis zum ersten Treppenabsatz geschleppt. Ihr war schlecht, sie hielt ihre Hand vor den Mund und glaubte, sich jeden Moment übergeben zu müssen.

»Tante Agathe!«

Viktoria hatte die Hälfte der Treppe zurückgelegt.

»Tante Agathe.«

Der schneidende Schmerz – nun war Viktoria beinahe sicher, daß es sich dabei um eine Wehe handelte – überfiel sie so stark, daß sie sich zusammengekrümmt auf eine Stufe sinken ließ. Mit zittrigen Fingern öffnete sie zwei Knöpfe ihres Nachthemds. Ihr Körper glühte. Schweißperlen standen auf ihrer Stirn. Ihre Knie drohten, als sie sich erhob, auseinanderzuklappen. Sie stützte sich an der Wand ab und tastete sich ein paar Stufen weiter hinab.

Stöhnend zog Viktoria ihren Holzschlapfen vom linken Fuß, wollte ihn, um sich bei Agathe bemerkbar zu machen, in die Küche schleudern, als sie hörte, wie die Eingangstür krachend ins Schloß fiel. Die Tante hatte das Haus verlassen. Der Schuh prallte von der Tür ab.

Zum Ohrensessel, sich anhalten, kurz ausruhen und weitertasten bis zur Tür.

Der Schmerz überfiel sie neuerlich, zog sich, vom Rücken kommend, bis zur Bauchdecke; dieses Mal so kräftig, daß Viktoria glaubte, sterben zu müssen. Ihre Hände umfaßten den massigen Unterleib. Der beklemmende Gedanke, daß das Kind jetzt, wo sie allein war, auf die Welt kommen könnte, trieb Viktoria weiter.

Mit kleinen Schritten, die in ihrem ganzen Körper nachzupochen schienen, gelangte sie zur Tür. Entschlossen atmete sie gegen eine Wehe an und umklammerte mit einer Hand den Querbalken, die andere drückte auf die Klinke.

Er hatte beim Vorbeigehen rein zufällig zum Haus hinübergesehen.

»Nicht schon wieder!«

Der Griff nach seinem Begleiter, der in seiner Hosentasche steckte; einen großen Schluck Schnaps. Dann eine Wiederholung. Doch keine Einbildung! Sie liegt wieder dort!

Mischa hatte sie aufgehoben und zum Bett getragen.

»Du mußt dich hinlegen.«

Er umfaßte Viktorias Beine und hob sie langsam auf das Bett. Behutsam tupfte er die Schweißtropfen von ihrer Stirn.

»Ganz ruhig, junge Frau!«

Eine weitere Wehe schwappte über Viktorias Körper. Mit ihren Händen tastete sie nach ihren Beinen und zog sie abgewinkelt zu sich heran.

Ihr Oberkörper bäumte sich auf, ihr Kinn preßte sich gegen den Brustkorb. Dicke Schweißtropfen liefen über ihre Stirn und verfingen sich in den Wimpern.

Es hätte keinen Sinn gehabt, die Hebamme, die im nächsten Dorf wohnte, herbeizuholen. Sie würde mit Sicherheit zu spät hier eintreffen. Wenn er wenigstens wüßte, wo er den Kuhdoktor finden könnte, dann wäre ihm leichter!

Mischa hatte die Geburt seiner Schwester miterlebt; fünf Jahre war er damals. Nein, ich kann ihr nicht helfen! Zu lange her, zu viel vergessen.

Er drehte sich von Viktoria weg und zog fest an der Schnapsflasche. Nein, ich kann nicht helfen!

»Mischa?«

Viktoria umklammerte Mischas Hand.

»Sei ganz ruhig! Ich kenn mich aus. Du mußt dich nicht fürchten.«

Wird schon nicht anders sein wie bei den Kühen, dachte er. Er hatte versucht, überzeugend zu wirken; innerlich aber bebte er vor Unsicherheit und Alkohol. Ich bin ein Lügner, ein Säufer, ein Nichtsnutz! Aber ich werde jetzt Hebamme!

Schnell nahm er den großen Blechtopf vom Küchentisch und rannte hinaus zum Brunnen.

Er hörte Viktorias Schreie. Ihr Gesicht war rot und verschwollen. Ihr Atem flatterte unruhig. Ihr war, als müsse sie lachen; im nächsten Moment glaubte sie, ersticken zu müssen.

Mischa stellte den Blechtopf auf den Herd und legte Holzscheite in die Glut.

Die Eingangstür öffnete sich knarrend, Agathe schob sich arglos durch die Tür.

»Beeil dich, Agathe! Bring mir frische Leintücher. Und stell mehr Töpfe mit Wasser auf den Herd.«

Agathe starrte Mischa entgeistert an.

»Mach schon, Alte!« brüllte Mischa und trank seine Flasche leer.

»Ich bring ein Kind auf die Welt! Frische Tücher und eine Flasche Schnaps brauch ich dazu!«

Agathe verzog angewidert den Mund und gehorchte, öffnete – äußerst widerwillig – ihre Aussteuertruhe, die seit Jahren in einer Ecke verstaubte, entnahm ihr einige Damasttücher.

»Hier!«

Weit von sich gestreckt hielt Agathe Mischa die Tücher entgegen.

»Vergiß den Schnaps nicht, Mütterlein.«

Viktoria glaubte, daß ihr Innerstes nach außen gestülpt würde. Ihr war, als würden Spitzen glühender Messer in ihren Unterleib getrieben. Sie nahm all ihre Kraft zusammen, wollte diese Glut aus ihrem Körper herausdrücken. Aller Atem war aus Viktoria herausgepumpt, ihre Lungen klebten zusammen.

Siegfried hatte nachdenklich das Haus vom Tischler verlassen und war mit seinem Einspänner die wenigen Meter bis zum *Adler* gefahren. Es war später Vormittag, als er sich mißmutig am Stammtisch niederließ.

Der Wirt runzelte die Stirn, als Siegfried einen großen Schnaps bestellte, denn um diese Tageszeit tat er das sonst nie.

»Wie geht es ihr?« fragte der Oberlehrer. Längst hatte sich das Unglück im Ort herumgesprochen. Vielleicht hängt seine schlechte Laune irgendwie mit diesem Krankenbesuch zusammen, vermutete der Oberlehrer und räusperte sich neugierig.

»Sie hat es überlebt.«

In einem Zug leerte er das Glas und bestellte einen weiteren Schnaps. Er lachte süffisant in sich hinein. Mit angstgeweiteten Augen hatte die Frau vom Tischler ihn angefleht: »Sag nichts meinem Mann, Herr Doktor. Ich bin nicht von der Leiter gefallen, ich bin aus dem Fenster gesprungen.«

Während er ihren Rücken untersuchte, vorsichtig die Wirbel abtastete, faltete sie ihre Hände zum Gebet. Trotzig stieß sie hervor: »Ja! Ich hab das Kind loswerden wollen! In meinem Alter wollt ich nicht noch eins. Wir haben schon sieben Kinder.«

Sie hatte zu schluchzen begonnen.

»Ich werde dir die Hebamme vorbeischicken und den Arzt. Soviel ich sehen kann, hast du es geschafft!«

Von der Frau angewidert, hatte sich Siegfried erhoben. Eine deutsche Frau! Eine Mutter! So eine müßte man steinigen!

Jeder Stein zu viel Ehr! Sie wird nie mehr aufstehen können. Zwei Wirbel gebrochen, schätzte er. Geschieht ihr recht.

Der Wirt stellte unaufgefordert eine Flasche Schnaps vor Siegfried auf den Tisch. Soll sich der Doktor ruhig ansaufen, wenn ihm dadurch leichter wird!

Siegfrieds Fingernagel schabte an der Tischkante, ein Span bohrte sich ins Fleisch. Viktoria?

Mischa hatte für Agathes Likör nur Spott und Hohn parat, trank ihn dann aber doch. Beleidigt hatte sich Agathe in ihren Ohrensessel gesetzt und tat so, als ob sie ein Nickerchen machen würde. Was geht mich das alles an!

Der Kopf war bereits zu sehen, Mischa war außer sich vor Begeisterung. Er leerte die Likörflasche in einem Zug und schrie: »Weiterdrücken!«

Das Kind rutschte mit einem Ruck aus ihr heraus. Erstaunt spürte Viktoria es zwischen ihren Oberschenkeln. Mischa wußte nichts Besseres, als das blutverschmierte, wimmernde kleine

Wesen in seine großen Hände zu nehmen und es auf Viktorias Bauch zu legen.

»Jetzt bin ich eine Hebamme!« schrie er und forderte eine weitere Flasche Likör.

Die dicke Nabelschnur wollte er später durchtrennen. Im Augenblick zitterten seine Finger so stark, daß er sich außerstande fühlte, eine Schere oder ein Messer zu halten.

Tränen rannen über sein bärtiges Gesicht. Er wandte sich zu Agathe um.

»Es ist ein Mädchen!«

Agathe erhob sich erlöst aus dem Ohrensessel.

»Ich werd es Siegfried sagen.«

Sie eilte befreit zur Tür, froh darüber, endlich das Haus mitsamt dem Geburtsgeschehen verlassen zu können. Agathe dankte Gott im nachhinein, daß er sie vor einer Verehelichung und deren blutigen Folgen bewahrt hatte.

Agathe hatte das Dorf noch nicht erreicht, als bei Viktoria erneut Wehen einsetzten. Mischa glaubte zuerst, daß es sich dabei um die Nachgeburt handle, und suchte weiter nach Agathes Likörversteck. Er wurde unter dem Ohrensessel fündig.

Sie wollte das Haus des Tischlers betreten, da fiel ihr Siegfrieds Einspänner vor dem Gasthaus auf. Im Wirtshaus, natürlich!

Siegfried starrte auf seinen abgebrochenen Fingernagel und auf den Blutstropfen, der auf der Fingerkuppe baumelte. Seine Gedanken waren rebellisch. Gleich wollte er zu Viktoria fahren und mit ihr über die Nacht, in der sie sich die Beine gebrochen hatte, reden. Sollte sich sein Verdacht bestätigen, dann gnade ihr Gott!

»Siegfried!«

Agathe war laut rufend zu ihm geeilt.

»Viktoria hat ein Mädchen! Hörst du?«

»Noch ein Kopf!«

Mischa traute seinen Augen nicht.

Gerade klang eine Wehe ab, und Viktoria richtete ihren Oberkörper halb auf. Ihr war, als würde sich der Magen umstülpen, der Brechreiz ließ sich nicht länger unterdrücken. Säuerliche Flüssigkeit quoll über ihre Lippen. Geduldig tupfte Mischa den weißen Schaum vom Mund. Laß das alles rasch vorübergehen, wünschte sich Viktoria. Die Schmerzen verwirrten sie, und es fiel ihr schwer, sich zu konzentrieren.

Mit letzter Kraft preßte Viktoria das Kind aus ihrem Körper. Mischa war einem Herzanfall nahe.

»Doppelt hält besser«, murmelte Viktoria.

Sorgfältig bettete er die Kinder in die reichlich gefüllte Aussteuertruhe und legte behutsam eine Decke über die kleinen Körper. Viktoria war so erschöpft, daß sie nichts mehr wahrnahm.

Siegfried torkelte durch die Haustür. Er wankte zum Ofen und mußte sich an Mischa festhalten. Blinzelnd sah er zu Viktoria. Sie schlief. Mischa zeigte auf die Truhe.

Zwei Köpfe, zwei Gesichter?

»Was?!«

Der ebenfalls stockbetrunkene Mischa salutierte vor Siegfried.

»Es sind Zwillinge, Herr Doktor! Mädchen und Bub! Und ich hab sie auf die Welt gebracht und sie abgenabelt! Wir sind jetzt Kollegen!«

»Abtreten! Herr Kollege!«

Was Mischa auch prompt tat. Er stolperte ins Freie und legte sich vor dem Haus auf den Boden – direkt unter dem Mansardenfenster – schlafen.

Die Zweifel der vergangenen Stunden waren vergessen; für den Augenblick. Zwillinge! Siegfried plumpste in den Ohrensessel.

Beim Anblick der beiden Geschöpfe hatte er tatsächlich einen Augenblick lang geglaubt, er würde vor Freude den Verstand verlieren. Noch einmal ansehen.

Vorsichtig hob er die Decke und betrachtete die beiden kleinen, nackten Körper. Überwältigend! Seine Geschöpfe! Deutsche Wertarbeit!

Irgendwann in der Nacht hörte Viktoria Siegfrieds Stimme: »Du, mein Junge, wirst den Namen meines Vaters tragen. Nein! Du sollst Adolf heißen – und du Hildegard wie meine Schwester. Adolf und Hildegard. Ja!«

Zwei Wochen später wurden die Zwillinge in der evangelischen Kirche des Nachbarorts auf die Namen Maximilian und Edna getauft.

Viktoria hatte sich endlich einmal durchgesetzt.

Zweiter Teil
MACHALAN

Licht und Dunkel
Stehen einander gegenüber,
Doch das eine
Hängt ab vom andern
Wie der Schritt des rechten Beines
Von dem des linken.

(SANDOKAI)

I. SARAH GOLDBLUM

Flugzettel wurden verteilt. Eine Frau drückte Viktoria ein Fähnchen in die Hand. Aus den Fenstern der gegenüberliegenden Hausfassade flatterten lange Stoffbahnen, auf die große Hakenkreuze genäht waren.

Ungeduldig zerrte Siegfried Viktoria hinter sich her. Geschickt bahnte er sich einen Weg durch die dicht aneinandergedrängten Menschen.

Siegfried war abrupt stehengeblieben, und Viktoria prallte hart gegen seinen Rücken. Sie schrie auf. Ihre Brüste schmerzten. Seit zwei Tagen hatte sie die Kinder nicht mehr gestillt. Dünne Rinnsale Milch quollen immer wieder aus ihren Brustwarzen. Viktoria war verzweifelt, hatte aber nicht gewagt, Siegfried um Rat zu fragen. Das neue blaue Kleid war ruiniert; sie hatte am Morgen versucht, die hellen Ränder auf dem Wollstoff, die ihre milchnässenden Brüste hinterlassen hatten, mit Wasser und Seife zu entfernen. Es war nur unvollständig gelungen. Viktoria hatte sich unter Siegfrieds Blick geschämt. Sie hatte den Kleiderkasten geöffnet, hinter dessen Flügel Schutz gefunden. Schnell und darauf bedacht, daß Siegfried es nicht bemerkte, hatte sie ihre alten Wollstrümpfe unter das Hemd gestopft. Sie klebten nun unangenehm auf den Brustwarzen; die teilweise eingetrocknete Milch scheuerte hart gegen die wunde Haut. Keine Zeit vergeuden! Unmöglich, das Kleid zu wechseln! Sein mißbilligender Blick. Wir sind spät dran! Siegfried wartete nervös und ungeduldig. Sie schlüpfte in die alte Strickweste und knöpfte sie zu.

Ein Mann mit einem Bauchladen, in dem sich verschiedenes Zuckerwerk stapelte, pries lautstark seine Ware an.

»Hier.«

Schon hatte Siegfried Viktoria eine Zuckerstange in die Hand gedrückt, in der sie das Fähnchen hielt. Sie war durstig und hätte viel lieber etwas zu trinken gehabt. Bevor sie von der Zuckerstange kosten konnte, trieb Siegfried sie weiter, faßte nach ihrem Ellbogen und schob sie mit sich. Verkrampft preßte Viktoria mit der linken Hand die Ledertasche an ihren Körper. Die schwarze Tasche stand noch bis vor kurzem im Schaufenster von Herrn Tannenbaums Gemischtwarenladen.

Wenn nur die Brüste nicht so schmerzen würden! Auch das blaue Kleid war aus seinem Laden und die Seidenstrümpfe; ein Reservepaar befand sich im weinroten Pappkoffer, der auf dem Beistelltisch im Zimmer der Pension lag. Siegfried kannte die Pension Wimmer von seinen früheren Wienaufenthalten. Viktoria hatte den gemeinsamen Koffer nur halb ausgepackt, aus dem Bedürfnis heraus, schnell abreisen zu können und wieder zu den Kindern zurückzukehren. Auch den ledernen Tabakbeutel, ein Geschenk von Grete, hatte sie im Koffer versteckt. Siegfried sah es nicht gern, wenn Viktoria rauchte. Zigaretten rauchende Frauen sind dem Führer ein Greuel, pflegte er zu sagen, wenn er sie beim Rauchen ertappte, und führte diese unweibliche Angewohnheit auf Gretes schlechten Einfluß zurück. Er konnte Grete nicht ausstehen.

»Laß alles beim Tannenbaum anschreiben!« Siegfrieds Stimme hörte sich mehr nach einem Befehl als nach einer Bitte an, und Viktoria wagte nicht zu widersprechen. Es war ihr unangenehm, anschreiben zu lassen, und trotzdem hatte sie einige Dinge erstanden, die für sie kaum eine Bedeutung hatten.

»Ich bin Arzt. Und du meine Frau!«

Dann hatte er von der Reise gesprochen, auf die Viktoria nur zu gern verzichtet hätte.

Die Zuckerstange und das Fähnchen waren auf den Boden gefallen. Unmöglich, sich in dieser Menschenmenge danach zu bücken.

Siegfried drängte weiter. Viktoria taumelte gegen fremde Menschen. Hastig griff sie zum Halsausschnitt. Unter dem Stoff ertastete sie das Medaillon, es war nicht verlorengegangen.

Die Kinder in der Obhut von Tante Agathe! Keine beruhigende Vorstellung. Viktoria wurde schwindlig. Die vielen Menschen um sie herum nahmen ihr die Luft zum Atmen. Dieser ungewohnte Lärm, die unterschiedlichen Gerüche, die fremden Gesichter, die Ausdünstungen der verschwitzten Körper! Ihre Hand umklammerte die Tasche noch fester.

»Siegfried!«

Für einen Moment Panik. Sie hatte ihn in dem Gewühl aus den Augen verloren. Ich finde niemals allein in die Pension zurück!

»Siegfried!«

Nicht weit entfernt erkannte sie seinen Kopf, der alle anderen überragte. Aufatmend beeilte sie sich, ihn einzuholen.

»Es ist noch weit bis zum Heldenplatz.«

Siegfried wollte sich zu einem Platz ganz vorne an der Absperrung durchkämpfen und so nahe wie möglich beim Balkon stehen, wie die vielen anderen Menschen auch. Der Gedanke, daß sie alle gekommen waren, um den Führer zu sehen, zu hören, verwirrte Viktoria.

Eine verspätete Hochzeitsreise nach Wien. Herr Tannenbaum hatte genickt und Viktoria alles Gute gewünscht. Und schnell eine Lakritzstange als Wegzehrung hervorgezaubert. Grete hatte versprochen, jeden Tag mindestens einmal bei Agathe und den Kindern nach dem Rechten zu sehen.

»Bist ja nur ein paar Tage fort«, hatte Grete die Freundin beruhigt und spaßig mit den Augen gerollt, um sie zum Lachen zu bringen. Grete bekräftigte immer wieder, wie gerne sie einmal den Ort verlassen würde, und belächelte Viktoria, die so große Scheu davor hatte.

»Verwöhnst die Kinder eh zu sehr. Und ich hab gelesen: Die Brust geben ist nicht mehr modern!«

Endlich blieb Siegfried stehen. Er lehnte sich gegen eine Hauswand. Viktoria atmete kräftig durch. Ihre Hand tastete zum Kopf und berührte die Krempe des schwarzen Samthuts, eine Leihgabe Agathes. Die lange Nadel, die den Hut unverrückbar mit ihren Haaren verband, zog und zerrte unangenehm an der Kopfhaut.

»Da vorne! Siehst du die Absperrung?«

Viktoria sah gar nichts, reckte sich vergeblich in die Höhe. Vor ihr, um sie herum: Menschen. Der Wind trieb den verlockenden Geruch nach Gebratenem zu Viktoria und machte ihr bewußt, daß sie seit der Buttersemmel am Morgen noch keinen Bissen zu sich genommen hatte. Zaghaft erinnerte sie Siegfried daran. Ein böser Blick von ihm, und Viktoria verstummte. Angewidert schüttelte er den Kopf.

»Wie kannst du jetzt an Essen denken!«

Freudig erregt reckte Siegfried seinen Kopf in die Höhe und blickte um sich. Jeden Moment konnte der Führer ihren Weg kreuzen, zumindest in der Ferne an ihnen vorbeiziehen! Trotzig dachte Viktoria an ein Paar Würstel und ein Stück Brot. Da könne kommen, wer wolle!

Ein Raunen zog durch die Menge, schwappte wellenartig über die Köpfe. Viktoria sah ein reifes Kornfeld vor sich, über das eine Windböe hinwegzog. Die Köpfe der Ähren waren geknickt worden.

Stille. Für einen Augenblick schmerzende Stille nach dem Tumult. Und dann, um so gewaltiger, ohrenbetäubende Schreie, als gelte es, dem Tod zu entrinnen. Rufe, Stimmen, die sich kreischend überschlugen. Angst in Viktoria. Ihr Körper begann unkontrolliert zu zittern und wurde von der Menge mitgerissen.

Vorwärts, ein Stehenbleiben war unmöglich. Nur nicht fallen! Weiter! Ein schneidender Ruck an ihrem Arm. So schnell, daß Viktoria nur den Schmerz orten konnte und nicht gleich begriff, was geschehen war. Jemand hatte ihr die Tasche entrissen! Eine Gestalt mit einem breiten Rücken, die sich nun wild durch die Menge drängte. Viktorias Schreie waren nicht lauter als die der anderen, die nach dem Führer schrien. Niemand würde ihr helfen. Entschlossen warf sich Viktoria zwischen die Menschenleiber, rempelte hart gegen Schultern, trat achtlos gegen Schienbeine und auf Füße. So kampflos wollte sie dem gemeinen Dieb ihre einzige Tasche nicht überlassen! Zornig schlängelte sie sich weiter. Nur eine Armeslänge vor ihr, durch eine Menschenmauer getrennt, erspähte sie die breiten Schultern des Diebes. Viktoria holte tief Luft und preßte sich weiter. Taumelnd fiel sie auf den Boden, ihre Knie und Handflächen klatschten auf dem Katzenkopfpflaster auf. Schnell aufstehen, sonst werde ich zu Tode getrampelt! war ihr erster Gedanke. Sie spürte, wie eine Laufmasche vom Knie hinab zum Knöchel wanderte, und ärgerte sich. Wenn Siegfried mich hier auf allen vieren kriechen sieht, bringt er mich um! Erst jetzt fühlte sie, wie sehr die aufgeschundenen Knie schmerzten. Mit jedem Atemzug wurde die Laufmasche breiter, sie kitzelte penetrant an der Wade. Plötzlich stellte sie fest, daß die Menschen mit dem Drängen innehielten.

Es tut gut, hier auf dem Boden zu sitzen! Ein wenig ausruhen! Die Hand, die sich in ihr Blickfeld schob, höflich zum Aufstehen aufforderte, störte Viktoria. Dennoch griff sie danach, mehr aus einem Reflex heraus. Ein Wispern aus dem Mund des fremden Helfers machte Viktoria neugierig. Während sie sich mit Hilfe seiner Hand hochrappelte, bemerkte sie den durchgedrückten Körper des Mannes, der aufrecht vor ihr stand. Noch einmal seine Stimme. Was hat er gefragt? Viktoria stammelte ihren Namen und starrte in sein Gesicht. Die Augen! Diese Farbe! Etwas Besonderes! Nur nicht bewegen, immer so dastehen dürfen und in diese Augen blicken!

»Zwei Kinder«, antwortete sie mechanisch.

»Nein, ich komme aus einem kleinen Ort.«

Wieso war es plötzlich so still um sie herum? Wo waren die vielen Menschen? Diese Augen! Wie gebannt starrte sie in dieses Blau, das nicht richtig blau war. Oder doch? Andächtig hob Viktoria ihre Hand zu den Augen hin. Ihr Blick rutschte weiter, blieb am schwarzen Oberlippenbart hängen. Zwei Männer, die Viktoria nicht bemerkt hatte, standen plötzlich neben ihr. Der eine riß ihr den Arm nach hinten, der andere trieb seine Faust in ihren Rücken. Die beiden Männer stießen Viktoria zurück hinter die Absperrung. Sie wurde von einer tobenden Menge empfangen. Ihr wurde der Hut heruntergerissen, und jemand versuchte sogar, ein Stück Stoff aus ihrem Kleid zu reißen.

»Er hat sie berührt!«

Ehrfurcht schwang in der Frauenstimme mit. Unzählige Hände schmierten sich nun um ihren Körper. Jeder wollte eine Erinnerung von *ihm* zurückbehalten. Und hatte man schon nicht *ihn* berühren können, dann wenigstens sie, die Unbekannte, die Auserwählte! Todesangst machte sich in Viktoria breit. Sie begann, wild um sich zu schlagen.

Nur mühsam gelang es ihr, sich aus der Umklammerung der Menschen zu reißen. Ihr erbärmliches Geschrei half ihr, sich einen Weg aus diesem Knäuel von Körpern zu bahnen.

Keuchend drängte Viktoria voran, preßte sich durch die Menge. Sie gelangte in eine Straße und hetzte atemlos weiter.

Endlich eine Seitengasse. Hier war der Trubel nicht ganz so arg. Sie setzte sich auf einen Mauervorsprung vor einem Erkerfenster. Ihr hektischer Atem hatte sich beruhigt. Siegfried! Er würde nach ihr suchen und zornig sein, wenn er sie nicht fände. Und wenn schon! Viktoria beobachtete neugierig die vorbeiziehenden Menschen, erhob sich schließlich und ging los, ohne ein Ziel vor Augen zu haben.

Hin und wieder blieb Viktoria stehen und betrachtete die unterschiedlichen Fassaden der Häuser. Interessiert bestaunte sie die vielen Stände und Buden mit den vielfältigen Angeboten. Lange verharrte Viktoria vor einem Stand mit Spielzeug. Holzgeschnitzte Pferde, Puppen aus Stoff, mit bestickten Gesichtern, bemalte Porzellanschatullen, die, wenn man sie öffnete, liebliche Melodien erklingen ließen. Ein anderer Stand bot Kleidung für Männer und Frauen an. Eine zweifarbig bedruckte Kleiderschürze für Tante Agathe! Viel zu bunt! vernahm sie die Stimme der Tante. Eitelkeit ist eine Sünde! Wenn unser Herrgott gewollt hätte, dann hätte er uns mit einem bunten Gefieder in die Welt gesetzt!

Viktoria seufzte und ging weiter. Es ist schön, hier durch die Straßen zu spazieren, stellte sie fest. Ihr kam gar nicht in den Sinn, nach der Pension zu fragen. Als sie an Siegfried dachte, bekam sie ein schlechtes Gewissen, das aber nur kurz währte.

Sie stand inmitten der vielen Menschen und fühlte sich nicht mehr bedrängt, sondern wohl. Und plötzlich dieses neue, beglückende Gefühl von Leichtigkeit. Übermächtig und unvorbereitet wurde sie davon getroffen. Viktoria verstand sich selbst nicht: Sie begann zu lachen. Ganz leise zuerst, dann immer lauter, bis einige Leute sich nach ihr umdrehten. Nun verstummte sie. Innerlich aber jubelte sie.

Wo hatte sie die Zuckerstange verloren? Sie war hungrig, ihr Mund trocken. Vor der gegenüberliegenden Häuserfront stand eine Würstelbude. Sie überquerte die Gasse. Wie ist der Name der Pension? Wimmer! Sie fragte den Würstelmann, der ihr nicht weiterhelfen konnte, daraufhin einige der Herumstehenden. Aber keiner konnte ihr Auskunft geben.

»Ich bin nicht von hier!« oder »Ich bin nur wegen *ihm* gekommen« waren die kargen Auskünfte.

Hungrig blickte sie auf die Würstel. Das bißchen Geld, das sie besaß, war in der Handtasche. Nein! Eine eiserne Reserve hatte sie gut versteckt. Viktoria langte nach ihrem rechten Schuh und zog ihn vom Fuß. In die Schuhspitze hatte sie einen Geldschein gestopft. In die linke nur Zeitungspapier. Die Schuhe waren ihr ein wenig zu groß, aber es war das einzige Paar in Schwarz gewesen, das Herr Tannenbaum zum Verkauf angeboten hatte. Schnell hatte sie den Schein für ein Paar Würstel und ein Stück Brot eingetauscht und noch einige Münzen Wechselgeld zurückbekommen. Leider zu wenige, um sich damit ein Getränk leisten zu können. Sie aß gierig und viel zu hastig, verschluckte sich und mußte husten. Eine Hand klopfte auf ihren Rücken, ein lachendes Gesicht beugte sich in ihr Blickfeld.

»Otto Herrmann«, stellte der Mann sich vor. Er faßte nach ihrer Hand und führte sie schwungvoll bis knapp an seine Lippen.

»Sie sind nicht von hier?«

Er lächelte sie charmant an. Viktoria stotterte unsicher den Namen des Ortes, aus dem sie kam – Pokój –, und er runzelte fragend die Stirn. Er musterte sie neugierig. In seinen Augen war ein Funkeln, das sie an die erste Zeit mit Siegfried erinnerte. Viktoria verspürte ein angenehmes Kribbeln in der Magengegend, spürte eine Gänsehaut über die Unterarme laufen, und ihr wurde bewußt, daß Otto Herrmann noch immer ihre Hand in der seinen hielt. Zögernd verriet sie ihm ihren Namen und entwand sich seinem Griff. Ohne daß sie es wollte, verglich sie Siegfried mit dem Fremden. Er war bestimmt jünger als Siegfried und wirkte, fand sie, lebendiger. Vom ungeduldigen Trippeln seiner Füße wurde sein ganzer Körper in Unruhe versetzt, sogar seine Haarspitzen wippten leicht. Um den offenen weißen Hemdkragen baumelte eine gelockerte Krawatte, das Sakko hatte er über die linke Schulter gehängt und hielt es spielerisch mit Daumen und Zeigefinger fest. Nebenbei fiel Viktoria auf, daß der Stoff seines Anzugs aus einem teuren Material hergestellt war. Stoffe dieser Art wurden in der Fabrik in einem eigenen Raum aufbewahrt und nur mit speziellen Farbmischungen bedruckt oder eingefärbt. Dunkelbraun, mit einem Stich ins Rote gehend. Viktoria schmunzelte. Seine Schuhe waren blankpoliert, eine teure Maßanfertigung. Gretes Vater würde eine Menge daran verdienen.

Sie hörte sein amüsiertes Lachen und blickte auf.

»Kommen Sie!«

Viktoria wischte sich beiläufig mit dem Handrücken über den Mund und schluckte den letzten Bissen Brot hinunter.

»Sie sind bestimmt durstig!«

Er wartete ihr zögerndes Kopfnicken erst gar nicht ab, griff nach ihrer Hand und zog sie mit sich.

Viktoria hatte einen Krug Bier auf dem Tisch vor sich stehen. Otto Herrmann prostete ihr gutgelaunt zu.

»Früher hat dieses Gasthaus *Fasslwirt* geheißen«, erklärte Otto. »Seit ein paar Tagen heißt es *Zum Reichswirt*.«

Er deutete auf das neue, mit Hakenkreuzen verzierte Schild, das über dem Ausgang des Gastgartens angebracht war. Bunte Lampions spannten sich von einem Kastanienbaum zum anderen. Der Gastgarten war voll besetzt mit johlenden, übermütig lachenden Menschen.

»Heute feiert ganz Wien!«

Otto kannte die Pension Wimmer und versprach Viktoria, sie hinzubegleiten, aber erst später.

»Wir wollen uns amüsieren! Wär ewig schad, so früh schlafen zu gehen.«

Er bestellte eine neue Runde Bier und griff nach Viktorias Hand.

Warum nicht! Warum schon jetzt diesen Faden Glück loslassen! Viktoria zog ihre Hand nicht weg. Die Ästchen der Kastanienbäume wippten vor ihren Augen auf und ab.

Otto erzählte, daß er in einem Theater arbeite.

»Im Moment noch als Inspizient. Aber ich will Regisseur werden und Theaterstücke inszenieren.«

Inspizient, Regisseur? Viktoria ließ sich nicht anmerken, daß sie nicht wußte, um welche Berufe es sich dabei handelt.

Die Chancen, daß sein Wunsch in Erfüllung ginge, stünden gut, meinte er.

»Den Wolkenstein hat man gestern gekündigt, mitten in der Probenzeit. Er war unser Hausregisseur. Er hat Pech, er ist Jude.«

Das Bier kitzelte in Viktorias Mund, und je größere Schlucke sie davon nahm, um so mehr verdichtete sich das Gefühl von Leichtigkeit in ihr.

Otto nahm den Bierkrug in die Hand, und wieder prostete er Viktoria zu.

»Auf Hitler und eine bessere Zeit!«

Viktoria fühlte sich, als wäre sie durch eine Nebelwand von Otto getrennt. Ihre Bewegungen waren vom ungewohnten Alkohol gebremst worden, ihre Gedanken ließen sich nicht leicht einfangen. Vorsichtig erhob sie sich und bat Otto, sie in die Pension zu bringen. Während er bezahlte, hielt sie sich an der Lehne des Sessels fest, um nicht umzukippen. Der Kiesweg, der aus dem Gastgarten hinaus auf die Straße führte, hob sich in Wellen vor Viktorias Füßen. Schnell griff sie zum dargebotenen Arm und klammerte sich daran.

Willenlos ging sie neben Otto her. Noch immer zogen Menschen durch die Straßen.

Otto meinte, daß es bis zur Pension noch weit sei. Viktoria unterdrückte ihre Müdigkeit, versuchte, die Übelkeit, die von ihr Besitz ergriffen hatte, zu verdrängen.

»Wir nehmen einen Fiaker«, sagte Otto und winkte einem Fiaker, der vor einem Parkeingang auf Kundschaft wartete. Die Hufe des Pferdes klapperten auf dem Boden. Mit einem »Brrr« des Kutschers kam das Gefährt neben Viktoria und Otto zum Stehen. Während Otto dem Kutscher die Adresse der Pension nannte, kletterte Viktoria auf den Wagen und setzte sich auf die lederbezogene Sitzbank. Otto rutschte ganz nahe zu ihr. Der Fiaker setzte sich, von einem Schnalzen der Peitsche begleitet, langsam in Bewegung. Viktoria dachte an Siegfried und ihre erste Fahrt im Einspänner.

Unvermittelt nahm Otto sie in die Arme und drückte den Mund auf ihren. Viktoria war überrascht. Sie setzte sich nicht zur Wehr, wollte sich nicht zur Wehr setzen, und erwiderte seinen Kuß. Langsam strichen Ottos Hände zu ihren Brüsten, sie zuckte vor Schmerz zusammen. Rasch schob sie seine Hände zur Seite. Sie erhob sich und wollte vom Wagen springen, aber er umklammerte ihr Handgelenk und riß sie zurück auf die Sitzbank. Viktoria wollte schreien, aber Otto drückte ihr seine Hand auf den Mund. Mit aller Kraft versuchte sie, ihn von sich zu stoßen. Sie fiel auf die gegenüberliegende Sitzbank und rutschte von dort auf den Boden des Fiakers. Im nächsten Moment lag Otto mit seinem ganzen Gewicht auf ihr, und sie dachte, sie müsse ersticken. Wieder schob sich seine Hand über ihren Mund.

»Du bist Jüdin, nicht wahr?«

Sein rechtes Knie drückte sich zwischen ihre Oberschenkel. Er begann zu lachen, und je mehr sie sich zu wehren versuchte, um so lauter und gehässiger wurde sein Gelächter. Er riß und zerrte an Viktorias Unterhose, deren Ränder ihr tief ins Fleisch schnitten. Längst hatte er seine Hand von ihrem Mund gelöst und preßte sie gierig auf ihre Brust. Verbissen hatte Viktoria den ungleichen Kampf aufgenommen. Lieber wollte sie tot sein, als sich von diesem Mann beherrschen zu lassen! Edna und Maximilian kamen ihr in den Sinn, und Tränen traten in ihre Augen.

Mit einem Ruck kam der Fiaker zum Stehen, und im nächsten Moment war sie von Ottos Gewicht befreit. Verblüfft sah sie hoch. Der Kutscher hatte Otto von Viktoria weggezerrt. Otto lief fluchend davon. Benommen rappelte sich Viktoria auf und fiel beinahe vom Fiaker. Sie stieß den Arm des Kutschers zur Seite, der sie stützen wollte. Sie stolperte aus dem Gefährt und rannte, als wäre der Teufel hinter ihr her, davon.

Viktoria war zornig auf sich. Wie dumm war sie gewesen! Sie war auf ein paar schöne Worte hereingefallen und hatte das anfängliche Geplänkel mit Otto sogar genossen!

Verzweifelt irrte sie durch Straßen und Gassen, die nun menschenleer waren. In einer Mauernische fand sie einen Brunnen, pumpte umständlich etwas Wasser in ihre Hand und trank gierig. Müde lehnte sie sich gegen die Umrandung eines Haustors, sank in die Knie, rutschte zu Boden. Die elektrische Straßenbeleuchtung war eingeschaltet. Lange starrte sie in den Lichtkegel einer Laterne.

Viktoria erinnerte sich, daß im Ort vor einigen Monaten Ölmasten für die elektrischen Kabel aufgestellt worden waren. Wie dunkle Finger reckten sie sich zum Himmel. Die Masten führten aus dem Ort bis zum Bahnhof.

»Bald haben wir elektrisches Licht.«

Siegfried sprach überzeugt. Erbost hatte er schon oft festgestellt, daß der kleine Ort am Ende der Welt liegt und wie ein unsichtbarer Fleck auf der Landkarte vergessen vor sich hin schlummert. Tatsächlich schien es, als wäre der Ort von allen neuen Errungenschaften ausgeklammert worden und befände sich im Dornröschenschlaf. Kein Ortsbewohner schien daran Anstoß zu nehmen; eigenartigerweise wirkten sie durch das rege Treiben, das die fremden Arbeiter nun in den Ort brachten, irritiert. Oft bemerkte Viktoria, wie verschlossen und ablehnend die Ortsbewohner die Arbeiter musterten. Hoffentlich sind sie mit der Arbeit bald fertig und verlassen unser Dorf, damit wieder Ruhe einkehrt.

»Unter *ihm* wird alles besser werden.« Stolz griff Siegfried zum Revers seines Anzugs, auf dem sein Parteiabzeichen montiert war.

Viktoria fröstelte. Sie blickte auf ihre zerlumpte Kleidung und befühlte ihren kaputten Strumpf. Vorsichtig glitten ihre Hände unter die Weste, fuhren in den Ausschnitt des Kleides und befühlten die Brüste. Die kalten Handflächen linderten den Schmerz, die Anspannung der Haut, die sich bis hin zu den Achselhöhlen zog.

Die Augen! Diese Farbe! Viktoria preßte ihre Augenlider fest zusammen. Die Kälte, die von den Augen des Fremden ausging, verunsicherte sie. Ihr Kopf rutschte müde zur Seite.

Ein Schlag gegen ihren Oberschenkel. Viktoria erwachte. Eine Schuhspitze schlug erneut gegen ihren Oberschenkel.

»Ausweis!«

Viktoria rappelte sich auf.

»Los, den Ausweis!«

Der uniformierte Mann überragte Viktoria um zwei Köpfe. Er schwang drohend seinen Knüppel vor ihrem Gesicht auf und ab und verlangte nun lautstark nach dem Ausweis.

»Meinen Ausweis hat mein Mann«, krächzte Viktoria. Zornig dachte Viktoria an Siegfried, der vor Antritt der Reise ihren Ausweis gefordert hatte. Du würdest ihn verlieren. Außerdem werde ich immer an deiner Seite sein. Du könntest dich in der fremden Stadt verlaufen! Viktoria lachte bitter auf. Irgendwie, wenn auch nicht durch ihre Unachtsamkeit ausgelöst, war sie einer Situation ausgeliefert, die sie nicht bewältigen konnte. Jetzt hatte Siegfried tatsächlich Grund zu triumphieren. Überlegen würde er meinen: »Ich habe es dir ja gesagt!« Er würde sie fühlen lassen, daß sie dumm und unerfahren war.

Der Knüppel des Uniformierten tanzte vor Viktorias Augen.

»Ach ja. Dein Mann!«

Er fuhr mit dem Knüppel an ihrer Wange entlang, hinab zur Schulter und über die Brüste. Sie zuckte zusammen.

»Mitkommen!«

Unsicher schlich Viktoria neben dem Mann her. Es war früher Morgen. Über die Hausdächer kroch das erste Licht, wenig aufmunternd, trüb und schmutzig. Sie verließen die Gasse und bogen in eine breite Straße. Erstaunt blickte Viktoria auf das Bild, das sich ihr bot. Schattenhafte Umrisse von Menschen;

manche knieten auf dem Gehweg und schrubbten mit Bürsten und Fetzen den Boden, einige standen an die Hauswand gepreßt, andere trippelten im Gänsemarsch in der Mitte der Straße an Viktoria vorbei. Dazwischen, wie Ölmasten aufgebaut und übermächtig, Männer in Uniformen. Das unglaubliche Geschehen lähmte ihre Schritte. Der Knüppel schlug gegen ihren Nacken.

»Jüdin!« zischte der Uniformierte. »Einordnen!«

Er stieß Viktoria in die Reihe der Menschenkette, und schweigend gliederte sie sich ein. Die leisen Geräusche von Schuhen, die das Pflaster streiften, erzeugten eine irrwitzige Klangfolge, erinnerten Viktoria an Geräusche, die die Farbwalzen in der Fabrik machten, wenn man sie in Gang setzte.

Der große Innenhof war überfüllt mit Menschen. Aus einem Fenster des langgezogenen mehrstöckigen Backsteingebäudes vernahm Viktoria eine metallen klingende Stimme.

»Männer nach rechts, Frauen und Kinder nach links!«

Das Glas der geöffneten Fensterflügel spiegelte das Sonnenlicht wider. Viktoria mühte sich vergeblich, in einer der dunklen Fensteröffnungen den Menschen zu erkennen, der soeben den Befehl erteilt hatte. Mit seinen Worten löste sich die nach mehrstündigem Marsch erschöpfte Menschenkette auf; nach Gleichgewicht suchend, kullerten die Gestalten, ohne einander zu berühren, in verschiedene Richtungen. Viktoria trottete einer Gruppe Frauen mit Kindern hinterher, durch ein Tor in das Backsteingebäude hinein und einen Gang entlang. In dumpfer Gleichmütigkeit folgte sie dem Strom, ließ sich willenlos mittreiben, in der ständigen Erwartung einer noch größeren Ungeheuerlichkeit, die ihr das Denken unmöglich machen würde.

Seit dem Abmarsch am Morgen stellte sie sich immer wieder die Frage nach dem Warum. Ihr Kopf dröhnte und pochte, ohne einer Antwort nähergekommen zu sein. Der Versuch, sich mit ihrem Vordermann zu verständigen und sich vielleicht Aufklärung zu verschaffen, hatte ihr einen Hieb mit dem Knüppel eingebracht.

Am Ende des Gangs befand sich eine geöffnete Tür. Elektrisches Licht erhellte die Stufen, die in ein Kellergewölbe hinabführten. Etliche Holztüren reihten sich an der rechten und linken Seite des rechteckigen Raumes. Die Türen wurden geöffnet, gruppenweise Frauen und Kinder in die dahinterliegenden Räume verfrachtet.

Viktoria erinnerte sich an Jesus, der sich gewehrt hatte, weil die Buben ihn in die Schachtel gesperrt hatten. Der Kater hatte um seine Freiheit gekämpft. Sie hingegen ließ sich einsperren, ohne sich zur Wehr zu setzen, mit dem Wissen, nichts Unrechtes getan zu haben. Die drohenden Gebärden der uniformierten Männer hatten genügt, um ihren Drang nach Freiheit zu bezwingen. Ihre Angst dem Ungewissen gegenüber hatte sie betäubt.

Von der Decke des Kellergewölbes liefen schmale Rinnsale Wasser über die unverputzten Ziegelwände hinab auf den Boden. Schmutzige Pfützen bildeten glänzende schwarze Löcher, einem willkürlich gesetzten Muster gleich.

Viktoria saß auf dem Lehmboden neben der Holztür. Ihr Oberkörper stützte sich gegen die Wand. Sie starrte zur offenen, mit Eisenstäben vergitterten Luke, die der Tür gegenüberlag und sich knapp unter dem Plafond befand; hilfesuchend und konzentriert, als könnte sie sich aus eigener Kraft an den schwachen Lichtfetzen emporziehen und dem Loch entfliehen.

»Warum?« Das Wort war über Viktorias Lippen gespült worden, ohne daß es ihr richtig bewußt war. Jeder Buchstabe kroch zittrig in den Raum, verlor sich darin, bis er sich wiederzufinden schien und erneut zusammensetzte, von den Wänden zurückgeworfen, als wollten sie nichts damit zu schaffen haben.

»Warum?« Der resignierte Widerhall einer dunklen Stimme, die sich dicht neben Viktoria befand und sie nach den vielen Stunden der Wortlosigkeit, unterbrochen durch Befehle, erschreckte. Das Wort hatte durch die Färbung der Resignation plötzlich eine andere Bedeutung gewonnen, verhieß eine Dimension, in die Viktoria nicht eindringen wollte. Sie wagte nicht, ihren Kopf in Richtung Stimme zu wenden. Mit jedem Herzschlag wurde ihr klarer, daß diese Stimme nicht mehr schweigen würde, jetzt, wo einmal ein Anfang gemacht war, ein Wort den Bann der Sprachlosigkeit durchbrochen hatte.

Ich will nicht! Ich will nichts hören! Viktoria vernahm leise Atemzüge neben sich. Ausdauernde, geduldige, leise Atemzüge, die sich nicht aufdrängten und doch ihr Vorhandensein nicht vergessen ließen. Bescheiden umschmeichelte jeder Atemzug Viktorias Gedanken. Ihre Angst, die Stimme wieder zu hören, wurde kleiner. Trotzdem zuckte Viktoria zusammen, als sie die Stimme erneut vernahm.

»Kein Platz auf Erden«, sagte sie schlicht, ohne eine Emotion erkennen zu lassen. »Kein Platz für Juden.«

In der rechten Ecke neben der Tür stand ein Blechkübel mit einem Holzdeckel. Eine Frau hatte sich erhoben und ging, vorsichtig über die Beine anderer steigend, darauf zu. Zögernd blickte sie um sich. Beschämt neigte sie den Kopf. Leise begann die Stimme neben Viktoria ein Lied zu summen, die Frauen und Kinder im Raum stimmten mit ein, die meisten unter ihnen schlossen die Augen. Das wortlose Gesumme wurde kräftiger und schließlich so laut, daß es andere Geräusche übertönte. Unbewußt beobachtete Viktoria die Frau: Eben noch unsicher, verrichtete sie über dem Eimer ihre Notdurft. In den folgenden Stunden erhob sich dieses seltsame Gesumme mehrmals, sobald sich eine Frau oder ein Kind dem Behälter näherte.

»Mein Name ist Sarah Goldblum.«

Sie hatte eine Kerze aus ihrem Bündel hervorgekramt und angezündet. Die Knochen der Finger, die den Stumpen umklammert hielten, traten wulstig hervor. Die unzähligen Falten in Sarahs Gesicht stellten sich wie eine unebene Landschaft, bestehend aus Bergen und Flüssen, dem Licht der Kerze. Eine weißgraue Haarsträhne hatte sich aus dem sorgfältig nach hinten gesteckten Haar gelöst und flatterte weich bis zur Schulter. Selbst in dem dünnen Licht konnte Viktoria die dunklen Augen der Frau erkennen, die unerschrocken und kraftvoll auf sie blickten. Der Kontrast der jung wirkenden Augen zu dem faltigen Gesicht konnte kaum größer sein.

Viktoria reichte der Frau die Hand.

»Viktoria Czaplinsky.«

Es war ihr nicht bewußt, daß sie ihren Mädchennamen genannt hatte.

»Hier.« Sarah hatte einen Tontiegel in der Hand und reichte ihn Viktoria. »Eine Mixtur aus Kräutern.«

Sarah erklärte Viktoria, daß die Salbe heilende Wirkung besitze. Durch mehrmaliges Auftragen könne sie ihre Brustwarzen kurieren. Viktoria war erstaunt. Sie hatte kein Wort über ihre Schmerzen verloren, dennoch war es Sarah aufgefallen.

»Wäre gut, wenn du dein Kind noch stillen würdest.«

Viktoria nickte und begann zu weinen. Zum ersten Mal kam ihr in den Sinn, daß sie ihre Kinder nie mehr sehen würde. Viktoria tastete sich an der Wand hoch, stolperte zum Holzkübel und übergab sich.

»Ich hatte einen Sohn«, begann Sarah Goldblum nach einiger Zeit. »Ich habe ihn gestern verloren.«

Mitfühlend drückte Viktoria die Hand der Alten. Sarah schüttelte energisch den Kopf, zog ihre Hand aus der Viktorias.

»Nein! Kein Mitleid! Es ist gut so.«

Das Leben hatte für Sarah, wie sie nachdenklich feststellte, mit dem heutigen Tag eine Wendung genommen.

»Mein Machalan, mein Sohn! Ich habe ihn geliebt! Es ist schwer, diese Liebe endgültig aus meinem Herzen zu reißen!«

Fragend blickte Viktoria sie an. Die Furchen in Sarahs Gesicht hatten sich in dunkle Gräben verwandelt und vibrierten wie zuckende Bahnen über die welke Haut.

»Machalan! Ich habe dieses Kosewort für meinen Sohn gewählt, ihn früher so genannt, als er noch klein war. Später hat er mir verboten, ihn so zu nennen. Aber in meinen Kopf konnte er nicht reinschauen, und in meinen Gedanken ist er Machalan geblieben.

Weißt du, der Name stammt aus einer alten Legende. Meine Mutter hat sie mir erzählt, als ich noch ein Kind war.«

Sarahs Gesichtszüge wurden weich, und um ihre Mundwinkel spielte sogar der Anflug eines Lächelns.

»Machalan. Der Legende nach lebte er vor sehr langer Zeit, damals, als die Welt noch keine Farben kannte.

Die Menschen waren umgeben von reinweißem Licht und tiefschwarzem Dunkel, bewegten sich in den Konturen eines Raumes, in dem sich das Leben der Farben noch nicht entfaltet hatte. Machalan war immer sehr traurig, obwohl er keinen Grund dafür hätte benennen können. Wenn er durch den Wald ging, sah er die dunklen Baumstämme mit den hellen Blättern, sah die dunklen Wiesen mit den hellen Blumen. Tagsüber war der Himmel hell, mit einer dunklen Sonne. Des Nachts schien ein heller Mond vom dunklen Firmament.

Eines Nachts, er saß vor einem hellen Feuer, das sich knisternd aus dunklem Holz erhob, wurde seine Hand von einem weißen Funken getroffen. Es war nicht der Schmerz, der ihn aufschreien ließ, sondern das seltsame Pulsieren, das sich in einem wilden Wirbel in seinem Körper ausbreitete. Er hatte das Gefühl, als würde er von innen heraus verbrennen. Eine ganze Weile dauerte jener verwirrende Kampf, und er glaubte, daran zugrunde zu gehen. Ohnmächtig sank er in sich zusammen. Als er wieder erwachte, war nichts mehr so, wie es zuvor gewesen war. Der Funke des Lichts hatte sich in seinem Inneren gespaltet und die sieben Urfarben entstehen lassen. In seinem Kopf, in seinem Körper hatte sich eine Farbenvielfalt gebildet, die er nicht gekannt hatte, nicht einmal in seinen kühnsten Träumen hatte erahnen können. Die prächtige Farbenwelt in ihm stand nun in krassem Gegensatz zu seiner hell-dunklen Umgebung. Es war schier unerträglich.

Das Wissen, das sein Inneres nun kannte, aber nach außen hin nicht vermitteln konnte, war eine solch unerträgliche Bürde, daß er beschloß, das farblose Leben zu verlassen.

Machalan setzte sich in einen dunklen Acker. Dort blieb er dreißig helle Tage und dreißig dunkle Nächte sitzen. Die dunkle Sonne brannte unentwegt auf ihn herab, und Machalans Äußeres zog sich immer mehr zusammen und damit auch sein Inneres. Er wunderte sich, daß er keinen Schmerz verspürte. Machalan schrumpfte weiter, er war bald nicht mehr größer als ein Apfel und schließlich, am neunundzwanzigsten Tag im Acker, nicht größer als ein Regentropfen. Erfreut stellte er fest, daß er zwar geschrumpft war, aber daß sich das wunderbare Farbengefühl nicht verloren, sondern in ihm verdichtet hatte.

Am dreißigsten Tag leckten die Sonnenstrahlen den Tropfen auf, hoben ihn mit sich und setzten seinen Dunst in eine kleine Wolke. Und nun geschah Erstaunliches: Die Wolke begann zu wachsen und wurde riesengroß. Der Wind zerriß die Wolke in tausend Stücke und verteilte diese über den ganzen Himmel. Aus den vielen Wolken wurden Regenwolken, deren Tropfen bald auf die Erde fielen. Überall, wo sie aufschlugen, hinterließen sie eine bunte Spur. Schließlich war die ganze Erde davon benetzt.

Machalan war verwandelt auf die Erde zurückgekehrt, um ihr die Farbenpracht zu schenken, die er empfunden hatte. So lebt Machalan weiter, solange es Farben gibt.«

Die Stimme Sarahs war nur mehr ein schwaches Flüstern.

»Machalan, der Retter der Welt! Er hat uns Menschen die Farben und damit Freude geschenkt!« Sarah blickte Viktoria bedauernd an. »Ich habe jetzt manchmal das Gefühl, als würde sich Machalan aus unserer Welt zurückziehen.«

Viktoria war endlich eingeschlafen. Sie hörte die Stimme ihrer Mutter, und ein Glücksgefühl durchströmte sie. Matka! Deutlich konnte sie das Gesicht der Mutter erkennen. Aber es wirkte eigenartig leer, und Viktoria meinte, sie würde auf eine lebensgroße Fotografie von ihr starren.

»Mein Kind!«

Die Lippen der Mutter bewegten sich, alle anderen Gesichtsteile blieben wie eingefroren.

»Ich hab dich lieb!«

»Matka!« wisperte Viktoria und wollte der Mutter die Hand reichen. Ein kratzender, eigenartiger Ton begleitete ihre Bewegung.

Das Geräusch eines Stiftes, der über Papier fuhr, riß sie aus dem nebeligen Schlaf. Sarah hatte ein kleines, blau gebundenes Buch vor sich aufgeschlagen und schrieb andächtig mit einem Stift auf eine helle Seite, die von der Kerze und einem schalen Morgenlicht beleuchtet wurde. Ihre Zunge befeuchtete wiederholte Male die Spitze des Stiftes. Langsam klappte sie den Umschlag des Buches zu und verharrte lange in dieser Haltung.

»Ich wollte ihn nur sehen, meinen Machalan! Gestern stand ich vor seinem Haus, als die Polizei mich fand und gezwungen hat mitzukommen. Machalan stand hinterm Fenster, er hatte den Vorhang zur Seite geschoben und blickte in meine Richtung.

Ich bin deine Mutter, wollte ich ihm zurufen! Aber ich erkannte, wie bedeutungslos das für ihn war, und blieb stumm. Das Lächeln voll Genugtuung und zugleich Verzweiflung in seinem Gesicht, als ich abgeführt wurde, das werde ich nie mehr vergessen! Wie Machalan, hin und her gerissen zwischen hell und dunkel, dessen zwiespältige Seele zum Vorschein kommt.«

Sarahs Stimme war nur mehr ein Hauch, und Viktoria beugte sich näher zu ihr.

»In diesem Moment ist mein Sohn für mich gestorben!«

Viel später klappte Sarah erneut das Buch auf und füllte mit dem Stift noch einige Seiten. Ihr Blick wirkte konzentriert und entschlossen, der Stift wischte über die Seiten, als wäre Eile geboten.

Viktoria hatte den Eindruck, als befände sich die Frau völlig allein in dem Raum, sich selbst sah sie als ungebetenen Zuschauer, der unrechtmäßig einem sehr persönlichen Geschehen beiwohnte. Sarah verströmte etwas unerklärbar Faszinierendes.

Durch die Tür konnte man Lärm hören, ein hektisches Stimmengewirr, Schritte, die von lauten Rufen untermalt wurden. Im Raum war es still, ein ängstliches Lauschen, die Blicke der Menschen richteten sich auf die Tür. Dem Rascheln von Rattenfüßen gleich hallten getuschelte Worte der Frauen durch den Raum. Hell und übermütig waren dagegen die Stimmen der Kinder. Und doch gab es eine Gemeinsamkeit: der ungesteuerte Atem, der dahinwischte wie das letzte Aufbäumen eines Toten.

Abrupt wurde die Tür aufgestoßen. Vom Gang fiel elektrisches Licht in den halbdunklen Raum. Die Frauen und Kinder erstarrten in den ohnehin sparsamen Bewegungen. Eine Männerstimme befahl, den Raum zu verlassen und in einer Reihe Aufstellung zu nehmen. Die Nachbartür wurde geöffnet, davor der Befehl wiederholt.

Sarah hatte Mühe, sich zu erheben, und Viktoria, die ihr half, verließ mit ihr als letzte den Raum.

Das Tageslicht im Hof blendete, und Viktorias Lider zuckten unter den hellen Strahlen zusammen. Die metallene Stimme, gleich der vom Vortag, aber im Gegensatz dazu nicht von einem Fenster kommend, sondern von der Mitte des Hofes, warf Wortfetzen in Viktorias Richtung.

»Horten!«

Sie begriff nicht gleich, als sie den Namen hörte, und schaute sich unsicher um. Noch einmal hörte sie, wie die metallene Stimme »Horten« brüllte, und etwas leiser den Namen Viktoria nachsetzte. Da erst brachte sie die Worte mit sich selbst in Verbindung.

»Hier«, murmelte sie. Dann, etwas lauter: »Ich bin Viktoria Horten!«

Sarahs Körper versteifte sich. Ihr Gesicht war blaß geworden, und sie drückte Viktorias Hand, bis diese aufschrie. Sarah öffnete den Mund, wollte etwas sagen, überlegte es sich dann offenbar anders. Die beiden Frauen standen einander schweigend gegenüber.

»Geh schon!«

Sarah schubste Viktoria grob von sich. Dann, als würde sie die schroffe Handlung bedauern, streichelte sie sanft über Viktorias Arm. Ein innerer Kampf fand in Sarah statt. Nach einem kurzen Zögern griff sie in ihr Bündel und zog das Buch hervor.

»Nimm es!«

Auch Viktoria zögerte. Eindringlich und leise bat Sarah sie, ihr Tagebuch an sich zu nehmen.

»Es ist wie der Spiegel meines Lebens. Ich will nicht, daß ein Fremder in ihn schaut.«

Eine stumme, andächtige Umarmung der Frauen, das Buch wechselte seinen Besitzer.

»Behüt dich Gott!«

Sarah wandte sich ab.

Viktoria drängte sich durch die dicht beieinanderstehenden Menschen, bis hin zur Mitte des Hofes. Auf einem Podest stand ein Mann in Uniform, neben ihm Siegfried. Aus einem Impuls heraus versteckte sie das Tagebuch unter ihrer Weste. Langsam näherte sie sich dem Podest.

»Wenn ich nicht den Obersturmbannführer Meixner aus meiner Studentenzeit kennen würde!« Siegfried japste nach Luft. »Dann wärst du jetzt auch auf dem Weg in ein Lager! Würde dir recht geschehen!«

Siegfried zog und zerrte Viktoria hinter sich her, achtete nicht darauf, daß sie kaum mit ihm Schritt halten konnte und vor Erschöpfung taumelte.

»Du stinkst genauso wie die Judenschweine!«

Angewidert verzog Siegfried sein Gesicht.

Die Luft im Abteil war stickig. Nur mit Mühe hatten Siegfried und Viktoria im überfüllten Zug einen Platz gefunden. Der weinrote Pappkoffer wurde von Siegfried in das Gepäcksnetz gehoben, dann nahm er seinen Sitz ein und warf einen lauernden Blick auf Viktoria.

Sie spürte, daß er die Situation genoß, sie förmlich auskostete. Er strafte sie, indem er nur das Nötigste mit ihr sprach. Auf Fragen, die sie stellte, gab er keine Antwort, drehte nur gleichgültig seinen Kopf zur Seite und blickte gelangweilt auf die Landschaft, die vor dem Fenster vorbeizog. Sie kauerte sich daraufhin immer mehr zusammen, wünschte sich, daß sie sich auflösen könnte, verdunsten würde, wie jener Machalan.

Über Stunden hinweg hatten sie kein Wort miteinander gewechselt. Viktoria hatte es längst aufgegeben, versöhnende Worte anzubieten, erwartete nicht mehr den Zuspruch, den sie erhofft hatte. Sie hätte Trost gebraucht. So schlimm es in ihrem Inneren aussah, so schrecklich fühlte sie sich auch nach außen hin, und Siegfrieds abwertende Blicke, die sie gelegentlich angewidert streiften, bestätigten ihr Gefühl.

Sie drückte sich in den harten Sitz und schloß die Augen.

Viktoria dachte an die vergangene Nacht, sah sich mit Siegfried das Zimmer in der Pension betreten. Erschöpft nach diesen schrecklichen Stunden der Angst hatte sie nur den Wunsch gehabt, sich zu waschen und dann zu Bett zu gehen. Sie hatte das Zimmer wieder verlassen, war in den Waschraum am Ende des Flurs gegangen.

Müde hatte sie sich wieder zurückgeschlichen.

Sie erwartete, daß Siegfried, der bis jetzt kaum ein Wort über die letzten zwei Nächte verloren hatte, sie in der Abgeschiedenheit des Zimmers zur Rede stellen würde.

Ergeben schloß sie die Tür hinter sich, gefaßt auf Vorwürfe und Beschimpfungen. Siegfried stand beim Fenster und blickte durch den zurückgeschobenen Vorhang auf die Straße. Sie wußte nicht, ob er ihr Eintreten bemerkt hatte, empfand aber auch keine Lust, ihn darauf aufmerksam zu machen. Einige Minuten verstrichen. Viktoria sah auf das rhombenförmige Muster des Teppichs, Siegfried bewegte sich nicht. Dann, ganz langsam, als würde er mit der tauben Agathe sprechen, formte er eindringlich einen Satz. Er mutete Viktoria so absurd an, daß sie ihn in Gedanken einige Male wiederholen mußte, um ihn zu begreifen.

»Du bist absichtlich aus dem Mansardenfenster gesprungen, damals in der Nacht – du wolltest unsere Kinder umbringen!«

Siegfried hatte sich nicht vom Fenster abgewandt, und es wirkte, als würde er mit einem Passanten auf der Straße sprechen.

Viktoria schwieg. In diesem Moment überwältigte sie die Erkenntnis, daß nichts mehr so sein konnte wie vor ein paar Tagen. Sie hatte sich verändert. Gleichgültig, was der auslösende Moment dafür gewesen sein mochte, ob es dieser Satz von ihm gewesen war oder die Nacht im Keller oder einfach nur der Funke einer Erkenntnis, der eben erst in ihr gezündet worden war: Nichts konnte mehr so sein wie vorher! Sie erschrak nicht darüber. Sie war eher erstaunt, daß sie bis jetzt in der Dunkelheit herumgetappt war, ohne nach einem Lichtschimmer zu suchen.

Siegfried wiederholte den Satz, lauter und fordernder. Viktoria näherte sich ihm einige Schritte, betrat das rhombenförmige Muster des Teppichs.

»Ich wollte unsere Kinder nie umbringen!«

Was hätte sie Siegfried anderes sagen sollen? Ihre Worte entsprachen der Wahrheit, heute. Wie sollte sie ihm ihre Verzweiflung begreiflich machen, die damals ihr Handeln bestimmt hatte? Er würde sie nicht verstehen.

Viktoria spürte, daß Siegfried ihr nicht glaubte. Trotzdem fragte er nie wieder nach jener Nacht.

Bewegungslos stand er beim Fenster. Das Gefühl, daß ein Plan in ihm heranreifte, daß er einen Entschluß gefaßt hatte, um sie zu verletzen, setzte sich in Viktoria fest. Eine unterschwellige Angst keimte in ihr. Jahre später mußte sie erkennen, daß ihre Angst berechtigt gewesen war.

Vier Tage waren vergangen, seitdem sie in fröhlicher Stimmung nach Wien aufgebrochen waren. Ihr schien es, als hätten sich einige Wochen in ihr Leben gezwängt. Sie hatte die Hände vor der Brust verschränkt und stellte erleichtert fest, daß die Schmerzen in den Brüsten fast verschwunden waren. Sarahs Salbe hatte tatsächlich gewirkt. Ihre Gedanken umfaßten Sarahs Gestalt, hörten ihre Stimme. Zu gerne hätte Viktoria gewußt, wo sich die Frau jetzt befand und wie es ihr ging.

Diese Nacht in dem Keller, überlegte Viktoria, hatte sich von ihrer Erinnerung soweit gelöst, daß sie glaubte, über Zeit und Raum erhaben zu sein und von einer Anhöhe aus als Beobachterin einer Szene, in der sie selbst nicht in Erscheinung trat, blicken zu können. Eigenartigerweise sah sie das Geschehen nur in den unterschiedlichsten Abstufungen von Schwarz bis Weiß. Viktoria wischte sich über die Stirn, in der Hoffnung, ihre Gedanken damit zu vertreiben.

»Wach auf!«

Unsanft polterte Siegfrieds Stimme auf Viktoria herab. Er hatte sie bei den Schultern gepackt und rüttelte sie, als wäre sie ein lebloser Gegenstand.

»Wir sind gleich da!«

Freude keimte in ihr auf. Bald würde sie die Kinder sehen!

Siegfried nahm den Koffer aus dem Gepäcksnetz und beugte sich dann drohend zu Viktoria hinab. Eindringlich und leise war seine Stimme und die Drohung, die darin mitschwang, gräßlich.

»Wehe, du sagst auch nur ein Wort darüber! Wenn jemand von deinen Eskapaden erfährt, müßte ich mich in Grund und Boden schämen!«

Er kniff die Augen zusammen, hob schulmeisterlich seinen Zeigefinger und fuchtelte damit vor ihrer Nase herum.

»Ich warne dich! Halte ja den Mund! Diese Schande! Meine Frau unter all diesen Juden zu sehen! Es war schrecklich für mich!«

Viktoria drückte sich unter seinem Arm durch und schlüpfte zum Mittelgang weiter. Noch ein Wort, Siegfried, und ich fange an zu schreien, und zwar so laut, daß alle im Zug zusammenlaufen!

Siegfried hatte nicht versucht, sie aufzuhalten.

»Diese Runde geht auf mich!« Der Wirt vom *Adler*, Wendelin Bückedich, stellte zwei Tonkrüge, gefüllt mit Wein, auf den Stammtisch, lief wieder zur Schank und brachte eine Flasche Schnaps. Stolz nahm er auf der Sitzbank Platz. Um Anerkennung heischend blickte er durch den Gastraum, in dem sich der halbe Ort versammelt hatte. Wer es noch nicht bemerkt hatte, wurde von ihm darauf aufmerksam gemacht: Neue Holzregale an den Wänden, die Schank neu verschalt, Tische, Bänke und Stühle neu. Vom allerbesten Holz, wies er gerne hin, und lobte den Tischler Odorfer und vergaß absichtlich den Beinamen Sozi, weil der ihm einigen Rabatt auf die Inneneinrichtung gewährt hatte.

»Man muß die Feste feiern, wie sie fallen. Hat schon meine Mutter gesagt. Und heute gleich doppelt!«

Stimmen wurden laut, Rauch zog durch den Raum, der gesteckt voll mit Menschen war. Der Wirt prostete wohlgefällig seinen Gästen zu, man bewunderte scheinheilig die neue Einrichtung, und einige der Männer hielten fordernd ihr geleertes Glas in die Höhe. Wendelin Bückedich war als knausriger Wirt bekannt. Freirunden waren eine absolute Seltenheit, und man nützte den großzügigen Getränkefluß, der an diesem Abend schier unversiegbar zu sein schien.

Immer wieder blickte Wendelin zur Wanduhr. Schließlich lief er zur Schank und drehte am Knopf des Volksempfängers, der in einer eigens dafür konstruierten Holznische eingebaut war. Er stieg auf einen Hocker und versuchte, sich Gehör zu verschaffen.

Das Gejohle und Gelächter der Anwesenden verstummte. Andächtig lauschten sie der Stimme aus dem Lautsprecher des Radios. Der Geburtstag des Führers wurde mit Musik und Ansprachen gewürdigt. Die kurzen Pausen, die zwischen den einzelnen Gratulanten entstanden, wurden mit stürmischem Applaus der Anwesenden im Gastraum gefüllt.

Eingezwängt zwischen der Frau des Bürgermeisters und Siegfried, nippte Viktoria an ihrem Weinglas.

Als die Menschen, die sich eigens zum Geburtstag des Führers herausgeputzt im Gasthaus versammelt hatten, ihr Glas auf sein Wohl erhoben, hob auch Viktoria ihre Hand. Gleichzeitig fragte sie sich, warum sie ausgerechnet jemanden hochleben lassen sollte, auf dessen Befehl, wie Sarah gemeint hatte, die Menschen in den Keller getrieben worden waren. Da war es wieder, dieses Warum, das in Viktoria nagte und ihr keine Ruhe ließ. Sie blickte auf ihre erhobene Hand und haßte sich.

»Heil Hitler!«

Viktorias Lippen machten sich nicht einmal die Mühe, so zu tun, als würde sie in den allgemeinen Sprechchor mit einstimmen, und es fiel niemandem auf; nur Siegfried sah sie befremdet an, sagte aber nichts.

Die Fabrik hatte eine neue Leitung bekommen. Nicht erstaunlich für Viktoria, denn der Vorgänger war jüdischer Abstammung und hatte seinen Platz räumen müssen. Erstaunlich war für sie, daß Siegfried sie drängte, wieder dort zu arbeiten. Nicht mehr erstaunlich, als sie erfuhr, daß der Führer arbeitswillige Frauen guthieß. Abwehr, als sie erfuhr, daß ein Deutscher nun die organisatorischen Pflichten des Aufsehers übernommen hatte. Die Hoffnung, Farbmischerin zu werden, die für sie die Arbeit in der Fabrik so bedeutend gemacht hatte, war ihr damit vergällt worden. All die Argumente, die sie Siegfried vorgebracht hatte, um seine Erlaubnis zu erlangen, wandte er nun ungeniert an, um ihr die Arbeit schmackhaft zu machen.

Irgendwie ist es schön, dachte Viktoria, als sie sich zeitig am Morgen auf den Weg in die Fabrik machte. Grete hatte bereits am Fenster gewartet und stürmte nun aus der Tür, fiel Viktoria übermütig um den Hals.

»Wie in alten Zeiten.«

Der Weg bis zur Fabrik war schneller zurückgelegt, als ihn Viktoria in Erinnerung gehabt hatte. Sie genoß das belanglose Geplauder mit Grete und spürte wieder jenes befreiende Gefühl in sich aufsteigen, das sie als junges Mädchen so genossen hatte. Es war wohl richtig gewesen, wieder in der Fabrik zu arbeiten.

Der neue Aufseher beeindruckte Viktoria durch seine knappen, präzisen Anweisungen. In der Mittagspause gesellte er sich zu den Frauen, die auf Holzbänken im Hof saßen, erteilte nebenbei, wie es Viktoria schien, jene Anweisungen und vergaß auch nicht, kleine Scherze zur Aufmunterung der Arbeiterinnen zu machen. Wie zufällig setzte er sich später neben Viktoria und Grete und verwickelte sie in ein Gespräch.

Nachdem er von Viktoria erfahren hatte, daß sie bereits früher in der Fabrik gearbeitet hatte, stellte er ihr in Aussicht, die bald frei werdende Stelle im Mischraum zu übernehmen. Viktoria konnte es kaum fassen. Ihr Traum, Farbmischerin zu werden, sollte tatsächlich in Erfüllung gehen!

»Siehst, unterm Hitler ist alles möglich.«

Triumphierend hatte Grete die Freundin angesehen. Viktoria war über den in Aussicht gestellten Posten so glücklich, daß ihr ganz leicht zumute war. Ob sie den Posten nun Hitler oder irgend jemand anderem zu verdanken hatte, das war ihr im Moment gleich.

Die Kinder schliefen in einem viel zu großen Bett, das kaum im Mansardenzimmer Platz fand. Siegfried hatte beschlossen, den Dachboden ausbauen zu lassen, um vorläufig etwas Platz zu gewinnen. Später wollte er, hinter Agathes Haus, wo sich jetzt Gemüsebeete befanden, ein eigenes Haus bauen. Es sollte zwar nie dazu kommen, aber Siegfried redete oft darüber, vorwiegend am Stammtisch, und der ganze Ort wußte bereits über seine Pläne Bescheid.

Tante Agathe hatte nichts gegen ein neues Haus einzuwenden gehabt – ihr kleines Domizil war schon allein mit den Katzen überfüllt – für drei Erwachsene und zwei Kinder war es auf jeden Fall viel zu eng.

Agathe hatte sich aber strikt gegen den Ausbau der Mansarde gewehrt. War doch der kleine Raum, der sich, durch eine schmale Tür erreichbar, neben das Mansardenzimmer drückte, der Ort, an dem sie ihre Herrenpilze und Eierschwammerl trocknen ließ, ein wichtiger, nicht ersetzbarer Aufbewahrungsplatz. Besonders in der kalten Jahreszeit waren die Pilze für sie eine wichtige Nahrungsquelle. Sie machte daraus köstliche Suppen, röstete die Eierschwammerl mit Grieß oder kochte ein würziges Gulasch aus den Herrenpilzen. Nein! Sie weigerte sich hartnäckig, ihren *Trockenplatz* aufzugeben.

Immer wenn sie Siegfried eines ihrer Pilzgerichte vorsetzte, nörgelte sie, wies ihn darauf hin, daß dies getrocknete Schwammerl wären, vom Dachboden. (Später brachte sie Marmeladegläser, einen Sack Mehl, eingemachte Gurken und einige Flaschen Eierlikör hinauf. Sie wollte Siegfried damit beweisen, daß ihr Trockenplatz unentbehrlich war.)

Viktoria deckte die schlafenden Kinder mit einem Flanelltuch zu. Liebevoll strich sie über Ednas strubbelige Haare, bückte sich und schmiegte ihre Wange an die von Maximilian.

Obwohl es längst Schlafenszeit war, war Siegfried noch nicht nach Hause gekommen. Sie bedauerte es nicht, war sogar froh darüber. Bestimmt saß er noch im *Adler*.

Sie nahm die Petroleumlampe vom Nachttisch und verließ das Mansardenzimmer. Tante Agathe schlief. Viktoria hatte die Flamme der Lampe zurückgedreht, um Agathe nicht durch den Schein des Lichtes zu wecken. (Trotz Siegfrieds Hoffnung auf elektrisches Licht waren die Leitungen, aus Kostengründen, noch nicht bis zu Agathes Haus verlegt worden.)

Viktoria kletterte auf den Heuschober und setzte sich auf einen Strohballen. Ehrfurchtsvoll griff sie nach Sarahs Tagebuch, das sie in ein gestricktes Schultertuch eingeschlagen hatte.

Sie empfand Sarah Goldblums Tagebuch als wunderbaren Schatz.

Ihre Fingerspitzen tasteten über das grobe Leinen des Einbandes. Behutsam öffnete sie das Buch. Sarahs zierliche Schrift war ihr längst vertraut geworden. Hatte sie anfangs Scheu empfunden, allein wenn sie das Buch aufschlug, so verband sie mittlerweile eine enge Vertrautheit mit Sarah. Von einer Seite zur nächsten blätternd, spürte sie beinahe ihre Anwesenheit, glaubte, daß die Frau neben ihr sitzen würde. Die Buchstaben schienen Gestalt anzunehmen, formten ein Bild der Erzählerin dieser vielen kleinen alltäglichen Geschichten. Wenn Viktoria las, war es nicht etwa so, als würde sie selbst lesen. Es war Sarahs Stimme, die sie hörte, Sarah, die einem Satz die Färbung gab, den Ausdruck, der das Geschriebene erst richtig interpretieren konnte.

Oft brauchte Viktoria lange, bis sie aus dieser Traumwelt zurückkehrte. Die Verlockung, durch Sarah ihrem eigenen Leben zu entfliehen, war groß.

Obwohl Viktoria den Inhalt des Buches genau kannte, war sie noch weit davon entfernt, ihn zu begreifen. Das, was zwischen den Zeilen verborgen war, konnte Viktoria noch nicht verstehen, ahnte nicht einmal, daß es vorhanden war.

Viel später, und buchstäblich im letzten Moment, würde sie die Bedeutung des Buches verstehen. Sarah mußte – ebenfalls im letzten Moment – die Zusammenhänge begriffen haben; kurz bevor sie Viktoria das Tagebuch anvertraute. Im letzten Augenblick des Abschiednehmens.

Sarah hat es gewußt! Diese Erkenntnis war für Viktoria – Jahre später – ein schwacher Trost.

»Hier.« Vorsichtig balancierte Jakob ein in Zeitungspapier gewickeltes Päckchen, das er seitlich an die Krücke angebunden hatte. Es baumelte raschelnd zwischen der Verstrebung der Krücke unter seiner Achsel und dem Unterarm. »Für die Kinder.«

Es war der erste Geburtstag der Zwillinge, und Viktoria hatte einen Gugelhupf gebacken. Jakob setzte sich zu Agathe und Viktoria an den Küchentisch. Die Kinder hielten gerade ihren Mittagsschlaf.

»Ich werd die Betten noch diese Woche vorbeibringen.«

Zwei schmale Betten für die Kinder anstelle eines großen, und damit mehr Platz im beengten Mansardenzimmer – Siegfried hatte offenbar eingesehen, daß er die Tante nicht umstimmen konnte.

Jakob fühlte sich sichtlich unwohl unter Agathes Blick, die ihn nicht leiden konnte und dies auch offen sagte. Ja, sie hätte es lieber, wenn sein Vater die Betten für die Kinder bringen würde, denn so war das schon immer gewesen! Sie erinnerte sich, daß der Odorfer auch vor langer Zeit die Einrichtung des Häuschens angefertigt und Stück für Stück selbst vorbeigebracht hatte. Der Auftrag damals stammte noch von Agathes Bruder, Viktorias Vater.

Selbst die Särge ihrer Eltern, und das war noch länger her, waren von Jakobs Vater gezimmert und geliefert worden.

Um den Redeschwall der Tante zu bremsen, fragte Viktoria, ob sie das Päckchen, das Jakob den Kindern mitgebracht hatte, öffnen dürfe. Er wurde verlegen, stimmte dann aber unsicher zu.

Viktoria schlug das Zeitungspapier auseinander. Da saß eine Katze, aus Sandstein gehauen, sie hatte, wie zum Sprung bereit, die Vorderpfoten angehoben! Die Tante gab kleine entzückte Laute von sich, schlug immer wieder ihre Hände zusammen, meinte, daß dieses steinerne Tierchen ihrem Lieblingskater Jesus zum Verwechseln ähnlich sehe.

Auch Viktoria war beeindruckt, besonders, als sie erfuhr, daß Jakob die Figur selbst gemacht hatte. Die Katze wirkte tatsächlich so lebendig, daß man glauben konnte, sie würde den angesetzten Sprung jeden Moment ausführen. Nur der helle Stein verriet, daß dies nicht möglich war.

Vorsichtig strich Agathe über das steinerne Fell, meinte, daß diese Katze viel zu schade für ungelenke Kinderhände wäre. Als Jakob schüchtern erklärte, daß es vielleicht besser wäre, wenn die Tante das Tier für die Kinder aufbewahrte, wollte sie ihm vor Freude beinahe um den Hals fallen. Aber nur beinahe.

Jedenfalls, stellte Viktoria fest, hatte sie von da an keine bissigen Bemerkungen parat, wenn ihr Jakob über den Weg humpelte. Sie nickte ihm sogar freundlich zu.

2. ... UND STEIN UM STEIN

Sie hatte nicht gelauscht. Es war Zufall, daß sie das Gespräch mitangehört hatte, und sie wünschte sich, es wäre nicht so gewesen. Wahrscheinlich achtete man auch gar nicht auf ungebetene Zuhörer, und wahrscheinlich wußte bereits der halbe Ort, was am nächsten Tag geschehen sollte, und die Betroffenen selbst, so entnahm Viktoria dem Gespräch, ahnten bereits, was passieren würde.

Es war während der Sonntagsmesse gewesen. Die Frau des Schmieds, die Kathrin, hatte sich zu Grete, die neben Viktoria saß, gebeugt und gefragt, wer denn nun ihrem Vater in der Werkstatt helfen werde.

»Ist ein braver Bub, der kleine Jud, und kann tüchtig zupacken. Aber wer weiß, ob der je wieder zurückkommt!«

Viktoria konzentrierte sich auf die Predigt des Pfarrers, was ihr nur schwer gelang.

Der Wirt, bei dem ein SS-Offizier einquartiert war, hatte es sozusagen aus erster Quelle, berichtete die Frau weiter.

»Morgen werden sie abgeholt.«

Grete hatte sich ganz nahe an Kathrin gedrückt.

»Alle müssen gehen! Auch der Tannenbaum und seine Frau.«

Kathrin lachte laut auf, und Pfarrer Urban hob seine Stimme und blickte unwillig in ihre Richtung.

Leise fuhr Kathrin fort:

»Pro Kopf und Nase nur einen Koffer. Wird so manchem schwerfallen, das meiste zurücklassen zu müssen!«

Es war für Viktoria unmöglich, das Gefühl, das in ihr aufwallte, näher zu beschreiben.

Sie versuchte, an nichts zu denken, und da ihr dies nicht gelang, stellte sie sich alles um sich herum in Hell und Dunkel vor. Die Kanzel, den Pfarrer, die Kirchenbänke, die Menschen. Penibel ordnete sie jedes Detail in Hell oder Dunkel und gewährte nicht einmal dem kleinsten Farbtupfen Bestand.

Sie erhob sich von der dunklen Bank und schritt über den hellen Boden zum Ausgang. Daß die Messe noch nicht zu Ende war, bemerkte sie an den erstaunten Ausrufen, die ihren Gang begleiteten.

Sie bemerkte, daß mit jedem Schritt, den sie tat, die Farben wieder in ihr Bewußtsein drängten, und die Kälte, die sie eben noch in sich gespürt hatte, wich vor dem hektischen Atem, der sich aus ihr herauswürgte.

Sie klopfte an die Tür des Gemischtwarenladens. Sie pochte mit den Fäusten gegen die Tür. Nichts rührte sich dahinter. Sie wich ein paar Schritte zurück. Die Vorhänge an den Fenstern verdeckten die Sicht ins Obergeschoß des Hauses. Vielleicht hat man sie schon abgeholt! befürchtete sie. Sie bückte sich und nahm ein Steinchen zwischen die Finger. Gerade als sie ausholen wollte, um das Steinchen Richtung Fenster zu werfen, packte jemand ihr Handgelenk.

»Was fällt dir ein!«

Siegfrieds Hand schlug in ihr Gesicht.

Die Kirchenglocken begannen das Ende der Messe einzuläuten. Gleich würde sich der Platz mit Menschen füllen.

Siegfried befahl Viktoria, nach Hause zu gehen und dort auf ihn zu warten, er würde noch seinen Frühschoppen beenden.

Ihre Wange brannte. Als sie beim Weiher ankam, brach sie ein Stück Eis aus der gefrorenen Fläche und drückte es auf die schmerzende Stelle.

Siegfried hatte ihr verboten, an diesem Tag das Haus zu verlassen, sie sollte auch nicht in die Fabrik zur Arbeit gehen. (Viktoria befürchtete deswegen Schwierigkeiten, denn der neue Aufseher war unduldsam.)

Trotz des Verbots machte sie sich zeitig am Morgen mit den Kindern auf, um in den Ort zu gehen und Herrn Tannenbaum Lebewohl zu sagen. Siegfried war in der Nacht zu einem Bauern gerufen worden. Viktoria kannte den Grund nicht, sie war aber froh, daß er sie nicht aufhalten konnte.

Von weitem schon konnte sie die offenstehende Ladentür erkennen. Sie fragte sich, ob das ein gutes ober ein schlechtes Zeichen war. Es war sehr kalt. Für die Jahreszeit zu kalt.

Mit dem Leiterwagen, in dem die Kinder schliefen, hievte sie sich durch die Tür. Hinter dem Ladentisch stand Herr Tannenbaum und schaute verwundert auf Viktoria, so, als hätte er jemand anderen erwartet. All die Worte, die Viktoria hatte sagen wollen, all die Worte, die ihr in der schlaflosen Nacht durch den Kopf gegangen waren, formuliert für diesen Augenblick, sie waren überflüssig geworden. Er muß mich hassen! dachte sie. Er muß alle im Ort hassen, die das zulassen!

Aber Herr Tannenbaum stand nur da. Und dann, Viktoria erschrak, glitt ein schüchternes Lächeln von seinen Mundwinkeln bis zu den Wangen. Es war etwas Versöhnliches in dieser winzigen Bewegung.

Ein unsichtbarer Faden spannte sich durch den Raum und verband Herrn Tannenbaum mit Viktoria.

»Heil Hitler!« brüllte Grete, als sie den Laden von Herrn Tannenbaum betrat. Sie hatte Viktoria in den Laden gehen sehen und wollte, so gab sie vor, einiges mit ihr besprechen. Der Zauberfaden war durch Gretes plötzliches Auftauchen gerissen. Betroffen wandte sich Viktoria ab. Härter als sie wollte, fuhr sie die Freundin an.

»Pscht, Grete. Nicht so laut! Du weckst die Kinder!« Ihre Stimme klang vorwurfsvoll und bezog sich auf Gretes Gruß, den Viktoria sowieso nicht mochte und in der jetzigen Situation schon gar nicht verstehen konnte. Ungerührt beugte sich Grete zum Leiterwagen hinab und breitete die verrutschte Decke über Edna.

Herr Tannenbaum hüstelte verlegen hinter seinem Ladentisch, nahm umständlich seine Brille ab und begann sie zu putzen.

Viktoria beobachtete hilflos jede seiner Bewegungen. Worte des Trostes, Worte, die bloß zum Beschwichtigen gedient hätten, Lügen. Viktoria schwieg. Sie sah Sarahs Gesicht vor sich.

Im Laden war es kalt, nur eine Spur wärmer als draußen, stellte sie fest und zog ihre Strickjacke enger um den Körper. Herr Tannenbaum trug seinen besten Anzug. Über den Ladentisch war sein Mantel gebreitet. Nervös zupfte er imaginäre Staubfussel vom Stoff.

»Elias, kommst du?« Die Stimme von Frau Tannenbaum, die sich im Hinterzimmer des Ladens aufhielt, klang zittrig.

»Ja. Gleich.«

Abwesend streifte sein Blick durch den Laden.

»Also, ich wünsch Ihnen alles Gute!« meldete sich Grete zu Wort, und Viktoria hätte ihr am liebsten den Mund zugehalten.

Herrn Tannenbaums Gesicht wirkte grau. Seine Hand wischte müde über seine Schläfen. Langsam bückte er sich und holte etwas unter dem Ladentisch hervor. Als er sich wieder aufgerichtet hatte, traten in seine milchig-grauen Augen mühsam zurückgedrängte Tränen.

»Bewahr das für mich auf«, bat er Viktoria und drückte ihr eine kleine verschnürte Schachtel in die Hand. Sie nickte. Vorsichtig legte sie die Schachtel in den leeren Korb, in dem sie früher die Eier transportiert hatte. Grete verhehlte nicht ihre Neugierde und starrte ungeniert auf die Schachtel, wahrscheinlich hätte sie nur zu gern gewußt, was sich darin befand.

Die Ladentür wurde aufgerissen. Ein SS-Offizier hob seine Hand zum Hitlergruß. Edna war erwacht und begann zu weinen.

»Na, abmarschbereit?«

Der SS-Offizier baute sich vor Herrn Tannenbaum auf, neigte seinen Kopf zur Seite, damit er durch die Tür ins Hinterzimmer sehen konnte. Herr Tannenbaum schlüpfte in seinen Mantel.

Viktoria wandte sich ab. Sie zog den Leiterwagen mit der weinenden Edna und dem aus dem Schlaf gerissenen, schreienden Maximilian ins Freie. Grete war ihr zögernd gefolgt. Vor dem Laden hielt ein Lastwagen, auf dem sich bereits mehrere Menschen befanden. Unter ihnen erkannte sie Jakobs Vater.

Herr Tannenbaum und seine Frau, bepackt mit zwei großen Koffern, wurden vom SS-Offizier aus dem Laden getrieben. Im Vorbeigehen suchten Herrn Tannenbaums Augen die von Viktoria.

»Pokój, mein Kind«, flüsterte er ihr zu. Pokój, dachte Viktoria bitter und schob ihren Leiterwagen durch die Menge, die den Laster umringte.

In das Geräusch des anfahrenden Wagens mischte sich nun die Stimme des Pfarrers, der die Schaulustigen aufforderte, mit ihm in die Kirche zu gehen und für das Seelenheil der Menschheit zu beten.

Viktoria hatte sich rasch abgewandt und zog schwer atmend den Leiterwagen hinter sich her. Grete war ihr gefolgt.

»Ich versteh nicht, was du hast! Den Tannenbaums wird's sicher gutgehen, da, wo sie jetzt hinkommen.«

Mit einer verächtlichen Miene fügte sie hinzu: »Na, und um den Odorfer, den Sozi, ist's ohnehin nicht schad.«

Viktoria war über das eben Geschehene so verwirrt, daß es ihr schwerfiel, eine Antwort zu finden. In einer Mischung aus Mitleid und Verachtung blickte sie auf die Freundin, die ihr plötzlich so fremd erschien. Wer bestimmt denn, um wen es schad ist! Viktoria fühlte sich einem ekelhaften Zwiespalt ausgesetzt. Was ist richtig, was falsch. Alle, die sie im Ort kannte, waren einer Meinung: Weg mit den Juden und dem anderen Gesindel!

Viktoria fiel es schwer, sich dieser Meinung anzuschließen. Sie war mehr denn je die Außenseiterin, das spürte sie ganz genau, an Blicken, die man ihr zuwarf, daran, wie Gespräche verstummten, wenn sie sich näherte. Und wenn schon! Schweigend setzte sie ihren Weg zu Tante Agathes Haus fort. Grete blieb zurück und schüttelte nur verständnislos den Kopf.

Viktoria hatte den Ortsrand erreicht. Die Kinder hatten sich beruhigt, Maximilian war wieder eingeschlafen. Sie näherte sich dem Weiher, zog den Leiterwagen ein Stück in die Wiese hinein und stellte ihn ab.

Es war ein kalter, sonniger Apriltag. Der Weiher war teilweise zugefroren. Viktoria bückte sich und warf einen Stein auf die dünne Eisfläche.

»Viktoria.«

Sie erschrak. Ein Stück weiter stand Jakob, an einen Baum gelehnt. Das verdorrte, gefrorene Gras krachte bei jedem Schritt, den Viktoria tat. Sie stellte sich neben Jakob, und gemeinsam blickten sie auf den Weiher.

»Heut morgen haben sie ihn abgeholt.«

Viktoria sah Jakobs Vater vor sich, wie er zwischen den anderen auf dem Lastwagen saß.

»Heut die Juden, die Zigeuner und die, die anders denken. Morgen kommen dann die Krüppel dran. Weg mit allem Faulen!«

Jakob tastete nach seiner Krücke, schob sie unter die Achsel, drückte sich vom Baum ab und stakste schwerfällig davon.

Viktorias Wangen brannten. Natürlich hatte Siegfried erfahren, daß sie sich über sein Verbot hinweggesetzt hatte. Er hatte einmal zugeschlagen, und als Viktoria keinen Laut von sich gegeben hatte, ein zweites und drittes Mal. Edna hatte zu weinen begonnen, und Viktoria beugte sich zum Leiterwagen, in dem das Kind saß. Als sie wieder aufblickte, hatte Siegfried die Küche verlassen.

Viktoria kletterte auf den Heuschober und legte die Schachtel, die ihr Herr Tannenbaum zur Obhut gegeben hatte, neben Sarahs Tagebuch.

Nein! Sie wagte nicht, noch nicht, den Knoten zu lösen, die Schachtel zu öffnen und den Inhalt anzuschauen. Später vielleicht, ja!

Statt dessen nahm sie das Tagebuch zur Hand und blätterte darin. Die von Sarah dichtbeschriebenen Seiten lasen sich flüssig und verströmten große Lebensfreude. Viktoria liebte die Beschreibung, wie Sarah Hans kennenlernte, ihren späteren Mann. All die Zweifel, die Sarah hin und her gerissen hatten, die Hoffnungen und Sehnsüchte, die sie bewegten, äußerten sich in witzigen kleinen Geschichten einer Achtzehnjährigen. Viktoria konnte sehr wohl das Gefälle der Stimmungen erkennen, denen die Frau unterlag. Auch wurden die Beschreibungen mit zunehmendem Alter nüchterner, die Träume, die Sarah einst beflügelt hatten, wurden zu realistischen Tagträumen und gegen Ende des Buches schließlich, von einer knappen Schreibweise bestimmt, nüchtern und erschreckend trocken. Fast nur mehr in Stichworten beschrieb sie die Situationen, die unsteuerbar auf sie zuflossen, wie eine Ertrinkende, die trotz ihrer Versuche, den Kopf über Wasser zu halten, dem unvermeidlichen Versinken entgegensieht.

Eine der letzten Tagebucheintragungen beschrieb ihre große Traurigkeit und vermittelte Viktoria das Gefühl, daß Sarah ganz genau wußte, was auf sie zukommen würde.

Zum wiederholten Male las Viktoria die Zeilen, fühlte Wehmut und eine große Ehrfurcht vor der Frau.

... für Kost und Logis arbeite ich in der Wäscherei. Habe nichts Besseres finden können. Unwichtig, Hauptsache, ich bin in seiner Nähe. Hat lange gedauert, bis ich meinen Sohn, meinen Machalan, aufgespürt habe. (Seine ehemalige Haushälterin in Berlin hat mir nach vielem Bitten weitergeholfen.)

... habe meinen Mädchennamen wieder angenommen. Habe nichts zu verbergen. Ich bin Jüdin, weder stolz darauf noch beschämt darüber.

Wäre ich als Junge auf die Welt gekommen, was hätte ich dagegen tun können (oder wollen).

Genauso wenig will ich gegen das angehen, was man seine Herkunft nennt. Selbst wenn ich anderen vormachen würde, keine Jüdin zu sein, so bliebe ich sie in meinem Inneren. Und ich muß in dieser Hülle leben, nicht die anderen, die diese nur äußerlich beurteilen.

... irgendwann – vielleicht – wirst Du aufwachen aus Deiner Erstarrtheit, begreifen, was Du getan hast, Machalan!

... verleugne mich! Aber hasse mich nicht! ... verleugne Dich nicht weiter, denn dann wirst Du Dich hassen!

... die neue Stadt, in der Du nun lebst, sie ist mir fremd. Einzig das Wissen, in Deiner Nähe zu sein, macht sie erträglich.

... Machalan! Hin und wieder Dich sehen! Das muß genug sein!

Vielleicht war es die Beschreibung ihres aussichtslosen Werbens nach etwas Liebe, die Viktoria so erschütterte, die Beschämungen, die Sarah auf sich nahm, weil sie ihrem Sohn nahe sein wollte.

Zwei Drittel des Buches waren mit jener verschnörkelten, in Tinte geschriebenen Schrift ausgefüllt. Es wäre schön gewesen, hätte Sarah auch das letzte Drittel noch füllen können.

Viktoria legte das Buch zur Seite. Sie öffnete ihr Medaillon. Nach dem Vermerk über das Zusammentreffen mit Sarah schrieb sie nun die Eintragung Nr. 5: *Pokój, Herr Tannenbaum!*

»Schnell, Siegfried!«

Agathe stand mit der Petroleumlampe in der Mansardentür.

Der Schmied war durchs Fenster geklettert und hatte Agathe geweckt. Es brannte. Der Birkenhain stand in Flammen! Es konnte nicht schaden, wenn der Kuhdoktor nach dem Rechten sah. Siegfried schlüpfte unwillig in seine Kleidung. Was gab es schon zu retten beim Birkenhain! Außer ein paar Kühen, die man in Sicherheit bringen konnte, war es ohnehin eine öde Gegend.

»Mischa!« schrie Viktoria und stürzte vor Siegfried aus dem Haus.

Schon von weitem konnte sie das Feuer sehen, das sich scharf gegen den Nachthimmel abhob. Beim Näherkommen erkannte sie Menschen, die ratlos und reglos in sicherem Abstand dastanden, einen Halbkreis um Mischas brennende Hütte bildeten.

»Ist nichts mehr zu machen! Ein paar Leut haben versucht, den Mischa aus der Hütte zu befreien. Zu spät!«

Der Bürgermeister schüttelte den Kopf, und Viktoria vermeinte, den Anflug eines Lächelns um seine Mundwinkel zu erkennen. Pfarrer Urban stand, völlig konfus wirkend und von den hüpfenden Flammen verzerrt beleuchtet, am nächsten zur Hütte.

»Er hat die Letzte Ölung nicht bekommen!«

Sein Jammern vermischte sich mit dem Prasseln der Flammen, er hatte seine Hände gefaltet und begann ein stummes Gebet.

Siegfried unterhielt sich leise mit dem Bürgermeister. Ins Gespräch vertieft verließen sie den Birkenhain, und Viktoria war sicher, daß die beiden noch im *Adler* einkehren würden.

Hinter einigen Büschen vermeinte Viktoria Anna zu sehen. Arme Anna! dachte sie. Wollte man den Gerüchten Glauben schenken, die einstmals im Ort die Runde machten, dann wäre Anna wohl die einzige, die Trauer um Mischas Tod empfinden würde.

Viktoria kniete sich auf die Erde und preßte ihre Handflächen aneinander. Nein! Auch sie bedauerte Mischas Tod. Er war ihr in vielen wichtigen Stationen ihres Lebens beigestanden. Unwiederbringlich der Moment, ihm zu danken. Versäumt! Nicht mehr möglich!

In der Morgendämmerung fand sich Viktoria vor der Asche des niedergebrannten Holzverschlags, dem Überbleibsel von Mischas Holzbaracke.

Später fragte Viktoria sich selbst und andere, warum das Feuer ausgebrochen war und warum so viele Ortsbewohner bei der Brandstelle gewesen waren. Sie erhielt keine Antwort. Die Frage nach dem Warum nagte weiter in ihr.

Aufgeregt betrat Tante Agathe nach der Vormittagsmesse das Haus.

»Viktoria, hörst du?«

Viktoria, die gerade das Feuer im Ofen schürte, um die Suppe auf dem Herd zum Kochen zu bringen, nickte unwillig.

»Die Frau Bürgermeister hat ein neues Kleid!«

Agathe sank fassungslos in ihren Ohrensessel.

»Das grüne Schultertuch aus dem Laden vom Tannenbaum, das trägt die Wirtin, stolziert damit herum wie ein Gockel!«

Agathes Stimme war vor lauter Empörung immer schriller geworden, und Viktoria hätte sich am liebsten die Ohren zugehalten.

»Die Frau vom Schuster trägt den Hut, den aus schwarzem Samt, lag auch im Schaufenster vom Tannenbaum. Und deine Freundin, die Grete, putzt sich auf mit dem scheußlichen roten Mantel, den du immer haben wolltest!«

Agathe schüttelte angewidert den Kopf und verscheuchte eine Katze, die auf dem Ohrensessel lag. In diesem Moment betrat Siegfried die Küche und verharrte, als er die Spannung spürte, die sich im Raum fast greifbar ausmachen ließ. Viktoria ging zwei Schritte auf die Tante zu und blieb dann zögernd stehen. Agathe sprach, unter Viktorias drängendem Blick, weiter.

»Überhaupt gibt es den Laden vom Tannenbaum nicht mehr.«

Agathe bekreuzigte sich.

»Die Fensterscheiben sind eingeschlagen, und jemand hat die Tür eingetreten.«

Viktoria begann zu weinen. Siegfried ging zu ihr und nahm sie tröstend in den Arm.

»Unsere Schulden beim Tannenbaum! Hast du sie bezahlt?«

Viktoria schüttelte verneinend den Kopf.

»Ein Glück!«

Siegfried lächelte zufrieden.

In neugierigem Zwiespalt hatte sie Herrn Tannenbaums Schachtel betrachtet. Vorsichtig hatte sie die Schleife der Schnur gelöst, mit geschlossenen Augen den Deckel umfaßt.

Ein schabendes Geräusch beim Anheben des Deckels. Durch das Geräusch gereizt, die Augen zu öffnen. Unverständnis, entschuldbares Nichtverstehen. Ein Stein! Ratlosigkeit. Ein blankpolierter Stein. Nichts weiter. Ein Stein, wie man ihn am Rand des Weihers finden konnte. Einer, der über die Wasserfläche hüpft und dann im Naß versinkt!

Grete hatte die Arbeit in der Fabrik aufgegeben, und Viktoria gestand sich ein, daß es, trotz vieler Zwistigkeiten zwischen ihnen, sehr langweilig ohne sie war. Vor allem der Hin- und Rückweg zog sich nun in die Länge.

Eines Abends, auf dem Nachhauseweg, nahm sie gerne das Angebot Jakobs an, auf seinem Fuhrwerk mitzufahren. Er erzählte, daß er gerade zwei Schränke in das Nachbardorf geliefert hatte. Die Arbeit häufe sich, und seit sein Vater weg war, käme er nur sehr schwer zurecht. Zwar halfen die jüngeren Geschwister ordentlich mit, aber sie mußten erst eingeschult werden, und das war mühsam.

Vor der Tischlerei stieg Viktoria vom Fuhrwerk. Geschickt schwang sich Jakob mit seiner Krücke hinab. Sie bedankte sich bei ihm fürs Mitfahren und wollte gehen, als er sie aufhielt und spontan aufforderte, mit ihm in die Werkstatt zu kommen. Viktoria zögerte kurz. Sie sah den Pfarrer, wie er, von der Kirche kommend, auf den *Adler* zusteuerte. Seinen Augen war bestimmt nicht entgangen, daß Viktoria mit Jakob mitgefahren war. Sie zuckte trotzig mit den Schultern und folgte Jakob in die Werkstatt.

Der Raum war groß und, dank des elektrischen Lichtes, sehr hell. Seine Brüder hatten die Arbeit bereits beendet. Es war ganz still.

Unfertige Möbelstücke standen an der linken Seite der Wand, eine lange Hobelbank befand sich in der Mitte des Raumes, Lagen von Holzbrettern waren an der rechten Seite gestapelt.

Unschlüssig blieb Viktoria neben einem Schrank stehen. Jakob deutete ihr mit einer knappen Kopfbewegung, ihm zu folgen.

Er ging zu einer Tür, die Viktoria nicht bemerkt hatte. Sie befand sich an der Schmalseite des Raumes, und er mußte erst umständlich einige Bretter zur Seite drücken, um sie freizulegen. Dann griff er in den Hosensack und zog einen Schlüssel hervor. Bevor er die Tür öffnete, wandte er sich an Viktoria.

»Versprich mir, daß du niemandem davon erzählst. Nicht einmal meine Geschwister dürfen dieses Zimmer betreten! Nicht einmal meine Mutter weiß, was sich darin befindet.«

Verschwörerisch blinzelten sie sich zu.

Er stieß die Tür auf und tastete nach dem Lichtschalter.

»Komm!«

Schnell zog er die Tür hinter sich ins Schloß.

Viktoria war überwältigt. Minutenlang stand sie da und staunte.

Das Zimmer war nicht besonders groß, war aber bestimmt größer als das Mansardenzimmer und höher. Es gab keine Fenster, bewußt nicht, wie Jakob sagte. So konnte er das, was sich darin befand, vor neugierigen Blicken verbergen.

Viktoria wußte nicht, wo sie zuerst hinschauen sollte. Vor ihr stand Jakobs Mutter in Lebensgröße aus Holz geschnitzt, zu ihren Füßen zwei Hühner, ein Schaf und ein Schwein, alles ebenfalls aus Holz.

Weiter hinten im Zimmer entdeckte sie einen Mann in Stein gehauen, der auf einem Holzschemel saß – sie erkannte, daß es sich um Jakobs Vater handelte. Die Ähnlichkeit mit ihm war so verblüffend, daß Viktoria darüber erschrak.

Sie hatte das Geschenk, die Katze aus Stein, bewundert und als einmalige Arbeit abgetan. Nie hätte sie es für möglich gehalten, daß Jakob die so wunderbaren Fähigkeiten besaß, lebloses Gestein und Holz, wie es schien, zum Atmen zu bringen.

Er freute sich, als er Viktorias Begeisterung merkte. Gleichzeitig aber erinnerte er sie an ihr Versprechen, niemandem davon zu erzählen.

»Nach Mutters Unfall«, begann er zögernd eine Erklärung, »hab ich mit dieser Arbeit begonnen.«

Seit damals war die Frau gelähmt; die Gerüchte, die daraufhin im Ort kursierten, waren nicht aus der Welt zu schaffen.

Jakob, der Einbeinige – wie ihn die Ortsbewohner nannten –, hatte seiner Mutter ein Holzgefährt zusammengebaut, damit sie sich ohne fremde Hilfe fortbewegen konnte.

In der Fabrik wollte man ihn nicht mehr beschäftigen, und so half er dem Vater in der Tischlerei. Lustlos, wie Jakob sagte, denn er haßte diese Arbeit. Erst als er seine Liebe zum Holz entdeckte, erst als er herausfand, daß man daraus mehr als nur Betten, Schränke und Särge herstellen konnte, fand er Spaß daran.

Von einem Freund, der in dem nahegelegenen Steinbruch arbeitete, holte er sich hin und wieder eine Fuhre Sandsteinbrocken. Die Idee, das Gestein zu bearbeiten, war ihm gekommen, als er, um der Mutter eine Freude zu bereiten, einen Blumentrog aus Sandstein anfertigte.

Jede freie Minute verbrachte er in dem Zimmer und arbeitete in und an seiner kleinen Welt, die niemand betreten durfte.

Er zeigte ihr eine halb fertige Büste, die Frau Tannenbaum darstellte. Während sie durch das Zimmer gingen, erzählte er, er würde nach und nach alle Menschen, die man abgeholt hatte, in Stein hauen und irgendwann einmal in der Ortsmitte aufstellen, damit sie nicht in Vergessenheit gerieten, vor allem zur Erinnerung für diejenigen, die sie bereits aus dem Gedächtnis gestrichen hatten.

Vielleicht bereute er schon, daß Viktoria nun als einzige von seinem wohlgehüteten Geheimnis wußte, denn er drängte sie zu gehen.

Als sie die Küche betrat, bot sich ihr ein ungewohntes Bild: Der Bürgermeister saß mit Agathe und Siegfried beim Tisch, vor ihnen stand eine Flasche Eierlikör.

Der Bürgermeister hatte den Einberufungsbefehl für Siegfried überbracht. Viktoria fröstelte bei dieser Nachricht. Siegfried überreichte Viktoria ein Glas mit Likör und forderte sie auf, mit ihm anzustoßen. Lauernd prostete er ihr zu und meinte süffisant, daß er bereits in einer Woche auf einem großen Gestüt in Oberösterreich erwartet werde.

Tierärzte waren rar, wußte auch der Bürgermeister, und beneidete Siegfried, der nicht an die Front mußte. Er fühlte sich bemüßigt, Viktoria zu trösten, hob die Gefahrlosigkeit hervor, die sich bot, wenn man im eigenen Land bleiben konnte. Im selben Atemzug erzählte er von seiner Schwester, die vor ein paar Tagen die Nachricht vom Tod ihres Sohnes erhalten hatte.

Viktoria konnte lange nicht einschlafen. Sie hörte Siegfrieds vertraute Atemzüge neben sich, hörte, wie eines der Kinder etwas Unverständliches im Schlaf murmelte, hörte, wie draußen im Hof eine Katze schrie, und empfand alle diese gewohnten Geräusche plötzlich befremdend.

Siegfried hatte ihr vorgeworfen, daß sie froh über sein Fortgehen wäre. Diese Behauptung hatte sie tief getroffen, nicht nur, weil sie nicht stimmte, sondern auch, weil sie traurig war, daß von dem einstigen Gefühl – vielleicht ein wenig Liebe – zwischen ihnen nichts mehr übrig geblieben war. Was auch immer sie miteinander verbunden hatte, es hatte sich nicht erst mit dem Einberufungsbefehl verändert, sondern schon lange vorher.

Zwei Tage später, auf dem Weg zur Fabrik, traf Viktoria Grete, die freudig von ihrer bevorstehenden Hochzeit mit Herbert berichtete. Sie hatte Angst, daß auch er bald seinen Einberufungsbefehl erhalten würde.

»Bald werden alle Männer aus dem Ort verschwunden sein.«

Viktoria horchte auf. Gretes unerschütterlicher Glaube an Hitler schien ins Wanken geraten zu sein, aus der bloßen egoistischen Vorstellung heraus, daß Herbert in den Krieg ziehen mußte und sie getrennt wären.

Aber Grete hatte sich schnell wieder gefangen, rollte bereits übermütig mit den Augen und schwärmte von der bevorstehenden Hochzeit.

Auf halbem Weg zur Fabrik trennten sich ihre Wege, Grete wollte einige Besorgungen im Nachbardorf erledigen.

Kurz bevor sie sich verabschiedete, fragte sie Viktoria, ob sie denn schon in die Schachtel vom Tannenbaum geschaut hätte. Viktoria war Gretes Neugierde zu aufdringlich, und sie wunderte sich, daß sie ausgerechnet jetzt danach fragte. Es ging sie nichts an, empfand Viktoria, wußte aber gleichzeitig, daß die Freundin keine Ruhe geben würde. Viktoria zögerte noch kurz mit einer Antwort. Als sie ihr dann erklärte, es habe sich ein Stein darin befunden, war Grete enttäuscht. Sie hatte zumindest Schmuck oder andere Wertgegenstände darin vermutet. In ihrem Gesicht spiegelten sich Zweifel, und Viktoria ärgerte sich. Grete überlegte und machte ein gespielt ernstes Gesicht.

»Warst du noch nie auf einem Judenfriedhof?«

Viktoria verneinte, und Grete erklärte ihr daraufhin, daß die Juden, wenn sie ein Grab besuchen, dem Toten einen Stein mitbringen. Warum dies so sei, wisse sie nicht.

»Hängt irgendwie mit Tradition zusammen.«

Viktoria mußte noch lange an Gretes Worte denken. Es schauderte sie bei dem Gedanken, daß Herr Tannenbaum einen Stein für sein Grab bei ihr hinterlassen hatte.

»Der Jesus ist heut während der Messe vom Kreuz gefallen und in tausend Stücke zerbrochen.« Tante Agathe wertete dies als schlechtes Zeichen. Genau einen Tag vor Siegfrieds Abreise. Das kann nichts Gutes bedeuten, jammerte sie immer wieder, und Siegfried verließ aufgebracht das Haus, um eine Abschiedsrunde im *Adler* auszugeben.

Dort traf er auf Pfarrer Urban, der, gleich der Tante, um den vom Kreuz gefallenen, gipsernen Jesus jammerte. Erst nach dem dritten Schnaps hatte er sich einigermaßen beruhigt.

Mit Siegfrieds Fortgang war eine seltsame Ruhe ins Haus der Tante eingekehrt. Im nachhinein erschien es Viktoria, als wäre diese Zeit wie ein kostbares Juwel gewesen.

Viktoria erinnerte sich, daß der Aufseher einer anderen Frau den Posten der Farbmischerin gegeben hatte. Er begründete seine Entscheidung mit Viktorias häufigem Fernbleiben von der Arbeit.

Es war schmerzlich für sie gewesen, hatte aber keine wirkliche Bedeutung mehr für sie gehabt.

Es war kurz vor Siegfrieds erstem Urlaub gewesen, als Tante Agathe zeitig am Morgen hysterisch schreiend in die Küche rannte. Viktoria stolperte die Treppen hinunter, hinter ihr liefen die Kinder, noch in den Nachthemden. Agathe war so aufgeregt, daß sie keine verständlichen Laute von sich geben konnte. Sie fuchtelte wild mit den Händen und rannte wieder nach draußen. Viktoria und die Kinder waren ihr gefolgt.

Der Hühnerstall und die Fassade unter der Mansarde waren mit großen, roten Hakenkreuzen versehen; die Farbe war dick aufgetragen worden, noch feucht, und einige Tropfen rannen, wie aus blutigen Wunden, am Gemäuer herab.

Dazwischen las Viktoria die Aufschrift: DEUTSCH BLEIBT DEUTSCH! POLACKEN VERRECKT!

Viktoria schämte sich. Zum Glück können die Kinder das noch nicht lesen! dachte sie, wußte aber auch, daß Edna und Maximilian, allein an ihrer Reaktion und der der Tante, sehr genau fühlten, welcher Beschämung sie ausgesetzt waren.

Sie brauchten zwei Tage, um die Fassaden wieder zu säubern. Sowohl Agathe als auch Viktoria waren der Meinung, daß Siegfried nichts davon zu wissen brauchte. Die Kinder hatten bis zum Eintreffen ihres Vaters den Zwischenfall vergessen.

Agathe empfand den neuen Jesus Christus am Kreuz als etwas Besonderes. Pfarrer Urban lobte und pries Jakobs wunderbare Erleuchtung, die ihm bei der Arbeit an der Fertigung des Gottessohns die Hand geführt haben mußte.

Nach der Messe schüttelte Agathe Jakob die Hand und bedankte sich bei ihm, gerade so, als hätte er die Figur aus Stein allein für sie gehauen.

Viktoria hatte sich gewundert, daß Jakob den Jesus angefertigt hatte. Sie fand, daß er sich und seine wohlgehütete Leidenschaft damit verriet. Zwar hatte er noch niemandem sein Zimmer mit den Stein- und Holzfiguren gezeigt, doch die Ortsbewohner, die nichts von Jakobs Können geahnt hatten, waren nun hellhörig geworden und meldeten bereits Aufträge für verschiedene Arbeiten bei ihm an.

Einen neuen Jesus können wir uns nicht leisten, jammerte

Pfarrer Urban. Nur um seiner Mutter eine Freude zu bereiten, hatte Jakob den Jesus aus Sandstein gehauen.

Auf dem schmalen Mauervorsprung, direkt unter dem Mansardenfenster, war ein Spatzenpaar emsig damit beschäftigt, ein Nest zu bauen. Viktoria und die Kinder beobachteten die Fertigstellung beinahe genauso gespannt wie die Katzen. Mit übelgelauntem Knurren versuchten sie, die Fassade zu erklimmen, und rutschten dabei immer wieder ab.

Das Vogelpaar hatte seinen Nestplatz klug gewählt, es war auf Sicherheit bedacht gewesen. Einziger Risikofaktor war das Mansardenfenster, das den Katzen die Möglichkeit bot, an die gefiederten Tierchen heranzukommen. Doch Viktoria und die Kinder achteten darauf, daß das Fenster in ihrer Abwesenheit geschlossen blieb. Als die Vogelmutter zu brüten begann, wurde den Katzen sogar der Zutritt ins Mansardenzimmer verwehrt, um sie nicht in Versuchung zu führen.

Sobald die Spatzen aus den Eiern geschlüpft waren und ihre gierigen Schnäbel zur Nahrungsaufnahme sperrangelweit aufrissen und ihren Hunger zusätzlich mit schrillen Tönen verkündeten, machte sich eine neue Welle der Unruhe unter den Katzen breit.

Maximilian und Edna fühlten sich immer mehr dazu bestimmt, die Beschützer der Vögel zu spielen, was Maximilian einmal dazu bewog, einen Stein nach einer Katze zu werfen, die in einem tollkühnen Sprung versuchte, die Fassade zu erklimmen. Agathe, die dies, gerade beim Brunnen Wasser pumpend, aus den Augenwinkeln heraus mitbekommen hatte, verdrosch den Buben, und hätte sich nicht Edna zwischen die beiden geworfen, hätte er wohl noch mehr als ein blaues Auge abbekommen.

Viktoria war fassungslos, als sie am Abend von der Fabrik nach Hause kam und das weinende Kind vorfand.

Erst Edna, die sich im Gegensatz zu Maximilian vor der Tante nicht fürchtete, berichtete ohne Scheu vom Geschehen.

Es war Viktorias erster und einziger Streit mit Agathe. Zuerst schickte sie die beiden Kinder ins Mansardenzimmer. Dann baute sie sich vor dem Ohrensessel auf, in dem Agathe saß und sich schlafend stellte – ihre Augenlider zuckten verräterisch. Eine leichte Berührung an ihrer Schulter, und Agathe schoß angriffsbereit und munter aus ihrem Sitz.

Während Viktoria ihre Enttäuschung über die Prügel, die Maximilian bezogen hatte, in einem leisen Ton äußerte, brüllte Agathe ihre Verteidigung heraus. Agathe leierte ohne Unterlaß ihre Empörung litaneienhaft vor sich hin.

Viktorias Stimme wurde immer leiser, schließlich bewegten sich nur mehr, präzise geformt, die Lippen.

Agathe begann zu schnaufen; ihr Gesicht war hochrot, und ihre Augen quollen hervor.

Viktoria war verstummt. Sie blickte angewidert in das Gesicht der Tante. So standen die beiden Frauen einander minutenlang gegenüber. Der Kampf der Worte war unentschieden ausgegangen, der Kampf der Augenpaare brachte zumindest Viktoria Selbstvertrauen: Agathes Augenlider begannen zu zucken, schließlich drehte sie den Kopf zur Seite.

Viktoria spürte keinen Triumph, als sie sich abwandte und die Treppen hinauf zur Mansarde ging.

Noch nie hatte sie gewagt, der Tante die Stirn zu bieten. Nun war es unausweichlich gewesen. Viktoria war diese Szene unangenehm, sie wußte aber auch, daß sie hatte sein müssen, und hoffte zugleich, daß sie sich nicht wiederholen möge.

Um die verstörten Kinder zu beruhigen, beobachteten sie gemeinsam durch das geschlossene Fenster die jungen Spatzen, die gerade gefüttert wurden.

Am liebsten hätte Viktoria das Nest mit dem Besenstiel hinabgeschubst und anschließend behauptet, diese Bescherung hätte der Wind angerichtet.

Am nächsten Morgen konnte sie dieses Vorhaben nicht in die Tat umsetzen; ihr taten die Vögel leid.

Siegfried hatte wieder Urlaub. Er blieb für gewöhnlich nur ein paar Tage, viel zu kurz jedenfalls, als daß die Kinder ein Empfinden für den Vater hätten entwickeln können. Auch Siegfried wußte wenig mit ihnen anzufangen. Die Zwillinge waren mittlerweile knapp sechs Jahre alt. Durch sein langes Fernbleiben von zu Hause hatte er nicht die Möglichkeit gehabt, ihnen näherzukommen. Die drei waren einander fremd geblieben, hatten einander nie richtig kennenlernen dürfen.

Viktoria wußte nicht, ob er darunter litt. Die Kinder jedenfalls waren immer störrisch und unfolgsam, solange der Mann, den sie Vater nennen sollten, für ein paar Tage auftauchte, Befehle erteilte, um dann wieder zu verschwinden. Sie hatten sich zu sehr an die Mutter und die Tante gewöhnt und empfanden das kurze Vorhandensein eines Vaters als unerwünschtes Eindringen in ihre funktionierende kleine Gemeinschaft.

Siegfried gab die Schuld für sein Außenseiterdasein Viktoria. Der Graben zwischen ihm und ihr hatte sich dadurch noch vergrößert.

Sein Urlaub fiel mit einem ungewöhnlichen Ereignis zusammen. Es war der 20. April, Hitlers Geburtstag. Ihm zu Ehren sollte auf dem Marktplatz ein Fest veranstaltet werden, und der Bürgermeister kündigte dazu eine besondere Überraschung an.

Siegfried hatte sich bereits am Vormittag auf den Weg in den Ort gemacht.

Als Viktoria mit den Kindern am Nachmittag in den Ort kam, herrschte bereits eine ausgelassene Stimmung. Sie hätte nicht vermutet, daß gerade diejenigen, die vor ein paar Tagen einen Menschen im Krieg verloren hatten, am lautesten lachen konnten. Auch Grete, die vor zwei Monaten ihren Herbert verloren hatte, schien sich zu amüsieren. Übermütig begrüßte sie Viktoria und die Kinder und forderte sie auf, mit ihr zu kommen.

Die Kinder stellten sich auf die Brunnenumrandung und blickten aufgeregt auf einen mit Leintüchern verhüllten Hügel, vor dem ein Holzpodest aufgebaut war, das der Bürgermeister nun betrat. Es folgte eine kurze Ansprache, dann entfernte der Bürgermeister mit Jakobs Hilfe die Leintücher. Viktoria traute ihren Augen nicht. Ein Raunen ging durch die Menge, Jubelrufe wurden laut, Viktoria fühlte sich eingeengt zwischen all den Menschen, die die Statue bestaunten. In Lebensgröße stand Hitler – aus Sandstein gehauen – in der Mitte des Marktplatzes. Hitler, als wäre er leibhaftig in den Ort gekommen!

Jakob hatte mit dem Bürgermeister ein Abkommen getroffen: Die Hitlerstatue als Pfand für seinen Vater. Seit Jahren war er verschwunden, und niemand hatte je wieder etwas von ihm gehört. Der Bürgermeister hatte Jakob Hoffnung gemacht, ihm versprochen, seine Beziehungen spielen zu lassen, wenn er das nächste Mal nach Wien käme. Er wollte Nachforschungen anstellen und für Odorfers Freilassung sorgen. Die Hilfe war mit der Bedingung, die Hitlerstatue anzufertigen, verknüpft gewesen. Wie sehr Jakob diese Arbeit gequält haben mußte, erkannte Viktoria an seinem unsteten Blick.

Jeden Tag ein paar Steine zu Füßen von Hitler. Jeden Tag, bevor Viktoria zur Arbeit in die Fabrik ging.

Der Sohn vom Schmied, gerade auf Urlaub, blieb neben Viktoria stehen.

»Was machst du da?«

Noch bevor Viktoria zu einer Antwort ansetzen konnte, gesellte sich Pfarrer Urban zu den beiden und mischte sich großmütig ein.

Er sprach von einem alten Brauch, einer Art Huldigung, die man besonderen Menschen überbrachte, indem man ihnen Steine zu Füßen legen würde.

Der Sohn vom Schmied gab sich mit dieser Erklärung zufrieden, verabschiedete sich und ging weiter.

»Ich glaub, es würde Siegfried nicht gefallen.«

Pfarrer Urban schüttelte mißbilligend seinen Kopf. Er meinte, daß sie durch diese unbedachte Handlung in Schwierigkeiten geraten würde. Wenn jemand Meldung – man hatte schließlich die Verpflichtung dazu – über ihr seltsames Steineschleppen machen würde, wären die Folgen für sie unabsehbar.

»Kümmere dich um deine Kinder. Misch dich nicht in anderer Leute Leben.«

Dann wies er sie darauf hin, daß sich im Nachbardorf ein Judenfriedhof befände. Wenn das mit den Steinen schon sein mußte, dann wäre das der richtige Ort dafür.

Als Viktoria am Abend über den Marktplatz ging, waren die Steine vor der Statue verschwunden.

Und wieder schleppte sie Steine in ihrem Rucksack mit sich. Und wieder waren sie Stunden später verschwunden. Dieses bizarre Spiel wiederholte sich einige Wochen lang, wurde erst von Viktoria beendet, als jenes Unglück mit Maximilian geschah.

Wie es passiert war und wann genau, war für Viktoria nur kurz wichtig gewesen. Das Kind beanspruchte von da an ihre ganze Aufmerksamkeit.

Ein Schneeregen prasselte auf Viktoria nieder, und sie rannte die ganze Strecke von der Fabrik nach Hause. Keuchend öffnete sie die Gartentür. Zuerst erblickte sie die Tante, die sich an die Mauer zwischen Tür und Fenster drückte, ihre Hände auf den Mund preßte, als wollte sie ihren Schrei verbergen.

Edna lehnte halb aus dem Mansardenfenster und drohte, das Gleichgewicht zu verlieren und in die Tiefe zu stürzen.

Jetzt erst fiel Viktorias Blick auf den Boden vor dem Hühnerstall. Da lag Maximilians kleiner Körper, zusammengekrümmt wie ein Spielzeughampelmann, dessen Schnur aufs Äußerste angespannt worden war.

Für einen schrecklichen Augenblick lang sah sich Viktoria selbst auf dem Boden liegen.

Maximilian war am Leben! Das allein zählte!

Von Edna erfuhr Viktoria, warum sich ihr Bruder aus dem Fenster gebeugt hatte: Er wollte nach dem leeren Vogelnest greifen, es vor Nässe und Kälte in Sicherheit bringen und es bis zum Frühjahr im Zimmer aufbewahren. Das Fensterbrett war durch den Schneeregen klitschig gewesen. Seine Hände waren abgerutscht, sein Oberkörper war nach vorne gekippt, und er stürzte – Edna hatte ihn nicht halten können – kopfüber aus dem Fenster.

Über Wochen hinweg hatte er das Bett hüten müssen.

Ein Arzt, von weither geholt, hatte festgestellt, daß sich das Kind an der Hüfte verletzt hatte. Irgendwelche Brüche konnte er nicht feststellen, und Viktoria war beruhigt.

Trotzdem klagte Maximilian über große Schmerzen, und es war ihm nicht möglich, aufrecht zu stehen. Er jammerte kläglich, wenn er versuchte, sein rechtes Bein zu belasten, der Schmerz zog sich bis zur Hüfte.

Jakob zimmerte ihm eine Krücke. Von da an bewegte sich Maximilian mit Hilfe der Stütze weiter, und zwar so geschickt, daß man ihm seine Verletzung kaum ansah.

Viktoria hatte Siegfrieds Reaktion auf Maximilians Unfall vorausgesehen, aber sie fiel massiver aus, als sie es sich hatte vorstellen können. Die Vorwürfe, die er ihr machte, trafen sie härter, als sie zulassen wollte. Sie fühlte sich durch die herben Anschuldigungen beschämt.

Er beschimpfte sie mit Ausdrücken, die ihr die Schamröte ins Gesicht trieben.

Er gab allein Viktoria die Schuld am Unfall, bezweifelte, ob es tatsächlich einer gewesen war, und stellte schließlich die Behauptung auf, sie habe versucht, das Kind umzubringen.

Fassungslos und entsetzt war Viktoria aus dem Haus gelaufen, wollte nur weg und am liebsten nie wieder zurückkehren.

Beim Weiher angekommen, ließ sie sich ins gefrorene Gras

fallen. Sie rollte sich auf den Bauch und preßte ihr Gesicht auf den harten Boden. Die eisige Kälte kroch in ihre Kleidung, überzog ihre Haut. Es tat gut.

Eine Eisschicht spannte sich über den Weiher. Sie setzte einen Fuß vor den anderen. Ein leises Krachen der Eisschicht unter ihrem Gewicht! Sie stand in der Mitte des Weihers. Langsam begann sie sich zu drehen, breitete ihre Arme aus und wirbelte immer schneller in größer werdenden Kreisen.

»Nicht, Viktoria!«

Am Uferrand stand Jakob. Irritiert blickte sie zu ihm. Ihr war schwindlig. Sie fiel auf die Eisfläche. Das Eis knackte. Ein dünner Sprung begann sich zu verbreitern. Und wieder hörte sie Jakobs Stimme, die ihr zuredete, zum Ufer zu kommen.

Sie war aus diesem todbringenden Taumel erwacht. Auf allen vieren rutschte sie voran, kroch erschöpft bis zum Uferrand.

Jakob saß neben ihr auf dem kalten Boden. Er hatte ihr keine Fragen gestellt, war einfach dagewesen und hatte mit seiner Anwesenheit Viktoria beruhigt.

Er erzählte ihr, daß er bereits elf Statuen hergestellt hätte, von elf Menschen, die verschwunden waren und wohl nie mehr wiederkehren würden.

»Ich glaub, mein Vater kommt nicht mehr nach Hause. Wahrscheinlich hat der Bürgermeister gar keine Beziehungen in Wien. Er hat mich angelogen«, stellte Jakob traurig fest.

»Ich werd meine Statuen um die vom Hitler aufstellen, damit er Gesellschaft bekommt!«

Viktoria mußte lachen, und Jakob stimmte mit ein.

Siegfried hatte seit zwei Tagen kein Wort mehr mit Viktoria gesprochen. Er beobachtete sie aus den Augenwinkeln, und sie fühlte sich unbehaglich und war froh, daß sie zur Arbeit gehen konnte. In drei Tagen muß er wieder fort, stellte Viktoria mit Erleichterung fest.

Die Arbeit wollte ihr an diesem Tag nicht recht gelingen, sie war unachtsam und zerstreut, hätte beinahe beim Einspannen des Stoffballens einen großen Fehler begangen, der zur Folge gehabt hätte, daß die Farbwalze aus der Verstrebung gesprungen wäre und den Stoff ruiniert hätte. Erbost hatte sie der Aufseher zur Rede gestellt und ihr angedroht, sie beim nächsten geringsten Fehler zu entlassen. Ihre Entschuldigung hatte er mißmutig entgegengenommen.

In der kurzen Pause aß Viktoria ein Stück Brot. Sie kämpfte mit jedem Bissen, konnte ihn kaum schlucken, weil ihr Hals schmerzte. Sie griff sich auf die Stirn. Heiß fühlte sie sich an.

Sie brauchte länger als üblich, um nach Hause zu gelangen. Ein trockener Husten hatte sich zu den anderen Anzeichen einer Verkühlung gesellt; sie fühlte sich elend.

Es war dunkel, als Viktoria die Tür zu Agathes Haus öffnete. Schemenhaft erkannte sie die Umrisse der Tante, die im Ohrensessel saß. Viktoria tastete sich zur Petroleumlampe, zündete sie an und näherte sich dem Ohrensessel.

Agathe hatte die Augen geöffnet und sah sie mit leerem Blick an.

Noch bevor Viktoria sie nach den Kindern und Siegfried (der saß bestimmt im *Adler*) fragen konnte, begann die Tante in einem befremdenden Singsang, einer eigenartig anmutenden Leier aneinandergereihter Worte, Laute von sich zu geben. Es dauerte lange, bis Viktoria die Zusammenhänge begriff.

Siegfried hatte die Kinder fortgebracht! Einfach mit sich genommen!

Die Tante beteuerte immer wieder, daß sie versucht hatte, ihn davon abzuhalten, ihn umzustimmen. Erfolglos. Er wollte ihr nicht sagen, wohin er die Kinder bringen werde. Fort von Viktoria, so lange, bis sie wieder zur Vernunft kommt, hatte er nur gesagt. Er wollte ihren Ungehorsam bestrafen, wollte nicht länger mitansehen, wie sie seine Kinder gefährdete.

Am Morgen, kurz nachdem Viktoria das Haus verlassen hatte, war er mit den Kindern in den Ort aufgebrochen, erzählte die Tante schluchzend.

Außerdem, erinnerte sie sich, habe er noch gesagt, daß das Gestüt, auf dem er sich bis jetzt aufgehalten hatte, aus Sicherheitsgründen verlegt worden sei. Viktoria solle sich nicht die Mühe machen, nach ihm zu suchen, er habe Anweisung gegeben, niemandem Auskunft über seinen Aufenthaltsort zu erteilen.

Völlig verzweifelt rannte Viktoria in den Ort.

Der Schmied begegnete ihr am Ortsrand, und auf ihre Frage, ob er ihren Mann gesehen hatte, schüttelte er bedauernd den Kopf. Er hatte Siegfried seit gestern abend nicht mehr gesehen und wußte auch nicht, wo er sich aufhielt. Süffisant stellte er fest, daß er schließlich nicht mit ihm verheiratet sei.

Sie rannte weiter zum Wirtshaus. Wendelin Bückedich schob sie auf die Bank am unbesetzten Stammtisch. Der Volksempfänger war eingeschaltet, laute Musik ertönte.

Er stellte ein Glas Schnaps für sie auf den Tisch. Viktoria berührte das Glas nicht.

»Wohin hat er die Kinder gebracht! Sag es mir!«

Er hatte eine Hand gegen die Hüfte gestemmt und schaute überlegen auf Viktoria. Er meinte, sie solle sich beruhigen, vernünftig sein, und im übrigen habe er keine Ahnung, wo sich Siegfried oder die Kinder aufhielten.

Sie erkannte, daß es keinen Sinn hatte, von Wendelin eine Antwort zu erhoffen. Wenn er, wie sie überzeugt war, etwas wußte, dann würde er es ihr nie verraten.

Sie klopfte an die Tür des Bürgermeisters, seine Frau öffnete. Beide wußten nichts über Siegfrieds Verbleib. Die Frau Bürgermeister, der Viktorias Blässe aufgefallen war, bot ihr ein Glas Wasser an. Viktoria lehnte ab und rannte weiter.

Der Pfarrer, den sie beim Abendessen störte, begrüßte sie unwillig. Nach einigem Zögern meinte er, daß er Siegfried und die Kinder am Morgen in einen Wagen habe steigen sehen, ja, bekräftigte er dann überlegen, er war sicher, daß es sich dabei um ihren Mann und die Zwillinge gehandelt habe.

»Wohin ist er gefahren?« Er löffelte genießerisch sein Grießkoch. Er sei nur ein Hirte Gottes und kein Hellseher.

Viktoria wankte den schmalen Weg, der zwischen den Gräbern durch den Friedhof führte, wieder auf den Marktplatz zurück.

Vor der Hitlerstatue blieb sie stehen.

»Und du, du kannst mir sicher auch nicht sagen, wo meine Kinder sind.«

Sie blickte herausfordernd in das steinerne Gesicht und taumelte ein paar Schritte zurück. Für einen Moment hatte sie das Gefühl gehabt, von blauen Augen angestarrt zu werden. Lächerlich! Sie rieb sich die Augen. Leer und bleich grinsten die Steinaugen auf sie herab.

Sie konnte sich nicht mehr erinnern, wie sie nach Hause gekommen war. Agathe erzählte ihr später, daß sie sich in einem erbärmlichen Zustand befunden hatte, mit wirren Mundbewegungen, die sie nicht ablesen konnte, und wild mit den Armen um sich schlagend. Schließlich hatte sie sich beruhigt und stand zitternd mitten in der Küche.

Die Tante schleppte Viktoria in ihr eigenes Bett. Allein hätte sie es nicht geschafft, sie in die Mansarde hinaufzubringen.

Viktoria hatte hohes Fieber, arge Halsschmerzen, Husten und Atembeschwerden. Die Tante pflegte sie über Tage hinweg. Ein Arzt war nicht greifbar, nicht einmal ein Kuhdoktor war zu finden.

In ihren immer wiederkehrenden, quälenden Fieberträumen sah sie die Kinder, die durch eine unsichtbare Wand von ihr getrennt waren. Sie pochte dagegen, versuchte eine Öffnung zu finden, um zu ihnen gelangen zu können. Jedesmal, wenn sie glaubte, einen Weg gefunden zu haben, baute sich Siegfried vor ihr auf und begann laut zu lachen. Die eben noch durchsichtige Wand war von einem Moment zum anderen dunkel geworden, und Viktoria selbst glaubte nichts mehr sehen zu können. Wenn sie aus diesen Träumen erwachte, fand sie sich mit dem Licht und den Farben, die sie umgaben, nur schwer ab.

Irgendwann träumte sie von der unsichtbaren Wand und war verzweifelt, als sie dahinter die Kinder nicht mehr sah. Statt dessen blickte sie auf eine Gestalt, die in ein dunkles Tuch gehüllt war. Sie konnte ihr Gesicht nicht erkennen, wußte aber, daß es Siegfried sein mußte. Viktoria wollte ihn rufen, aber ihre Stimme versagte. Sie hoffte, Siegfried würde zu ihr sprechen, ihr von den Kindern erzählen. Aber nichts dergleichen geschah. Die Gestalt löste sich vor ihren Augen in nichts auf. Viktoria erinnerte sich nur ungern an diesen Traum.

Nach etwa vierzehn Tagen hatte Viktoria die schwere Krankheit überwunden.

Dennoch weigerte sie sich über Wochen hinweg, das Haus zu verlassen. Von Agathe gestützt, setzte sie sich am Morgen in den Ohrensessel und verbrachte dort die meiste Zeit des Tages. Viktoria schien sich in eine andere Welt verkrochen zu haben. Teilnahmslos vegetierte sie die meiste Zeit vor sich hin, nahm gerade so viel Essen zu sich, um nicht zu verhungern.

Sie beobachtete desinteressiert, wie die Tante die Katzen fütterte, und sah ihr gelangweilt beim Kochen zu. Die meiste Zeit hielt sie die Augen geschlossen und döste vor sich hin.

Es muß auch für Agathe eine schwere Zeit gewesen sein. Auch sie mochte die Kinder und litt unter ihrem Verschwinden. Sie sprach jeden Tag mit ihren Katzen über ihre Traurigkeit, und nach und nach drangen Agathes Worte zu Viktoria durch und rüttelten sie aus ihrer Benommenheit. Es war eigenartig, daß ausgerechnet Agathes Schmerz Wegbereiter für Viktorias seelische Genesung war.

Grete, die hin und wieder bei Viktoria vorbeischaute, versuchte, die Freundin aufzumuntern.

Sie hatte vor einigen Wochen den Gemischtwarenladen wiedereröffnet. Das Haus, in dem sich der Laden befand, drohte zu verfallen.

Jahrelang war der Laden leergestanden, und die Ortsbewohner mußten in die umliegenden Dörfer gehen, um ihre Einkäufe zu erledigen.

In der ersten Zeit, erzählte Grete, hatte sie alle Hände voll zu tun gehabt, um den Laden einigermaßen wieder herzurichten, vieles war arg ramponiert gewesen. Aber die Arbeit tröstete sie ein wenig über den Verlust von Herbert hinweg.

Viel zu kaufen oder zu tauschen befand sich noch nicht im Laden, und Grete hoffte, daß der Krieg bald ein Ende nehmen möge und eine bessere Zeit käme.

Von den fünf Hühnern, die sich noch in Agathes Besitz befanden, legten nur mehr zwei – unregelmäßig – Eier, gerade ausreichend, um den Eigenbedarf zu decken. Wehmütig erzählte Viktoria, daß sie früher körbeweise Eier bei Herrn Tannenbaum abgeliefert hatte, Grete konnte sich vage daran erinnern.

»Es ist komisch«, sagte Grete bei einem ihrer Besuche, »ich hab immer geglaubt, daß die Leut im Ort so viele Schulden beim Tannenbaum haben. Fast jeder hat anschreiben lassen.«

Vor ein paar Tagen hatte sie das Schuldenbuch in einer als Sockel getarnten Geheimlade entdeckt. Fein säuberlich hatte Herr Tannenbaum hinter jedem Namen und den verschieden hohen Schuldenbeträgen das Wort *bezahlt* vermerkt. Zusätzlich hatte er ein Datum dazugeschrieben. Es war der Tag, an dem Herr und Frau Tannenbaum den Ort verlassen mußten.

Agathe tauschte die Milchkuh bei einem Bauern gegen Lebensmittel ein, und die beiden Frauen hatten nun eine Zeitlang genug zu essen.

Jeden Tag hoffte Viktoria auf eine Nachricht von Siegfried, darauf, etwas über die Kinder zu erfahren.

Als die Essensvorräte fast aufgebraucht waren, beschloß Viktoria, wieder in der Fabrik zu arbeiten.

Der Aufseher, der ihre Entschuldigung für ihr langes Fernbleiben von der Arbeit nicht gelten ließ, behandelte sie von oben herab, und Viktoria wollte schon aufgeben. Gönnerhaft meinte er schließlich, sie könnte die Stoffballen vom Lagerhaus in die Halle fahren. Ohne sich ihre Enttäuschung anmerken zu lassen, stimmte Viktoria zu.

Es ist in der Nacht passiert, erzählte Grete, als Viktoria am Morgen zur Arbeit ging. Grete hatte bereits auf sie vor dem Gemischtwarenladen gewartet.

Einige Menschen standen am Marktplatz, und an ihren ausholenden Bewegungen konnte Viktoria erkennen, daß etwas passiert sein mußte.

»Zwar hat niemand etwas gesehen oder gehört«, fuhr Grete aufgeregt fort, »aber es muß sich folgendermaßen abgespielt haben!«

Viktoria blickte zur Tischlerwerkstätte hinüber. Einige Menschen hatten sich davor versammelt. Sie konnte Jakobs Mutter erkennen, die weinend im Holzgefährt saß und die Hände vors Gesicht geschlagen hatte. Neben ihr stand Pfarrer Urban.

Das grausige Geschehen sprach sich schnell herum, und im Ort kursierten die unterschiedlichsten Versionen darüber.

»Wahrscheinlich«, meinte Grete, »waren es mehrere Personen – dem Schaden nach zu schließen – die in das Zimmer eingedrungen waren!«

Sie hatten das Tor zur Tischlerwerkstatt aufgebrochen und anschließend die Tür zu Jakobs Zimmer eingetreten. (Über das Zimmer, das nur Jakob betreten durfte, hatte man sich im Ort zuletzt so einiges erzählt. Manche behaupteten sogar, er hielte einige Menschen darin gefangen oder verstecke Juden und Zigeuner.)

Innerhalb kürzester Zeit hatten die Eindringlinge sämtliche Statuen zerstört, Holzbretter oder Eisenstangen zum Zerschlagen benützt.

Herumliegende Arm- und Fußteile, zerstückelte Körper und halbe Gesichter ließen auf eine große Anzahl von Statuen schließen, die verstümmelt worden waren. Allein dieses Bild vor Augen war schlimm genug, sollte aber noch überboten werden.

An einem Querbalken des Dachstuhls war ein Seil befestigt, daran hing Jakob. Er baumelte tot über seinen leblosen hölzernen und steinernen Menschen.

Später erfuhr Viktoria, daß sich Pfarrer Urban weigerte, den Selbstmörder in geweihter Erde zu bestatten. Höchstens vor der Friedhofsmauer, gestand er, nach langem Bitten von Jakobs Mutter, zu.

»Komm, Viktoria!«

Der Wirt hatte sie auf dem Nachhauseweg von der Fabrik abgefangen und in die Wirtsstube gebeten. Er forderte sie auf, am Stammtisch Platz zu nehmen, und Viktoria ahnte durch seine ungewohnte Freundlichkeit sofort, daß etwas Schlimmes geschehen sein mußte. Als er ihr einen Schnaps in die Hand drückte, zitterte sie so sehr, daß die Hälfte des Inhalts auf den Tisch schwappte.

Der Wirt war von Obersturmbannführer Bammer informiert worden, der vorübergehend ein Zimmer im *Adler* bezogen hatte.

Siegfried hatte einen schweren Unfall erlitten und lag in einem Lazarett. Es war nicht gewiß, ob er überleben würde.

Die Kinder! war das erste, an das Viktoria denken konnte. Wenn er stirbt, erfahre ich nie, wo sie sich aufhalten! Sie schlug die Hände vors Gesicht. Der Wirt brachte ihr noch einen Schnaps und sagte ihr, daß der Obersturmbannführer zeitig am nächsten Morgen zu seiner Station aufbrechen werde, diese befände sich unweit vom Feldlazarett.

Der Wirt hatte bereits mit dem Mann gesprochen: Er war bereit, Viktoria mitzunehmen. Um der alten Freundschaft zu Siegfried willen, sagte der Wirt, und ließ Viktoria damit spüren, wie gleichgültig sie ihm war.

»Leb wohl, Agathe!« Schnell dahingesprochene Worte von Viktoria. Sie zuckte zusammen, als Agathe sie kurz in den Arm nahm – das hatte sie noch nie gemacht –, sich verschämt abwandte und ihr auftrug, gut auf sich aufzupassen. Viktoria – nun über sich erstaunt – drückte ihr einen Kuß auf die Wange, die Tante ließ es ohne Abwehr geschehen.

»Behüt dich Gott!« sagte die Tante, und Viktoria, die sich gerade nach ihrem Rucksack bückte, erschrak. Es waren nicht die Worte, die sie irritierten, sondern der Tonfall, der dem Sarahs glich.

Agathe, die Viktorias Zögern nicht einordnen konnte, trieb sie zur Eile an. Der Obersturmbannführer würde nicht auf sie warten!

Eine endlos lange Fahrt, wie es Viktoria erschien, war am Ende des Tages überstanden. Die Ungeduld, die Viktoria befallen hatte, dehnte die Zeit in ein unerträglich überlanges Maß.

Der Obersturmbannführer Bammer hatte mit ihr Erbarmen gehabt und sie sogar bis vor die Tür des Feldlazaretts gefahren.

Schnelle Worte des Dankes, den Rucksack vom Hintersitz hervorgeholt, dann stand sie allein vor der Tür eines großen Gebäudes.

Viktoria atmete kräftig durch, bevor sie den Eisenklopfer an der Holztür ergriff. Das dumpfe Geräusch klang in ihr nach, hallte bedrohlich in ihr wider.

Er muß leben! Siegfried darf nicht tot sein! Schweißperlen rannen über Viktorias Stirn und kitzelten bis zum Hals hinab.

Eine Lazarettschwester öffnete die Tür mit unbeteiligtem Gesichtsausdruck. Wie aus Sandstein gemeißelt, ging es Viktoria durch den Kopf.

Sie stammelte den Namen ihres Mannes. Die Miene der Schwester hatte keine Emotionen erkennen lassen.

»Kommen Sie mit.«

Selbst die Stimme der Frau klang apathisch.

Schleppend langsam ging die Schwester einen langen Gang entlang. Vor einer Tür blieb sie stehen.

»Ich erinnere mich«, sagte sie leise. »Siegfried Horten.«

Als würde sie über einen Ausflug erzählen, schilderte sie nun, mit einer erschreckenden Freundlichkeit, Siegfrieds Unfall.

Es war beim Beschlagen eines Pferdes passiert. Das nervöse Tier hatte sich losgerissen und Siegfried beim Versuch, es wieder einzufangen, zu Boden gestoßen und mit den Vorderhufen schwer am Kopf verletzt.

»Er ist heut morgen an den Folgen des Unfalls gestorben.«

Hätte Viktoria ihr eigenes Todesurteil vernommen, würde sie sich nicht elender fühlen. Sie taumelte und konnte sich gerade noch rechtzeitig an der Wand abstützen. Die Schwester hatte sich nicht bewegt.

»Ich werd Sie zu ihm bringen.«

Sie öffnete die Tür, die in einen großen Saal führte.

Viktoria schlich hilflos hinter der Schwester her, ihren stampfenden Schritten folgend, sich an dem Widerhall orientierend.

Ein Raunen schwebte über den unzähligen Betten, die dicht aneinander gestellt waren und die kaum die Möglichkeit boten, sich durchzuzwängen. Der Geruch nach Blut und Eiter, verwandelt in eine unheimliche Dunstglocke, die vollgesogen über dem allen hing, bereit, jederzeit herabzusinken und mit ihrer unausgesprochenen Verzweiflung alles zu bedecken. Viktoria streifte die Gesichter der Männer, von der unsinnigen Überzeugung besessen, Siegfried lebend unter ihnen zu finden. Verhärmte, ausdruckslose Masken boten sich ihr, austauschbar in ihrer Resignation.

Siegfried! Er ist tot, tot, tot! Sie versuchte, diesen Worten einen Schmerz abzuringen, irgendein Gefühl.

Die Schwester blieb vor einer Tür stehen, die unauffällig in einer Nische am Ende des Saales verborgen war. Dahinter, sagte sie, befindet sich die Totenkammer.

»Hier.«

Die Schwester öffnete die Tür. An der linken und rechten Seite des schmalen Raumes befanden sich zwei Betten. Unter den Laken, die darüber gebreitet waren, wölbten sich unübersehbar Körper.

Die Schwester hatte auf das linke Bett gedeutet. Viktoria setzte sich auf den Sessel, der zwischen den Betten stand.

Langsam schob sie das Laken von Siegfrieds Gesicht. Sie hatte keine Ahnung, was sie erwartete, und die Hoffnung, die sie gehegt hatte – den Aufenthaltsort der Kinder zu erfahren – war mit Siegfrieds Tod zunichte gemacht worden.

Abschiednehmen von einem Toten!

Sie blickte in Siegfrieds Gesicht und schrie laut auf, das Laken entglitt ihrer Hand und fiel über sein Gesicht. Ihr Schrei hallte in ihren Ohren nach, und sie hatte das Gefühl, er würde nie mehr abreißen.

Die Schwester, die Wichtigeres zu tun hatte, als Viktorias Abschiednehmen beizuwohnen, und gerade dabei war, den Raum zu verlassen, eilte zu ihr zurück. Viktoria stöhnte und deutete mit der Hand zum Bett. Verächtlich blickte die Schwester auf das Laken, dann zu Viktoria und wieder auf das Laken. Sie sah täglich Tote und konnte die hysterische Reaktion der Frau nicht verstehen, mißbilligte sie.

Das Laken begann leicht zu zittern. Ein leises Schaben. Finger tasteten sich unter dem Laken hervor. Entschlossen riß die Schwester das Laken vom Bett. Siegfried hatte die Augen geöffnet und blickte die Schwester an. Sein Mund bewegte sich, stockend formte er Worte.

Ein Gurgeln aus der Kehle der Schwester, dann sank sie

ohnmächtig zu Boden, ohne daß Viktoria sie hätte auffangen können.

Viktoria sah abwechselnd auf den nackten Siegfried, dessen Augen wieder geschlossen waren, und auf die noch immer bewußtlose Schwester.

Sie habe sich das alles nur eingebildet, ihr Mann sei tot, erklärte ihr ein Arzt, der vor Müdigkeit seine Augen nicht mehr offenhalten konnte und dem das Gespräch mit Viktoria lästig war.

Er bandagierte gerade die Schulter der Schwester. Sie war bei dem Sturz in der Totenkammer so unglücklich auf die Sesselkante gefallen, daß sie sich das Schlüsselbein geprellt hatte. Viktoria wandte sich an sie, erhoffte von ihr Unterstützung. Sie hatte doch auch gesehen, daß Siegfrieds Augen geöffnet waren, sich seine Hand bewegt hatte, mußte gesehen haben, daß er zu sprechen versucht hatte. Die Schwester wollte nichts dergleichen bemerkt haben und sah Viktoria giftig an, als trage sie die Schuld an ihrer Verletzung.

Zeitig am nächsten Morgen wurde Siegfried, mit fünf anderen Männern, in einem Grab unweit des Lazaretts beigesetzt. Auf dem Friedhof, ein eigens für die Soldaten abgestecktes Areal, befanden sich etliche Holzkreuze. Die meisten der aufgeworfenen Erdhügel waren frisch.

Viktoria schulterte ihren Rucksack, bereit, das Lazarett zu verlassen. Sie hatte hier nichts mehr zu suchen, konnte nichts mehr erfahren. Sie ging durch den langen Gang, durch den sie gestern zusammen mit der Schwester gekommen war.

Vielleicht, dachte Viktoria, hat mir Siegfried doch noch sagen wollen, wo er die Kinder hingebracht hatte. Nichts und niemand hätte sie überzeugen können, daß das, was ihr in der Totenkammer widerfahren war, nur Einbildung gewesen war. Es war sinnlos, darüber nachzugrübeln. Viktoria hatte die ganze Nacht über bei ihm Wache gehalten. Er hatte kein Lebenszeichen mehr von sich gegeben. Als sie kurz und ängstlich seine Hand berührt hatte, war diese kalt gewesen.

»Frau Horten!«

Die Schwester, deren Arm in einer Schlinge hing, schleppte mit dem gesunden Arm einen weinroten Pappkoffer. Neben Viktoria ließ sie ihn auf den Boden fallen. Sie erklärte knapp, daß es sich um Siegfrieds Koffer, mit persönlichen Sachen darin, handle.

Viktoria zögerte. Sie fühlte ein großes Unbehagen, den Koffer in die Hand zu nehmen. Dann überwand sie sich und hob ihn auf. Sie dachte an Siegfried, blickte der Schwester genau in die Augen, diese hielt dem Blick nicht stand und wollte sich abwenden.

»Sie haben gesehen, wie er sich bewegt hat!«

Die Schwester preßte ihre Lippen zusammen. Ganz leise erklärte sie Viktoria, daß sie als Kind oft zugesehen hätte, wie man Hühnern den Hals mit einem Beil durchtrennt hatte. Einmal mußte sie mit ansehen, wie ein kopfloses Huhn quer durch den Hof und wieder zurück gelaufen kam, bevor es zusammenbrach. Es war ein schreckliches Bild für sie gewesen und hatte sich ihr eingeprägt. Man hatte ihr damals gesagt, das Huhn wäre sofort nach dem Durchtrennen des Kopfes tot gewesen, und sie hätte sich das alles nur eingebildet.

3. WELCHE FARBE HAT DIE ANGST?

Mit dem weinroten Pappkoffer, den sie verkrampft mit den Fingern umklammerte, und dem Rucksack beladen, stolperte sie querfeldein. Nur weg von hier! Nach Hause. Viktoria lachte bitter auf. Nach Hause! Dieses Zuhause bestand nur mehr aus Tante Agathe und ihr selbst.

Sie machte große Bögen um Ansiedlungen, vermied es, in die Nähe von Dörfern zu gelangen. Sie fühlte sich von Siegfried und seinem Schweigen verraten; er hatte sich aus dem Leben gestohlen und bestrafte sie über seinen Tod hinaus, indem er das Versteck der Kinder nicht preisgab. Nur jetzt keinem Menschen begegnen! Sie wollte allein sein. Zitternd vor Wut und Enttäuschung stapfte sie voran.

Es wurde bereits dunkel, als Viktoria einen staubigen Weg zwischen abgeernteten Feldern entlangging und Ausschau nach einem geschützten Schlafplatz für die Nacht hielt. Das Ende des Weges mündete in einen Wald. Sie suchte im Unterholz Schutz, lehnte den Koffer an einen Baumstamm, raffte trockenes Laub auf einen Haufen und rückte den Rucksack wie einen Polster zurecht. Erschöpft legte sie ihren Kopf darauf. Es fiel ihr schwer, auf diesem unbequemen harten Lager Schlaf zu finden, ihre Gedanken hüpften unkontrollierbar herum und ließen sie nicht zur Ruhe kommen. Dazu kam ein schmerzendes Gefühl im Magen; sie hatte seit zwei Tagen nichts gegessen. Vielleicht konnte sie einen Bach oder einen Brunnen ausfindig machen, um durch die Flüssigkeit den Magen zu beruhigen.

Viktoria richtete sich auf und lauschte. Sie kroch aus dem Unterholz, zog und zerrte den Koffer hinter sich her, balancierte den Rucksack auf ihren Schultern und versuchte angestrengt, sich zu erinnern, aus welcher Richtung sie gekommen war. Sie beschloß, aufs Geratewohl loszugehen.

Die Bäume standen dicht beieinander. Schützend hielt Viktoria einen Arm vor sich gestreckt. Die Dunkelheit erschwerte ihr das Vorwärtskommen, sie konnte sich kaum zurechtfinden.

Nach einiger Zeit mußte sie erkennen, daß der Wald größer war, als sie vermutet hatte. Sie stolperte über eine Baumwurzel und fiel der Länge nach hin. Der Koffer flog in hohem Bogen ins Gebüsch, der Rucksack drückte schwer auf ihre Schultern und preßte sich in den Nacken. Spuckend drehte sie ihren Kopf zur Seite, wischte mit den Fingern das Laub aus dem Gesicht. Dann tastete sie nach dem Medaillon. Ein vertrauter, liebgewonnener Gegenstand.

Ein leises Geräusch ließ sie aufhorchen. Wie nannte man das? Fata Morgana. Nur, daß sie die Luftspiegelung nicht sah, sondern hörte: das Gebrüll von Kühen, hier, mitten im Wald.

Ich fang an zu spinnen! Viktoria zog sich an einem Ast hoch. Erneut vernahm sie ein dumpfes Muhen. Zweifellos stammte es von einer Kuh.

Der Wald begann sich zu lichten. Vereinzelt blitzten Sterne durch die Wolkenfetzen, der Himmel schimmerte wie ein brüchig gewordener schmutziger alter Mantel.

Ein schmaler, ausgetretener Weg lag vor ihr. Ohne abschätzen zu können, ob er tiefer in den Wald oder aus ihm herausführen würde, folgte Viktoria seiner Spur. Ihr Oberarm schmerzte, der Koffer in ihrer Hand wurde mit jedem Schritt schwerer. Der Rucksack drückte ihren Oberkörper nach hinten, und sie kämpfte gegen sein Gewicht an.

Viktorias Bewegungen hatten sich verselbständigt; einen Fuß vor den anderen setzen, durch die Last des Gepäcks nicht aus dem Gleichgewicht geraten!

Leer im Kopf, nur auf das Vorwärtskommen konzentriert, befand sie sich plötzlich auf einem flach abfallenden Hügel, der von hohem Gras überwuchert war. Ihr Arm war taub geworden, ausgesaugt von dem Gewicht, das er mit sich hatte schleppen müssen. In einer Mulde ließ sie Siegfrieds Koffer zurück. Mit einem unangenehmen Kribbeln kehrte langsam das Gefühl zurück, zuerst in die Finger, dann in die Hand.

Da war es wieder, das Brüllen einer Kuh, ihr unwilliges Gemuhe, als würde sie in ihrer Ruhe gestört. Andächtig blickte Viktoria über die Wiese: Unweit von ihr erhob sich das graue Gebilde eines Bauernhofs, links davon stand ein Heustadel, an den sich niedere Holzställe anschlossen.

Während sie sich den Gebäuden näherte, suchten ihre Augen nach einem Brunnen.

Vor einem der Holzställe blieb sie stehen und lauschte. Niemanden auch nur um einen Schluck Wasser bitten müssen! Almosen zu bekommen, sich dafür zu bedanken. Nein!

Sie war mit dem Rucksack gegen die Holzwand gestoßen, und wie als Antwort auf das Gepolter hörte sie das Gackern von aufgescheuchten Hühnern. Ohne lange zu überlegen, öffnete sie die schmale Tür, duckte sich flink durch die Öffnung in den niederen Raum, in dem ein paar schmächtige Hennen aufgeplustert auf den Stangen hockten.

Ein Glücksgefühl die Vorstellung, Eier nach Hause zu bringen! Tante Agathe vergißt für Sekunden ihr ewiges Nörgeln, und die Kinder freuen sich und lachen! Viktoria zuckte zusammen.

Durch die Spalten der morschen Wandbretter zwängte sich ein wenig Licht. Beruhigend redete sie auf die in ihrem Schlaf gestörten Hennen ein und griff nach den ovalen hellen Flecken in den Strohnestern. So viele Eier einstecken wie nur möglich, ohne Gefahr zu laufen, sie zu zerdrücken.

Viktoria konnte nicht ahnen – und vor allem durch das sorgfältige, bruchsichere Verpacken der Eier, die sie in ihre Bluse einwickelte, in Anspruch genommen – nicht hören, daß sich dumpf klingende Schritte in Richtung Hühnerstall bewegten. Und sie konnte nicht wissen, daß zwei Männer, die auf dem Bauernhof lebten, Nacht für Nacht Wache hielten, um das Federvieh, die Milchkühe und schlachtreifen Schweine vor Plünderern, vor Dieben zu schützen.

Einer der beiden Männer hatte im Krieg ein Bein lassen müssen, dem anderen fehlte der linke Arm. Für den Kampf an der Front »unnütz«, lenkten sie nun ihre Verteidigungskünste verbissen auf die Bewachung des Hofes.

Die Köpfe der Hennen neigten sich mißtrauisch zur Seite, aus ihren Hälsen drang ein gurgelndes, mißmutiges Gackern. Viktoria bettete die Bluse mit den Eiern in den Rucksack und schob ihn zur Öffnung des Verschlags. Ein kreischender Ton einer Henne, Viktoria drückte die schmale Brettertür auf und kroch hinaus. Ihre Hand griff zurück zum Rucksack, ihre Finger ertasteten den grob gewebten Leinenstoff, ihre zur Wiese gerichteten Augen erfaßten langgezogene, sich bewegende Schatten, die auf dem unebenen Boden hüpften und rasch auf sie zukamen.

Viktoria zögerte keinen Moment, rannte los, hörte zwei unterschiedliche Stimmen, die sie befehlsgewohnt zum Stehenbleiben zwingen wollten, dann ein Sausen, ein Zischen, ein dumpfer Knall. Sie schlug einen Haken nach rechts, duckte sich nach einem neuerlichen Knall hinter einen Misthaufen, neben dem sich, ekelhaft stinkend, die Jauchegrube, brodelnd wie eine Kloake, ausbreitete.

Eine kurze Pause war eingetreten, dann hörte sie die Stimmen ihrer Verfolger erneut.

Geduckt lugte sie, hinter dem Misthaufen versteckt, hinüber zu den Männern. Ein groteskes Bild bot sich ihr: ein Einarmiger, dessen heiler Arm durch eine Flinte verlängert wurde, die er – den Zeigefinger am Abzug – schußbereit vor sich hielt. Einen Schritt dahinter ein Einbeiniger, der sein fehlendes Bein durch die Schrotflinte ersetzte, die ihm anstelle einer Krücke half, sein Gleichgewicht auszutarieren.

Unzählige Schrotkugeln, aus zwei Flinten gefeuert, niedergestreckt am Rand des Misthaufens, im Hühnerkot liegend! So sah sich Viktoria ihren letzten Atemzug machen. Warum nicht! Alles wäre vorbei, keine Ängste könnten sie mehr quälen, auch ihre Sorgen um die Kinder wären ihr genommen. Auch die Hoffnung, sie jemals wiederzusehen, würde sie nicht peinigen. Nicht einmal Freude würde sie je wieder empfinden können.

Ich werde mich nicht so feig aus dem Leben wegdrücken, wie es Siegfried getan hat! Viktorias Widerstand war erwacht, und eine Kraft, die eben noch verschüttet gewesen war, drängte an die Oberfläche; sie beschloß, um ihr Leben zu kämpfen, und wenn es das letzte wäre, was sie tun würde.

Ich werde nicht aufgeben!

Sie griff zu ihrem rechten Fuß, streifte den Schuh ab und schleuderte ihn entschlossen weit von sich, hoffend, die Verfolger von sich abzulenken.

Und tatsächlich: Durch den Aufprall des Schuhs hielten die beiden Gestalten in ihrer Bewegung inne, schauten irritiert in der Gegend herum und entfernten sich vom Misthaufen. Der Fluchtweg zum Wald war jedoch damit abgeschnitten, und sie mußte sich eine andere Möglichkeit überlegen. Hinter dem Bauernhof erstreckten sich Wiesen und Felder, gut übersehbares, flaches Land, wenig geeignet, um unentdeckt das Weite zu suchen.

Die Männer würden wohl bald den Schwindel mit dem Schuh erkennen und umkehren – war Viktoria überzeugt. Sie würde ihnen erneut ausgeliefert sein; wohin sollte sie fliehen, wo ein sicheres Versteck finden können? Gehetzt blickte sie sich um. Angewidert fiel ihr Blick auf die Jauchegrube.

Sie hörte die Stimmen der näherkommenden Männer. Wenn sie jetzt zögerte, konnte es zu spät für eine Rettung sein.

Voll Ekel glitt Viktoria in die Jauchegrube und rutschte bis hin zu den Schultern in den pappigen Schlamm. Entsetzt versuchten ihre Füße auf dem klitschigen Boden Halt zu finden. Mühsam konnte sie sich gerade soweit abstützen, um in der tiefen Grube nicht vollends zu versinken. Sie schloß die Augen und versuchte, gegen die ansteigende Panik anzukämpfen. Langsam brachte sie ihren Atem in einen gleichmäßigen, leisen Strom, der sie nicht mehr verraten würde.

Einer der Männer warf fluchend einen Stein in die Jauchegrube, und Viktoria schrak zusammen, so heftig, daß die unbedachte Bewegung des Körpers sie aus dem Gleichgewicht brachte und sie bis zum Mund in der Jauchegrube versank. Während sie sich wieder vorsichtig aus dem Schlamm drückte, tastete ihre Hand zum Hals, suchte das Medaillon. Ihre Finger berührten Dungbrocken, die sich um ihren Hals schmierten. Das Medaillon verloren, in die stinkende Masse gesunken!

Und dann Erleichterung und Freude: Es ist an seinem Platz! Die Finger umklammerten unendlich froh das kleine Metallstück, Viktoria fühlte sich von ihm beschützt.

Die Stimmen der Männer kamen näher, erinnerten sie daran, daß sie sich keineswegs in Sicherheit befand.

Viktoria mußte ihren Ekel erneut überwinden, wissend, daß das Folgende über ihr Leben oder ihren Tod entscheiden konnte. Ihre glitschige Hand fuhr verkrampft über den Haarschopf, ihre Augenlider schlossen sich verächtlich vor dem in zähen Tropfen über das Gesicht herabrinnenden, beißenden Gemisch.

Ihre zitternde Hand grapschte angeekelt nach einem Büschel Stroh vom Misthaufen – kaum eine Armlänge hinter ihr – und strich es über die Haare. Viktoria war mit ihrer Tarnung zufrieden: Selbst bei genauem Hinsehen mußte die Erhebung wie ein Strohbüschel wirken, und man würde darunter keinen Kopf vermuten.

Die Männer waren schnaufend und fluchend beim Misthaufen angelangt. Viktoria beobachtete in ihrem Versteck jede

Bewegung der beiden. Der Einbeinige hielt Viktorias Schuh in der Hand.

Zwischen dem Misthaufen und der Jauchegrube, vor dem Kuhstall, sah Viktoria eine Feuerstelle. Die beiden hockten sich davor nieder. Nach einem kurzen Wortwechsel entfernte sich einer der Männer. Der andere schichtete trockene Zweige und dürres Geäst auf den aschebedeckten Platz, der von Steinen umrandet war, und entfachte ein Feuer.

Beinahe hätte Viktoria laut aufgeschrien: Der Mann schleuderte ihren Schuh in die Flammen. Nun, sollte sie jemals wieder nach Hause kommen, sie hatte noch ein zweites Paar, wenn auch schäbig und ausgetreten, ramponierter als der eben verlorene Schuh.

Der Schlamm trocknete im Gesicht, kribbelte unangenehm. Die verschmierten Wimpern wurden schwer, drückten die Lider zusammen, und nur durch große Anstrengung gelang es Viktoria, die Augen offen zu halten.

Bedächtig holte der Mann eine Metalldose aus seiner Hosentasche, entnahm ihr Tabak und Papier und drehte sich genüßlich eine Zigarette. Viktoria schluckte. Sie hatte schon lange nicht mehr geraucht. Ihr kam das Absurde der Situation in den Sinn: Kein Essen im Magen und durstig, aber der Wunsch nach einer Zigarette blieb. Und Siegfried würde nie wieder ein Wort darüber verlieren können! Sie überlegte: Konnte sie tatsächlich keine Trauer um Siegfried empfinden? Dieses Gefühl, von dem sie geglaubt hatte, es würde sich irgendwann einstellen, hatte sich noch nicht in ihr bemerkbar gemacht. Bestimmt hatte Pfarrer Urban das damals gemeint, als er sie als gottloses Geschöpf bezeichnet hatte. Und er hatte wohl recht, wenn er meinte, daß das Verschwinden der Kinder eine Strafe Gottes sei.

Der andere Mann kehrte zurück, er hatte eine Flasche unter den Arm geklemmt.

Viktorias Körper war von den Strapazen ausgemergelt. Sie kämpfte gegen die Mattigkeit an, befürchtete, vor Müdigkeit das Bewußtsein zu verlieren und in der stinkenden Brühe zu ertrinken. Nur keine auffällige, unachtsame Bewegung! Nur nicht ihr Versteck preisgeben und sich den Männern ausliefern! Was dann geschehen würde, wäre bestimmt schlimmer, als in der Jauche zu ersticken.

Um sich abzulenken, wiederholte sie stumm die Legende von Machalan. Es blieb nicht aus, daß sie sich vorzustellen begann, sie würde sich nach und nach in der Jauchegrube auflösen, eins werden mit der Brühe und irgendwann vielleicht mit ihr verdunsten. Der Gedanke daran, daß in ihrem Fall ein Jaucheregen die Erde benetzen würde, amüsierte sie kurz, dann überfiel sie eine beklemmende Traurigkeit, die lange nicht weichen wollte.

Die Männer grölten. Der Einarmige riß dem Einbeinigen die Flasche aus der Hand und trank gierig. Der Einbeinige forderte laut die Flasche zurück, entwand sie dem anderen, weil er nicht gleich der Aufforderung nachkam.

Viktoria beobachtete gespannt und aufgeregt den Streit um die Flasche. Selbstgebrannter Schnaps, überlegte sie hoffnungsvoll, könnte ihre Flucht erleichtern.

Das Gezanke um die Flasche wurde heftiger und steigerte sich so lange, bis sie geleert war. Rabiat schlug der Einbeinige auf den anderen ein. Der war zu besoffen, um sich zu wehren, und kippte ermattet zur Seite. Langsam beruhigte sich auch der andere, stierte dümmlich in das verlöschende Licht des Feuers, fiel, von einem lauten Rülpser begleitet, nach hinten und rührte sich nicht mehr.

Viktoria haderte mit sich, grübelte, ob sie es jetzt wagen konnte, ihr ekelhaftes, stinkendes Gefängnis zu verlassen. Die schnarchenden Atemzüge der Betrunkenen überzeugten sie noch nicht ganz. Grunzend drehte sich der Einbeinige auf den Bauch.

Eine schier unerträglich lange Zeit verstrich, ehe Viktoria überzeugt war, die beiden befänden sich nun im Tiefschlaf.

Etliche Male rutschte sie vom glitschigen Rand der Grube ab, sank zurück in die Jauche, ehe ihr unterkühlter Körper festen Boden erreichte.

Die Anstrengung hatte sie so erschöpft, daß es ihr nur schwer gelang, hinter den Misthaufen zu kriechen, weg aus dem Blickfeld der Männer. Die Angst, nach all dem Grauen im letzten Augenblick doch noch entdeckt zu werden, trieb sie schließlich weiter.

Ihre Unterschenkel schmerzten. Schwerfällig schlich sie zum Hühnerstall. Ein Blick zurück zu den Männern: Sie rührten sich nicht. Der Schuh war bestimmt schon längst verkohlt.

Vorsichtig hob sie den Rucksack auf und streifte die Träger über ihre Schultern. Nie und nimmer hätte sie ihn zurückgelassen! Ein Wunder, daß die Männer den Rucksack nicht gefunden hatten. Sein Inhalt war so wertvoll. Sarahs Tagebuch befand sich darin und Herrn Tannenbaums Stein.

Zügig überquerte sie den Hof und ging auf den Wald zu. Ihr Körper fühlte sich an, als würden viele kleine Nadeln auf ihn einstechen. Die steife, verdreckte Kleidung ließ sie nur langsam vorwärtskommen. Außerdem war sie bloßfüßig – der eine Schuh war nur hinderlich gewesen und darum im Graben am Wegrand gelandet. Der Koffer! Er lag irgendwo in einer Mulde am Waldrand.

Ich werde ihn zurücklassen! Ihre Augen suchten das Wiesenstück ab.

Sie hatte den Koffer nicht geöffnet, wurde ihr bewußt. Seinen Inhalt zu durchstöbern, Siegfrieds persönliche Sachen zu berühren, hatte ihr so etwas wie Ehrfurcht eingejagt. Sie hatte sich gescheut, etwas von einem Toten in den Händen zu halten. Das Öffnen des Koffers war wohl auch mit der Erkenntnis verbunden, damit endgültig Siegfrieds Tod zu akzeptieren. Mit seinem Tod hatte sie auch die Kinder verloren. Viktoria war noch nicht bereit, sich dieser Tatsache zu stellen.

Aus einer Ahnung heraus beschloß sie, den Koffer zu suchen.

Sie könnte ihn, fand sie, später einmal öffnen, wenn Tante Agathe neben ihr stand, das würde ihr helfen, ein wenig von der Angst nehmen!

Als ihr Fuß gegen den Koffer stieß, war sie dennoch nicht erfreut darüber, ihn gefunden zu haben, ihre Scheu war zu groß. Mehr, um sich an etwas anzuklammern, als aus dem Bedürfnis heraus, ihn mitzunehmen, schleppte sie ihn schließlich mit sich.

Es mußte um die Mittagszeit gewesen sein, als sich Viktoria die erste Rast gönnte. Sie hatte sich mittlerweile weit genug vom Bauernhof entfernt und konnte gefahrlos pausieren.

Sie öffnete den Rucksack und mußte enttäuscht feststellen, daß sämtliche Eier zerbrochen waren. Die Bluse, in die sie eingewickelt gewesen waren, klebte, hatte aber verhindert, daß die anderen Sachen im Rucksack Schaden genommen hatten. Vor allem das Tagebuch war nicht schmutzig geworden.

Viktoria beugte sich über die Bluse und schleckte, so gut es ihr möglich war, die Überreste der Eier auf. Danach war sie gesättigt, mehr, als es ihr gut tat. Nach dem ungewohnt üppigen Essen wurde ihr übel.

Sie konnte ihren Weg erst am Abend fortsetzen.

Drei weitere Tage vergingen, bis sie sich dem Ort genähert hatte. Es war wieder Nacht, und sie war froh über die Dunkelheit. Sie konnte sich unbemerkt nach Hause schleichen, und niemand würde ihren erbärmlichen Aufzug belachen können.

Es begann bereits wieder zu dämmern, als Viktoria, einen Umweg um den Ort durch die Felder nehmend, am Weiher vorbeikam. Kurz blickte sie zu den Seerosen, die sich in der Mitte des Weihers breitmachten. Die Köpfe waren noch geschlossen.

Sie öffnete die Gartentür und wurde von Jesus dem Dritten miauend begrüßt. Nervös strich er um Viktorias Beine. Unwillig versuchte sie, das Tier zu verscheuchen.

Hinlegen und schlafen!

Jesus wich nicht von ihrer Seite, als sie die Eingangstür des Hauses erreichte und die Türschnalle herabdrückte.

Nicht versperrt? Sie wurde mißtrauisch, doch sie schob diese Gedanken schnell beiseite, übersah die Holzspäne, die das gewaltsame Öffnen des Schlosses signalisierten, und betrat ahnungslos die Küche.

Sie erschrak, war unfähig, einen klaren Gedanken zu fassen.

»Agathe.«

Nur ein Raunen, kaum hörbar, war über ihre Lippen gedrungen.

Panikartig begannen Viktorias Hände zu zucken. Jesus schmiegte sich um ihre Waden.

Sie sah Agathe auf dem Holzboden liegen, mitten in einer Blutlache. Ihren offenen, schaumumrandeten Mund, zu einem letzten Schrei bereit, der längst verstummt war. Mit weit aufgerissenen, blutunterlaufenen Augen, die nichts mehr erkennen konnten. Ihr Körper war unnatürlich verrenkt, als wäre er in viele Teile zerbrochen und nachlässig wieder zusammengesetzt worden.

Viktoria sank auf die Knie. Niemals würde sie diesen Anblick vergessen können! Voll Abscheu und Verzweiflung, dennoch unfähig sich abzuwenden, verharrte sie bewegungslos vor der Tante.

Ein Vibrieren des Holzbodens, als würde ihm die Last, die auf ihm lag, ein Seufzen entringen. Ein leises Knarren, als wollte er Viktoria in ihrem Schmerz nicht allein lassen.

Jesus, der wie ein Wächter neben Agathe lag, begann plötzlich zu fauchen, machte einen Buckel, und seine Rückenhaare sträubten sich.

Viktoria drehte sich langsam um. Aus dem Schatten, den die breite Küchenvitrine warf, löste sich die Gestalt eines Mannes: groß, wankend, bedrohlich.

Während sich der Mann unendlich langsam auf Viktoria

zubewegte, erkannte sie die vielen blutenden Wunden an seinem Körper, der nur mehr von einer arg zerfetzten Uniform bedeckt wurde.

Ein zitterndes, verendendes Licht aus der geöffneten, schmalen Emailtür des Küchenofens warf eine sanfte Ruhe auf die anschwellende Gefährlichkeit, die Viktoria mit dem Näherkommen des Mannes fühlte.

Viktorias Finger tasteten über den Boden, fanden einen länglichen Gegenstand und umklammerten ihn fest, während sie sich erhob.

Der Mann war wankend vor ihr stehengeblieben und überragte sie um mindestens einen Kopf.

Viktorias Arme hoben sich, erinnerten sich an ihre Auf- und Abbewegung, die schmale Scheite Holz mit der Hacke spalteten. Auf und ab! Die schmalen Scheite Holz mußten zu noch schmäleren Stücken werden. Sie hatte den Kampf gegen den Mann aufgenommen.

Und wieder, immer wieder auf und ab. Der Mann riß die Arme vor sein Gesicht, torkelte und brach schließlich unter den Hieben zusammen. Er krümmte sich am Boden wie ein wundes Tier.

Sie erwachte aus dem Taumel, blickte irritiert um sich, registrierte erstaunt den blutverschmierten Schürhaken in ihren Händen, nahm ungläubig den zu ihren Füßen liegenden, wie zerfetzt wirkenden Körper des Mannes wahr, und sackte zusammen.

Sie hatte Stunden gebraucht, um die trockene Erde zu öffnen; Stunden, in denen eine tiefe Grube entstanden war – im Gemüsegarten, hinter dem Haus.

Viktoria hievte den toten Soldaten, dessen Uniform sie als eine russische erkannte, auf den Leiterwagen, zog und zerrte den leblosen Körper zur Türschwelle, dann aus dem Haus, bis zum Gemüsegarten.

Es war keine greifbare Erinnerung da, die später von Viktoria hätte nachvollzogen werden können; nur die unsagbare Erleichterung, einer Gefahr entronnen zu sein, begann sich – als Rechtfertigung dieser schrecklichen Tat – in ihr festzusetzen.

Es vergingen Tage, ehe sich Viktoria einigermaßen gefangen hatte.

Agathes Tod wurde einem der drei russischen Soldaten zugeschrieben, die in der Nähe des Ortes an jenem verhängnisvollen Tag mit Fallschirmen abgesprungen waren. (Man befürchtete, daß es sich dabei um abgesprungene Frontaufklärungstrupps der Russen handelte.)

Kinder, die im Birkenhain spielten, hatten einen Mann, der unverständliche Worte von sich gab, in einer Baumkrone, in den Schnüren seines Fallschirms verheddert, gefunden und daraufhin im Ort Alarm geschlagen. Der Mann, er wurde aufgrund seiner Uniform als Russe erkannt, konnte fast unverletzt befreit werden, man nahm ihn fest, später wurde er in ein Kriegsgefangenenlager überstellt.

Den zweiten Mann fand ein Bauer, der zufällig am Bach vorbeikam. Am Uferrand bemerkte er einen Fallschirm und freute sich. Seine Frau konnte den Stoff gewiß gut gebrauchen. Er zog an einem Ende des Fallschirms, wollte ihn zusammenrollen, als ein Fuß zum Vorschein kam. Erschrocken hielt er inne. Er hatte angenommen, daß der Besitzer längst das Weite gesucht hatte. Schnell lief er in den Ort und berichtete dem Obersturmbannführer Bammer, der wieder im *Adler* Quartier bezogen hatte, von seiner Beobachtung.

Wenig später stellte man fest, daß der Mann, offenbar unglücklich gelandet, tot war.

Pfarrer Urban fand auf dem Friedhof, hinter einem Holzkreuz versteckt, einen Fallschirm und erstattete augenblicklich Bericht. Obwohl man daraufhin die Gegend um den Ort sorgfältig nach einem dritten Mann absuchte, blieb dieses Unterfangen ergebnislos.

Viktoria hatte Tante Agathes Sterbetag mit einem Kreuz und dem Datum, 10. Juli 1944, im Medaillon vermerkt.

Den Tod des russischen Soldaten hatte sie mit gleichem Datum und der Bezeichnung U.R.S. (Unbekannter Russischer Soldat) notiert.

Es war ein schlichtes, schnell vonstatten gehendes Begräbnis, das Agathe zuteil wurde. Eine ungewöhnlich kurze Grabpredigt von Pfarrer Urban, dann wurde Agathe in die Grube hinabgesenkt. Viktoria zuckte zusammen, als die Erde dumpf auf dem Sarg aufprallte.

Sie kann es nicht hören, dachte Viktoria. Sie empfand die ganze karge Zeremonie vollkommen unwirklich. Die frische Erde wölbte sich schließlich wie ein kleiner Berg über dem Grab.

Erst da wandte sich Viktoria ab und machte sich auf den Weg ins leere Haus. Und es war tatsächlich leer. Nachdem man den Leichnam Agathes abgeholt hatte, ließ sich keine einzige Katze, kein einziger Kater mehr blicken. Die Tiere waren wie vom Erdboden verschluckt, als wären sie nur Tante Agathes Geister gewesen, die allein durch die Existenz dieses Menschen Ausgang in ein irdischen Leben erhalten hatten.

Viktoria sah die vielen Katzenleiber vor sich: Sie waren genauso leblos wie Agathe und häuften sich über ihrem Sarg, waren mit ihr beerdigt worden.

Viktoria setzte sich in den Ohrensessel und begann zu weinen.

Es war dunkel in der Küche. Viktoria zündete die Petroleumlampe an, die auf dem Tischchen neben dem Ohrensessel stand.

Ihre tränenmüden Augen wanderten leer in der fremdgewordenen Küche herum.

Der Holzboden mit den Blutflecken! Kurz hatte sie das schreckliche Bild der auf dem Boden liegenden, blutüberströmten Tante vor Augen.

Ihr Blick heftete sich auf den weinroten Pappkoffer. Sie hatte ihn, als man die Tante abholte, achtlos zur Seite geschoben. Einer der beiden Metallverschlüsse war aufgesprungen, ein Stück Stoff lugte durch den Spalt. Sie fand es an der Zeit, nun auch von Siegfried Abschied zu nehmen, und seltsam gleichgültig erhob sie sich und ging zum Koffer.

Der Inhalt des Koffers lag verstreut auf dem Boden. Unterwäsche, zwei Wolljacken – von Viktoria gestrickt, drei Hemden, zwei Stoffhosen und einiges mehr, was ihr vertraut gewesen war. Jetzt, nach Siegfrieds Tod, waren es nur mehr leblose Hüllen, in denen noch der Geruch des Besitzers hing. Sie preßte ihr Gesicht in eine Strickjacke. Ihr war, als könnte sie, würde sie nun aufblicken, in Siegfrieds Gesicht sehen. Er lachte und fuhr ihr sacht mit den Fingerspitzen durchs Haar. Als sie aufblickte, sah sie ihren eigenen Schatten, der vom Licht der Petroleumlampe an die Wand geworfen wurde.

Sorgfältig legte sie die Kleidungsstücke wieder zurück in den Koffer. Der Inhalt erschreckte sie nicht mehr, und sie überlegte kurz, welche Kleidungsstücke sie für sich verwenden konnte.

Als sie den Koffer schließen wollte, fiel ein weißer Briefumschlag aus dem schmalen Nebenfach, das sie längst vergessen hatte. (Damals in Wien hatte sie darin den Tabakbeutel versteckt gehabt.)

In dem Kuvert, es war an Siegfrieds neuen Stützpunkt in Oberösterreich adressiert, befand sich ein dichtbeschriebener Bogen Papier. Sie erkannte die Schrift sofort. Siegfried hatte oft Post von seiner Schwester Hildegard erhalten. Nie hatte Viktoria einen Brief lesen dürfen, selten hatte er ihr den Inhalt erzählt.

Einmal fand sie einen bereits geöffneten Brief. Er lag auf dem Fensterbrett im Mansardenzimmer. Ohne lange zu überlegen – ihre Neugierde war groß – zog sie das Blatt Papier aus dem Kuvert. Sie hatte gerade das Datum gelesen, als Siegfried die Mansarde betrat. Er sah sofort, daß sie den Brief seiner Schwester in den Händen hielt. Erbost griff er nach dem Bogen, so heftig, daß er in zwei Teile riß. Er war ungehalten und sagte ihr, daß sie nie wieder versuchen sollte, einen Brief seiner Schwester zu lesen. Sie hätte kein Recht dazu.

Ein starkes Band, das sie sich nicht erklären konnte, schien Siegfried mit seiner um drei Jahre älteren Schwester Hildegard zu verbinden. Soviel Viktoria wußte, war sie die einzige nahe Verwandte, die er noch hatte.

Er hatte nie viel über sie gesprochen.

Viktoria drehte die Flamme der Petroleumlampe höher und setzte sich mit dem Brief in der Hand auf Agathes Bett. Fast schmerzlich wurde ihr bewußt, daß sie nun keiner beim Lesen stören würde, ganz gleich, wie lange sie sich Zeit damit ließe. Sie fühlte sich einsam. Vielleicht so einsam wie damals im Zug, als sie noch ein kleines Kind gewesen war, und vielleicht so einsam, wie sie sich, auf dem Boden liegend, nach ihrem Sturz gefühlt hatte. So einsam wie bei jeder Einsamkeit, und doch wieder anders.

Der Brief war am 19. April 1944 geschrieben worden, also vor drei Monaten, stellte Viktoria fest. Zögernd begann sie zu lesen.

Mein geliebter Bruder!

Deinem letzten Brief konnte ich entnehmen, daß Du bei guter Gesundheit bist. Wir alle hoffen, daß dies auch weiterhin so bleiben möge.

Zweifellos verlangt der Krieg uns allen Opfer ab, aber wie Paul zu sagen pflegt, ein Sieg, und sei er noch so schwer errungen, bleibt letztendlich ein Sieg!

Paul ist sehr hoffnungsfroh. Seine Arbeit gedeiht zur Zufriedenheit aller, und wenn ich Dir nicht näher Auskunft darüber erteile, so hat es nichts mit einem etwaigen Mißtrauen Dir gegenüber zu tun, sondern mit strengster militärischer Geheimhaltung. Sie veranlaßt sogar Paul, mir gegenüber, seiner eigenen Frau, strengstes Schweigen über das Projekt zu bewahren!

Nur soviel: Die Wunderwaffe, von der man so viel hört, befindet sich in ihrer Fertigstellung!

Und nun will ich zu einem Thema wechseln, das Dich sicher sehr interessiert: die Kinder.

Ich habe Dir nichts von den Anfangsschwierigkeiten, die wir mit ihnen hatten, berichtet, um Dich nicht zu beunruhigen. Jetzt, da alle Probleme aus der Welt geschafft wurden, will ich offen darüber schreiben.

Maximilians Trotzreaktionen äußerten sich darin, daß er wiederholte Male ins Bett näßte. Seine Schwester verweigerte tagelang das Essen (ein undankbares kleines Ding!). Anstatt froh zu sein, daß wir sie bei uns aufgenommen haben, war sie unfolgsam und aufsässig, verlangte immer wieder, daß wir sie zu ihrer Mutter zurückbringen sollten!

Nun, ich hatte es mir wahrlich leichter vorgestellt, Deine Kinder bei uns in Obhut zu nehmen! Meine Sehnsucht nach eigenen Kindern (die mir, wie Du weißt, leider versagt geblieben sind), ließ mich in dieser schweren Zeit durchhalten und mich nicht mutlos werden! Das Versprechen, das ich Dir gegeben habe, werde ich nicht brechen! Unter keinen Umständen werde ich zulassen, daß Viktoria wieder Herrschaft über die Kinder bekommt! Sie hat schon genug mit ihrer Erziehung angerichtet, sie zu verweichlichten, verwöhnten Gören gemacht!

Verstehe mich nicht falsch, lieber Bruder. Was ich damit sagen will, ist, daß Du uns die Kinder schon viel früher hättest anvertrauen sollen.

Nun ist es schwer, sie dahin zu bringen, daß auch unser Führer stolz auf sie sein kann.

Zum Glück habe ich einen bewundernswerten Menschen an meiner Seite. Auf meinen Paul kann ich immer zählen!

Du weißt, unser Haus steht immer für Dich offen. Wir und die Kinder würden uns sehr freuen, wenn Du Deinen nächsten Urlaub bei uns verbringen könntest.

Etwas befremdet hat mich in Deinem letzten Brief der Absatz, in dem Du davon schreibst, noch einmal zu Viktoria zurückkehren zu wollen, und sei es auch nur, um ihr den endgültigen Bruch zwischen Euch mitzuteilen. Sehr edelmütig von Dir, aber hat sie diese Zuwendung überhaupt verdient?

Wie auch immer Du handeln wirst, wir erwarten Dich im Anschluß an diese unangenehme Aussprache in unserem Heim, das auch Dein neues Zuhause werden soll!

Und nun möchte ich Dir noch etwas verraten, das eigentlich ein Geheimnis bleiben sollte, es ist eine Überraschung für Dich! Du weißt ohnehin, daß ich Geheimnisse nie bei mir behalten kann und Überraschungen vorzeitig ausplaudere.

Also, Paul hat veranlaßt, daß die rechte Hüfte Maximilians von Ärzten behandelt wird. Dazu ist ein kleiner Eingriff, mit mehrtägigem Krankenhausaufenthalt, vonnöten.

Freunde und Bekannte bezeichneten Maximilian unverhohlen als Krüppel – natürlich habe ich wieder und wieder darauf hingewiesen, daß sein Hinken auf die Unachtsamkeit der Mutter zurückzuführen und keinesfalls ein Geburtsschaden ist. Aber so recht schien man mir nicht Glauben schenken zu wollen. Mitleidige, bedauernde Blicke begleiteten meine Worte.

Wir können nun hoffen, daß die Operation glückt und aus dem kranken wieder ein gesunder deutscher Junge wird!

Ich bin überzeugt, daß wir in Deinem Sinne handeln.

Wenn Du das nächste Mal Deinen Sohn siehst, wird er Dir bereits ohne Krücken entgegengehen können!

Ungeduldig warte ich auf Deinen nächsten Brief.

Es umarmt Dich Deine Schwester Hildegard!

Kann ich noch atmen, kann ich noch denken?

Dumpfe, abgestandene Luft umgab Viktoria.

Stundenlang schrubbte sie den blutverschmierten Holzboden mit einer Reißbürste.

Auf dem Brief befand sich kein Absender. Wild schrubbte sie weiter.

Vor drei oder vier Jahren hatte Siegfried erwähnt, daß seine Schwester und ihr Mann aus beruflichen Gründen Berlin verlassen mußten. Er meinte, daß es seiner Schwester sehr schwergefallen war, von dort wegzuziehen. Und als hätte er Viktoria damit schon zuviel gesagt, hatte er sich wieder in den Brief vertieft und weitergelesen.

Viktorias Knie waren aufgeschürft, ihre Hände wund von der festen Umklammerung der Bürste. Der Boden war längst sauber, trotzdem schrubbte sie wie besessen weiter.

Es klopfte an der Tür. Viktoria achtete nicht darauf. Es klopfte wieder, und sie hielt kurz inne. Der Pfarrer öffnete die Tür, die sich nicht mehr richtig schließen ließ, und blickte befremdet auf die am Boden kniende Viktoria. Er beteuerte, daß er nicht stören wolle, nur gekommen sei, um ihr das Gebetbuch der Tante zu bringen. Sie hatte es bei ihrem letzten Kirchgang im Beichtstuhl vergessen.

Der lange Weg heraus zum Haus von Agathe hatte den Pfarrer erschöpft, und er sank in den Ohrensessel. Es war ein sonniger, warmer Junitag. Er leckte über seine trockenen Lippen.

Ein Glas frisches Brunnenwasser konnte nicht schaden, meinte er, oder ein Schluck von Agathes Eierlikör, falls vorhanden. Er tupfte mit einem Stofftaschentuch über seine Stirn.

Viktoria kroch hinter den Ohrensessel. Ihre Hand tastete an der Holzverstrebung hindurch nach der Flasche. Erstaunt spürte sie einen glatten, weichen Gegenstand. Sie wagte nicht, ihn vor dem Pfarrer hervorzuziehen. Sie mußte an den toten

Soldaten denken und war überzeugt, daß der Gegenstand ihm gehört hatte.

Der Pfarrer rutschte unbehaglich im Ohrensessel herum, drückte sich an die Armlehne und beugte sich zu ihr hinab. Viktorias Finger berührten die glatte Eierlikörflasche, zitternd zog sie sie hervor.

Schnell füllte sie zwei Gläser und reichte eines dem Pfarrer.

Wenn er nur endlich gehen würde! Immer wieder glitt ihr Blick zum dunklen Spalt unter dem Ohrensessel.

Der Pfarrer bückte sich und band seine Schnürriemen fester. Atemlos verfolgte sie seine Bewegungen.

Arglos richtete er sich wieder auf. Er stierte lange vor sich hin.

»Auf der ersten Seite im Gebetbuch«, sagte der Pfarrer nach dem zweiten Likör, »hat Agathe etwas notiert.«

Es ginge ihn zwar nichts an, und er war auch nicht neugierig, aber er vermute, daß das Geschriebene einen Hinweis auf den Aufenthaltsort der Kinder geben konnte. Er betonte, daß er niemals ein Beichtgeheimnis ausplaudern würde und sich lediglich so seine Gedanken gemacht hatte, die er hiermit weitergeben wollte.

Schnell trank er noch einen Likör und verabschiedete sich dann hastig. Viktoria schien es, als spiegelte sich in seinem Gesicht Erleichterung und schlechtes Gewissen.

Sie begleitete ihn zur Tür, verwirrt und froh, daß er endlich ging, sah, wie er zum Gartentor schritt und sich dabei suchend umblickte. Wahrscheinlich vermißte er die Katzen.

Der glatte, weiche Gegenstand war eine Ledertasche, die tatsächlich dem Soldaten gehört hatte. Sie fand ein vergammeltes Stück Brot darin und klaubte es angeekelt heraus. Darunter befanden sich etliche Patronenhülsen, die zu einer Pistole oder einem Gewehr gehörten. Viktoria hatte keine Waffe bei dem Soldaten gefunden, er mußte sie, bevor er ins Haus der Tante eingedrungen war, verloren haben.

Sie schlug die Patronen in ein Taschentuch und versteckte es unter Agathes Bettdecke. Die Tasche verbrannte sie im Küchenofen. Sie stank fürchterlich.

Die erste Seite des Gebetbuches! erinnerte sie sich an die Worte des Pfarrers. Viktoria fand eine in zittrigen, ungelenken Buchstaben hingekritzelte Notiz:

Hildegard Stummer, Sternwartestraße, Wien.

Woher oder von wem Agathe die Adresse von Siegfrieds Schwester hatte, konnte Viktoria nie in Erfahrung bringen. Und die Vorstellung, daß die Tante ihr hätte weiterhelfen können, es aber, aus welchen Gründen auch immer, unterlassen hatte, kränkte sie sehr.

Für Viktoria bestand nicht der kleinste Zweifel daran, daß sie die Kinder unter der angegebenen Adresse finden würde.

In den vergangenen Wochen hatte sie immer auf eine Nachricht von den Kindern gehofft, vergeblich. Nun hatte sich unerwarteterweise eine Möglichkeit eröffnet, sie finden zu können.

Viktoria hatte Angst. Zwar hatte sie nun endlich ein Ziel, endlich die berechtigte Hoffnung, die Kinder aufzuspüren. Aber da war Hildegards Brief, den sie wieder und wieder gelesen hatte und der auf einen harten Kampf um die Kinder schließen ließ. Viktoria hatte viel zu verlieren.

Zügig packte sie die restlichen Lebensmittel, die sich in der Küchenvitrine befanden, in den Pappkoffer. Sie ging ins Mansardenzimmer hinauf und weiter in den Trockenraum. In einem Leinensack verstaute sie Eierschwammerl und Herrenpilze, die Agathe vor nicht allzulanger Zeit gesammelt, geputzt und zum Trocknen verteilt hatte. Außerdem fand sie drei Einmachgläser mit Marmelade, einen kleinen Sack Mehl, auf einem Leinentuch ausgebreitet einige Äpfel, zwei Flaschen Eierlikör und einen Korb voll mit Erdäpfeln.

In Zeitungspapier eingeschlagen, fand sie die aus Stein gehauene Katzenstatue, die Jakob der Tante zum Aufbewahren für die Kinder überlassen hatte. Viktoria nahm die Statue in den Arm und wiegte sie wie ein kleines Kind, summte die Melodie, die sie von Sarah kannte. Spätestens in diesem Moment reifte ein Entschluß in ihr: Sie wollte Jakobs Tod nicht einfach so widerspruchslos hinnehmen. Sie wußte, daß sie den Ort nicht verlassen konnte, ohne das Vorhaben ausgeführt zu haben.

Sie begrub den steinernen Kater Jesus neben dem Brunnen. Lieber sollte er unter der Erde verborgen sein, als daß er wie die anderen Statuen von Jakob zerschlagen würde. Und nichts anderes würde damit geschehen, sollte die Statue gefunden werden, stellte sie sich vor.

Das Mehl vermischte sie mit Wasser, knetete einen Teig, formte kleine Kugeln, walkte sie zu dünnen Scheiben und buk sie auf der heißen Herdplatte, so, wie es ihr Frau Tannenbaum einmal gezeigt hatte. Matzen, jüdisches Brot, das Siegfried nicht gemocht hatte.

Die wenige Kleidung, die sie besaß, stopfte sie um die Gläser und Flaschen in den Pappkoffer. Sie beschloß, auf ihrer Reise ein Paar von Siegfrieds Hosen zu tragen, sie konnte die Hosenbeine aufkrempeln und mit einem Gürtel den zu weiten Bund enger schnallen. Sie wollte seine Pullmankappe aufsetzen und darunter ihre Haare verstecken.

Agathes Wintermantel, viel zu warm für die Jahreszeit, wollte sie trotzdem mitnehmen.

Sie plünderte auch das Geheimversteck der Tante, das diese eisern verleugnet hatte, obwohl Viktoria sie einmal beobachtet und vage darauf angesprochen hatte: Unter einem Holzbrett neben dem Bett befand sich ein Hohlraum, darunter waren Kerzen und einige Schachteln mit Zündern verborgen. In einer Blechdose verwahrt: eine Handvoll Würfelzucker.

Die Aussteuertruhe stand vor dem Fenster. Viktoria hob den Deckel an. Zwei Tischdecken und drei Leintücher, mehr würde sie nicht schleppen können. Schade um die handbestickte Bettwäsche!

Wenn man im Ort erst einmal bemerkt hatte, daß sie verschwunden war, würde es nicht lange dauern, bis die wenigen Sachen, die sie zurücklassen mußte, geplündert würden. Viktoria lachte auf. Sie sah die enttäuschten Gesichter vor sich: Es gab nichts Wertvolles in Agathes Haus, hatte es nie gegeben.

Sie kletterte auf den Heuschober und bepackte den bereits vollgefüllten Rucksack mit Agathes Gebetbuch, Herrn Tannenbaums Stein, Sarahs Tagebuch und ihrem ersten Geschenk von Siegfried, *Mein Kampf*. Bei letzterem zögerte Viktoria, überlegte, ob sie sich mit unnötigem Ballast abschleppen sollte. Schließlich steckte sie das Buch doch in den Rucksack. Später war sie froh darüber. Die Blätter waren gut geeignet, um ein Feuer anzuheizen.

Zuletzt schlug sie die angesengte Holzpuppe, die zwei Häkeldeckchen und alte Fotografien in ein Stück Stoff und stopfte alles in den Rucksack.

Es war dunkel. Sie zündete die Petroleumlampe an, dann nahm sie das Taschentuch, in dem die Patronen eingeschlagen waren, unter der Bettdecke Agathes hervor und legte das Bündel auf den Küchentisch.

Mit einem spitzen Küchenmesser löste sie vorsichtig das Projektil aus der Patronenhülse und leerte das darin befindliche Pulver in eine Blechdose. Geduldig und auf jedes Stäubchen bedacht, wiederholte sie diese Arbeit, bis alle Patronen entleert waren.

In der Blechdose wölbte sich ein ansehnliches Häufchen Pulver, und Viktoria war zufrieden.

Sie löschte die Petroleumlampe. Geschickt tappte sie in der dunklen Küche nach dem Koffer, schob die Träger des Rucksacks über die Schultern, steckte die Blechdose in den Hosenbund, die leeren Patronen in die Hosentasche und griff nach der Petroleumlampe.

Sie zog die Eingangstür ins ausgefranste Schloß, in dem Bewußtsein, das Haus nie wieder zu betreten.

Schnell und ohne sich noch einmal umzublicken, durchschritt sie das Gartentor.

Beim Weiher blieb sie kurz stehen. Die geschlossenen Köpfe der Seerosen schwammen auf der dunklen Fläche des Wassers. Wolken, die über den Mondhimmel zogen, malten ein rissiges Bild in die gleichmäßige Ruhe, die sich über dem schwarzen Spiegel ausgebreitet hatte.

Viktoria klaubte die Patronen aus den Hosentaschen und warf sie ins Wasser.

Sie hatte den Rucksack und den Koffer in Sicherheit gebracht – weit außerhalb des Ortes hatte sie die beiden Gepäckstücke abgelegt und war dann wieder zurückgeschlichen.

Die Wolken zogen schnell über den Himmel. Obwohl es dunkel war, sah sie die farblichen Abstimmungen der Wolken, die von Grau, über ein schmutziges Türkis, bis hin zu einem zarten Rosa – wie Hühnerfedern – dahinschwebten.

Viktoria war auf dem Marktplatz angelangt.

Sie stand vor dem aus Stein gehauenen Hitler. Ihr Kinn in die Höhe gereckt, starrte sie ihm fest in die Augen.

Nichts! stellte sie erleichtert fest. Nicht der geringste Funke einer Farbe in seinen Augen!

Viktoria stellte sich auf ihre Zehenspitzen und leerte fast den ganzen Inhalt der Petroleumlampe über seinen Kopf. Dann öffnete sie die Blechdose und staubte vorsichtig etwas Pulver über die feuchten Stellen.

Um den Sockel der Statue herum zog sie einen Pulverkreis.

Einen Stoffgürtel, von einer Schürze abgeschnitten, tränkte sie im Rest des Petroleums und setzte damit eine Verbindung zum Pulverkreis.

Sie hielt die Zündholzschachtel mit ihren Fingern fest umklammert.

Abschiednehmend blickte sie hinüber zur Kirche, weiter zur Schusterwerkstatt, hin zur Tischlerei. Sie konnte Jakob sehen, wie er ihr, auf seine Krücke gestützt, zuwinkte. Oder glaubte, ihn gesehen zu haben.

Sie riß das Streichholz an und hielt es an den Stoffgürtel. Die Flammen leckten zischend am Stoff, und Viktoria erhob sich rasch und rannte los.

Viktoria hatte das Ortsende noch nicht erreicht, als sie einen Knall vernahm. Sie blickte sich nicht um und rannte weiter, bis sie, von Seitenstechen geplagt, innehalten mußte.

Eintragung auf dem Papierstreifen im Medaillon: *20. Juli 1944. Ich habe heute nacht den Ort verlassen.*

4. STERNWARTESTRASSE

Unermüdlich trieben sie ihre Füße vorwärts, mechanisch auf ein Ziel gerichtet: Maximilian und Edna! Endlich die Hoffnung auf ein Wiedersehen mit den beiden, zwar voll banger Vorahnung. Streng versagte sie sich jegliche Vorstellung, die mit dem ersehnten Treffen der Kinder zusammenhing.

Den Bahnhof hatte sie bald hinter sich gelassen. Der nächste Zug, wenn er überhaupt kam, würde erst am nächsten Tag in der Station haltmachen. Und es wäre zu gefährlich für sie, den Zug zu benützen.

Gegen Abend hielt ein Lastwagen neben ihr, voll besetzt mit Soldaten. Zögernd drückte sich Viktoria zwischen die Männer, die auf der Ladefläche saßen. Mit Zungenschnalzern und anzüglichen Bemerkungen wurde ihr Platz gemacht. Ein Mann griff ungeniert zwischen ihre Beine, und Viktoria schlug ihm die Hand weg. Die Soldaten brachen in Gelächter aus und machten sich über ihren Kameraden lustig. Viktoria hatte von da an Ruhe, man schien sie zu respektieren. Es waren hauptsächlich junge Männer, die auf dem Laster mitfuhren. Die Uniformen sahen sauber und fast neu aus. Viktoria erzählte einem Soldaten, daß sie früher in einer Stoffabrik gearbeitet hatte. Gut möglich, daß der Stoff für die Uniformen in der Fabrik hergestellt worden war. Viktoria erkannte die Belanglosigkeit dieser Überlegung, und doch tat es ihr gut, sich dadurch ein wenig abzulenken.

Es war nach Mitternacht, als der Fahrer den Lastwagen anhielt und Viktoria absteigen ließ.

»Wir sind am Stadtrand von Wien«, sagte der Fahrer, »wir müssen weiter in den Osten.« In knappen Worten erklärte er ihr, welchen Weg sie einschlagen sollte, dann setzte der Wagen seine Fahrt fort, und Viktoria blieb am Straßenrand zurück.

Nach einem kurzen Schlaf, in einem Graben sitzend, erhob sie sich. Sternwartestraße. Der Fahrer hatte gemeint, er kenne sie. Neben einem Park. Kennt man, wenn man in Wien aufgewachsen ist, hatte er erklärt.

Viktoria drückte sich an Hauswänden entlang, versuchte, möglichst unauffällig durch die Straßen zu gehen. Nur nicht aufgehalten werden, lieber keine Papiere zeigen müssen! Es war Mittag, als Viktoria es wagte, eine Frau nach der Sternwartestraße zu fragen. Der durchdringende Ton von Sirenen wallte durch die Straßen. Fliegeralarm! Die Frau begann zu zittern. Ein Mann rempelte Viktoria an, lief dann zielstrebig zu einem Haus, an dessen Mauer ein Pfeil und die Aufschrift LSK auf einen Luftschutzkeller hinwies. Es war für Viktoria verwirrend, das emsige Hin- und Hergelaufe zu erleben, das, von Sirenengeheul begleitet, einsetzte. Als würde sie nicht dazugehören, stand sie beobachtend mitten auf der Straße.

»Komm!«

Die zitternde Hand einer Frau griff nach Viktorias Arm und zog sie mit sich.

»Bist fremd hier«, stellte sie keuchend fest.

»Hab dich noch nie hier gesehen.«

Sie liefen die Straße entlang und bogen in eine Seitengasse. Und wieder konnte Viktoria an der Mauer eines Hauses die Aufschrift LSK lesen.

»Mein Lieblingskeller. Ist besonders tief.«

Viktoria folgte der Frau die Stufen in ein Gewölbe hinab. Der

Atem der Frau ging stoßweise, sie blieb stehen, zog ein Glasfläschchen aus der Sacktasche und roch daran.

»Asthma.«

Das gequälte Rasseln und Schnaufen ihres Atems normalisierte sich wieder. Die beiden Frauen betraten einen großen Keller, der von schirmlosen Glühbirnen erhellt wurde. Einige Menschen hatten hier Zuflucht gefunden.

»Hier.«

Die Frau drückte Viktoria mit sich auf eine Holzbank, die an der rechten Mauerseite aufgestellt war. Ihre Bewegungen wirkten mechanisch beim Griff in die Tasche, aus der sie eine Kerze, Zünder und einen Rosenkranz nahm.

»Wird hoffentlich nicht so lang dauern wie beim letzten Mal!«

Ihre Finger umklammerten den Rosenkranz. Viktoria schob ihren Koffer unter die Bank, den Rucksack ließ sie auf dem Rücken, obwohl sie dadurch unbequem saß. Das elektrische Licht begann zu flackern, und die Stimmen, die eben noch den Raum belebt und etwas von der Angst genommen hatten, verstummten schlagartig. Nach und nach wurde das versickernde Licht durch das von Kerzen ersetzt. Viktoria hatte das Gefühl, sich in einer Grabkammer zu befinden. Dumpfe Detonationen waren zu vernehmen, und Viktoria preßte sich auf die Bank, kroch förmlich in sich. Die Frau neben ihr begann hektisch, den Rosenkranz herunterzubeten, zog rasselnd Luft in ihre Lungen, verschüttete beinahe den Inhalt des Glasfläschchens. Ihre Nervosität steckte Viktoria an. Sie blickte an die Decke des Raumes, wo die Glühbirnen, vom Kerzenlicht beleuchtet, unruhig an dünnen Kabeln hin und her pendelten. Bitte nicht dieses Haus! Wer auch immer da oben unser Schicksal bestimmt, mach, daß dieses Haus verschont bleibt! Ich will hier nicht tot oder lebendig begraben sein. Nicht so knapp vor meinem Ziel! Viktorias stummes Hadern wandelte sich in Zorn. Tränen liefen über ihre Wangen und sammelten sich am Kinnrand. Energisch wischte sie sie weg. Sie hatte keine Angst vor dem Tod, stellte sie fest. Aber nicht jetzt, nicht hier!

Die Intervalle der Detonationen wurden größer.

»Die fliegen jetzt nach Wiener Neustadt zu den Fabriken.«

Die Stimme des Mannes, der in einem Schaukelstuhl gegenüber von Viktoria saß, hatte zuversichtlich und erleichtert geklungen. Es verging noch eine Stunde, bis die erlösende Entwarnung kam. Und dieses Mal war der schrille Ton der Sirene fast eine Wohltat für Viktoria.

Sie stand vor dem Eingang zum Luftschutzkeller und sog die Luft ein. Die Frau war an Viktorias Seite stehengeblieben und roch wieder an dem Glasfläschchen. Der scharfe Geruch der Flüssigkeit drang bis zu Viktoria. Die Straße füllte sich mit Menschen. Wie Maulwürfe kamen sie aus den Kellerlöchern gekrochen, überquerten die Straße, liefen in diese und jene Richtung, manche in geduckter, manche in aufrechter Haltung. Verwundert beobachtete Viktoria diese seltsam anmutende Betriebsamkeit, der man nicht anmerkte, welch schreckliche Unterbrechung ihr vorausgegangen war.

»Ich bring dich zur Sternwartestraße.«

Die Frau ging los, ohne weiter auf Viktoria zu achten. Sie folgte ihrem schnellen Schritt. Etwa eine halbe Stunde war vergangen, in der sich die Frau weder nach Viktoria umgedreht, noch sich anders versichert hatte, daß sie hinter ihr war. Viktoria folgte ihr wie ein herrenloser Hund. Sie glaubte bereits, die Frau hätte ihre Anwesenheit vergessen, als sie stehenblieb und sich an Viktoria wandte. Sie befanden sich vor einer hohen Mauer.

»Dahinter ist ein riesiger Park. Von hier bis zum Hügel hinauf und wieder runter führt die Sternwartestraße.«

Die Frau umarmte Viktoria, erklärte ihr, daß sie es bis zum Einbruch der Dunkelheit nach Hause schaffen mußte.

»Ausgangssperre. Leb wohl.«

Sie wandte sich in die Richtung, aus der sie gekommen waren, hetzte eilig davon, ohne daß sich Viktoria bei ihr bedanken konnte.

Lange war sie die Mauer entlanggegangen, die linker Hand eine leichte Steigung aufwies. Parallel dazu verlief eine Straße mit Katzenkopfpflaster und einem breiten Gehsteig, an den sich prächtige Häuser mit gepflegten Vorgärten anschlossen.

Ein dunkelgrün gestrichener Gartenzaun. Viktoria ließ ihre Finger beim Vorbeigehen darübergleiten. Stummer, las sie auf einem kleinen Schild, das an der Gartentür befestigt war. Endlich! Beeindruckt besah sie sich das Haus. Es besaß ein Stockwerk und wirkte wuchtig. Efeu rankte sich an der Hausfassade empor. Viel mehr konnte sie in der Dunkelheit nicht erkennen.

Viktoria drückte die Klinke der Gartentür hinunter und betrat den Kiesweg. Ihr Herz pochte schneller, aus Furcht und vor freudiger Erwartung.

Der Koffer wurde achtlos auf den Kiesweg geworfen, der Rucksack von den Schultern gestreift und ins Gebüsch geschubst.

Maximilian und Edna! Sie riß die Pullmankappe vom Kopf. Zitternd fuhr sie sich durchs fettige Haar, stopfte die alte Bluse sorgfältig in den zu weiten Hosenbund und zupfte den verrutschten Mantel über ihren Schultern zurecht.

Gleich würde sie die Kinder in die Arme schließen! Andächtig verharrte sie vor der Tür, sammelte ihre ungestümen Gedanken, versuchte, sie genauso zurechtzurücken wie zuvor ihre Kleidung. Sie wollte einen ordentlichen Eindruck auf Paul und Hildegard Stummer machen. Zum ersten Mal würde sie ihrer Schwägerin und ihrem Schwager gegenüberstehen.

Aufgeregt hob sie ihre Hand und pochte kräftig an die Eingangstür. Sie bemerkte den runden Knopf einer Klingel, als die Eingangstür aufgerissen wurde. Zuerst war Viktoria geblendet von dem Licht, das aus der Eingangshalle floß. Die Männergestalt, die sich im Türrahmen breitmachte, hob sich dunkel und gesichtslos gegen die Helligkeit ab. Ein hohles Funkeln im Gesicht ihres Gegenübers stellte sich, nachdem sich Viktorias Augen an das Licht gewöhnt hatten, als Brille heraus. Ein barsches »Ja« aus dem Mund des Mannes ließ Viktoria einen Schritt zurückweichen. Sie wäre beinahe gestolpert und im Blumenbeet, seitlich der Eingangstür, gelandet.

Nach Gleichgewicht und Fassung ringend, machte sie erneut einen Schritt auf den Mann zu, reckte sich in die Höhe, um imposanter zu erscheinen, und nannte mit fester Stimme ihren Namen.

Der Mann bewegte sich nicht; nur ein leichtes Wippen der Gläser und ein kurzes Zucken der Augenbrauen ließen eine Gefühlsreaktion erkennen. Eine unangenehm lange Zeit verstrich, in der Viktoria nicht wußte, wie sie sich verhalten sollte. Haltsuchend umklammerte sie die Pullmankappe.

»Paul Stummer?«

Er reagierte nicht. Bestimmt war der Mann nicht Paul! Mit einem Satz wäre der Irrtum aufgeklärt. Da der Mann weiter schwieg und starr auf Viktoria blickte, fand sie seine Reaktion unheimlich.

Aus dem Flur des Hauses kündigten klappernde Schritte auf dem Fliesenboden das Erscheinen einer zweiten Person an, noch bevor sie zu sehen war.

»Hildegard?«

Aufs Geratewohl hatte Viktoria den Namen ihrer Schwägerin, die sie nicht einmal von einer Fotografie her kannte, ausgesprochen. Die schmale Gestalt der Frau hatte sich neben die des hochgewachsenen Mannes geschoben. Wie eine Mauer hatten sich die beiden vor ihr aufgebaut.

Im nachhinein kam Viktoria erst richtig die Schmach der ganzen abscheulichen Szene zu Bewußtsein.

Man bat sie nicht ins Haus. Man fertigte sie wie eine Bettlerin an der Tür ab. Tatsächlich stand sie vor Paul und Hildegard

Stummer, aber das hatte keine Bedeutung mehr, denn die beiden waren genausowenig bereit, ihr behilflich zu sein, wie es irgendein Fremder in dieser Situation gewesen wäre. (Nein, korrigierte sich Viktoria, und sie dachte an die Frau mit dem Asthma, sogar ein Fremder zeigt Herz, im Gegensatz zu ihren Verwandten.)

Umdrehen und weglaufen und diese Menschen nie mehr sehen müssen!

Aus der Tiefe des Hauses hörte man eine Kinderstimme, und Viktoria rief nach Edna, was zur Folge hatte, daß Hildegard sich in den Flur zurückzog und die Treppe in den ersten Stock hinauflief. Viktoria wollte sich durch die Tür drücken und ihr folgen, aber Paul war schneller und versperrte ihr den Weg.

Bereitwillig gab er zu, daß sich Edna hier im Haus aufhielt, und setzte zögernd hinzu, auch Maximilian wäre hier.

»Siegfried hat uns die Kinder anvertraut. Sie bleiben bei uns. Du bist unfähig, sie zu erziehen.«

Seine Stimme klang freundlich, als würde er mit einem guten Bekannten plaudern.

Wieder näherten sich Hildegards Schritte. Im Hausinneren war es still geworden.

Paul legte seinen Arm um Hildegards Schulter und zog sie eng zu sich heran. Sie lächelte siegessicher auf Viktoria herab. Mit der gleichen Überlegenheit wie zuvor Paul begann nun Hildegard zu sprechen.

»Du bist schuld an Maximilians Unfall.«

Paul fiel seiner Frau mit einer beschwichtigenden Handbewegung ins Wort. Gefährlich leise riet er Viktoria, schnell aus der Gegend zu verschwinden, sonst würde er sie einsperren lassen. Sie hätte es nur Siegfried und seinen guten Beziehungen zu verdanken, daß sie nicht schon längst in einem Arbeitslager interniert wäre.

Siegfried hatte offensichtlich Paul und Hildegard genau über jede Kleinigkeit, die im Ort passierte, und speziell über das, was Viktoria anbelangte, in seinen Briefen informiert.

Die beiden waren nach Siegfrieds Tod verständigt worden, aber Viktoria konnte nicht die geringste Trauer in ihren Gesichtern erkennen.

»Wir haben dich schon viel früher hier erwartet. Siegfried hat uns oft gewarnt. Er meinte, du würdest bald ahnen, wo sich die Kinder aufhalten. Er hat sich geirrt, dich für klüger gehalten.«

Hildegard lachte. Sie triumphierte, sagte, daß es jetzt, da Siegfried nicht mehr am Leben sei, keine Diskussion um die Kinder geben könnte: Sie gehörten für immer zu ihnen. Die nötigen Dokumente lägen bereits beim Anwalt. Und Paul drohte mit gespielter Leichtigkeit, daß er ihr eigenhändig die Kehle zudrücken würde, sollte Viktoria Schwierigkeiten machen wollen.

Viktoria konnte sich später nicht mehr an irgendwelche Entgegnungen erinnern, die sie zweifellos gemacht hatte, erinnerte sich nicht daran, ob sie sich gegen die beiden physisch zur Wehr gesetzt hatte.

Sie wußte nur, daß sie zu betteln begonnen hatte, gefleht hatte, die Kinder wenigstens einmal sehen zu dürfen. Sie hatte sich niedergekniet und inbrünstig darum gebeten, um Barmherzigkeit gewinselt. Nie hätte Viktoria gedacht, daß sie sich so weit erniedrigen könnte, aber in diesem Moment erschien es ihr als einzige Möglichkeit, die beiden Menschen zu erweichen.

Das sind keine Menschen, stellte Viktoria später fest, als sie in ihrem Versteck saß. Hildegard hatte überlegen gelächelt, gemeint, selbst wenn Viktoria bis zum Jüngsten Tag hier knien würde, an den Tatsachen würde sich nichts ändern. Und als Tatsache betrachtete Hildegard, daß die Kinder für immer bei ihnen bleiben würden.

Das Bild, wie Paul seine Frau auf die Wange küßte, sie liebevoll zur Seite schob und die Tür schloß, würde Viktoria nie mehr vergessen.

Die geschlossene Tür. Viktoria hatte mit den Fäusten dagegen gehämmert, immer wieder laut nach ihren Kindern geschrien. Vergeblich. In einer kurzen, aus Erschöpfung entstandenen Pause ihres hysterischen Aufbegehrens, hörte sie Stimmen, die sich von der Straße her näherten. Dann Schritte, Rufe und Hundegebell. Da erst kam sie zur Besinnung und erkannte, daß es Paul und Hildegard nur willkommen sein konnte, wenn man sie hier, sich wie eine Irre gebärdend, vorfand. Einsperren, die Wahnsinnige, für immer weg mit ihr, weg, hinter verschlossene Türen!

Viktoria holte den Rucksack hinter dem Strauch hervor, streifte ihn über ihre Schulter und angelte nach dem Koffer.

Sie hatte sich unbemerkt über die Straße und zum Parkeingang schleichen können. ›Juden betreten den Park auf eigene Gefahr‹, stand auf einem emaillierten Schild, das auf dem Gittertor hing. Sie drückte das Tor gerade so weit auf, daß sie durchschlüpfen konnte.

Im Park wäre sie hoffentlich einigermaßen sicher; vor möglichen Kontrollen, vor Hildegard und Paul. Sie wunderte sich, daß die beiden ihr Geschrei vor der Tür so lange geduldet hatten, ohne einen Versuch zu machen, sie zu vertreiben.

Eine andere Welt empfing sie hinter der Parkmauer. Hohe Bäume, Sträucher, dazwischen schüttere Grasflächen, von Gehwegen durchzogen. Das Gewicht des Koffers und des Rucksacks war vergessen. Sie ging leichtfüßig voran, als wäre dies ihre Bestimmung. Ohne einer Richtung zu folgen, die ein Ziel beanspruchte, ließ sie sich einfach treiben, hin und her gerissen von ihren widersprüchlichen Gefühlen, einem Gemisch aus Verzweiflung und der endgültigen Aufgabe eines Traumes, dessen Gespinste sie zu narren versucht hatten.

Ein Erdwall, dicht mit Gras bewachsen. Viktoria rannte darauf zu und ließ sich fallen. Ich werde nicht aufgeben! Ihr Körper straffte sich.

Ein schmaler Trampelpfad führte zwischen Sträuchern hinab

zu einer dunklen, spiegelnden Fläche. Viktoria raffte sich auf und folgte der Spur. Es war windstill. Das Wasser des Teiches lag vor ihr wie ein glänzender Fetzen Stoff, den man sorgfältig glattgestrichen hat. Sie blickte erregt auf die dunkle Fläche. Ihre Haut kribbelte. Viktoria taumelte zum Teichrand.

Ein großer Teil des Teiches war von Schilf umgeben. Mitten darin bemerkte sie einen kleinen, dunklen Fleck. Neugierig ging sie am Teich entlang, arbeitete sich durch das Schilf, bis ihre Füße im Wasser standen. Sie wich erschrocken zurück.

Der dunkle Fleck entpuppte sich als Schwanenhütte, und Viktoria erkannte sofort, daß sie ein ideales Versteck gefunden hatte. Sie brachte ihren Koffer und den Rucksack ins trockene Gebüsch. Mit einem Stock tastete sie vom Ufer aus nach einer seichten Stelle im Wasser, um einen möglichst trockenen Weg bis zur Hütte zu finden. Sie mühte sich vergeblich ab. Das Wasser um die Hütte herum würde ihr zumindest bis zu den Hüften reichen.

Sie hockte sich ins Unterholz, um zu überlegen. Es war eine kühle Sommernacht. Sie ließ alle Vorsicht außer acht, versuchte, ein Feuer anzufachen. Dabei vergeudete sie ein Streichholz, das ihren klammen Fingern entglitt. Die Ästchen, die sie zu einem Haufen geschichtet hatte, waren feucht. Ohne lange zu überlegen, riß sie einige Blätter aus *Mein Kampf* und brachte damit ein kleines Feuer in Gang.

Durch die Baumkronen drängte sich trübes Morgenlicht und sickerte träge bis zum Boden hinab. Vom Feuer war nur mehr ein lauwarmer Aschehaufen übriggeblieben, in den Viktoria ihre Hände grub.

Sie erhob sich; ihre Beine waren steif. Seit langem spürte sie wieder Schmerzen in den Unterschenkeln. Ihre Hände in den Manteltaschen vergraben, wanderte sie am Teich entlang, sehnsüchtig blickte sie zur Schwanenhütte.

Sie stolperte über eine Baumwurzel, konnte sich gerade noch fangen. Vor ihr, am Schilfrand, lag die Lösung des Problems: Es war ein langes Brett. Als wackliger Steg reichte es gerade bis zur Umrandung der Hütte, und Viktoria schaffte es nun mühelos hinüberzuklettern. Vorsichtig lugte sie durch die Öffnung in das Innere. Die Hütte war leer; nur eingetrocknete Kotbatzen erinnerten daran, daß hier einst Schwäne gehaust hatten.

Ich werde ein Leintuch auf den Boden breiten!

Immerhin bot ihr die Schwanenhütte Sicherheit und Ruhe zum Nachdenken.

Sie breitete sämtliches Essen auf einem Tuch aus und teilte es in kleine Portionen ein. Jedes Häufchen mußte für einen Tag ausreichen.

Viktorias Tagesabläufe ähnelten sich. Sie erwachte meistens, wenn die Sonne aufging, wusch ihr Gesicht im Teich, um munter zu werden, aß ein wenig Matzen mit etwas Marmelade und ging dann, mit dem Rucksack beladen, zu einem Brunnen, der sich nahe ihrer Behausung befand. Nachdem sie getrunken hatte, machte sie sich auf den Weg zu ihrem Lauerposten, wie sie ihre Tanne nannte, die direkt an der Parkmauer stand. Sie kletterte auf den Baum, gerade so hoch, daß sie über die Parkmauer sehen, aber von der anderen Seite nicht bemerkt werden konnte. Stundenlang starrte sie auf das Haus der Stummers, beobachtete alles, was sich davor abspielte. Leider verbargen die Stores hinter den Fenstern das Geschehen im Inneren des Hauses.

Jeden Morgen hielt ein Wagen vor dem Haus der Stummers. Für gewöhnlich erschien kurz darauf Paul. Er hielt immer eine braune, schmale Tasche unter seinen Oberarm gepreßt. Ein Mann öffnete die Fahrertür und begab sich auf die andere Seite des Wagens. Noch bevor Paul den Vorgarten durchschritten hatte, öffnete der Mann die Beifahrertür und schloß sie wieder, nachdem Paul im Auto Platz genommen hatte. Dieses Ritual wiederholte sich jeden Tag. Alle sechs Tage wurde es unterbrochen, und Viktoria orientierte sich daran. Sie wußte, daß dieser Tag ein Sonntag sein mußte.

Mit einem Schnappmesser ritzte sie Kerben in die Rinde des Baumes. Eines Tages stellte sie erschrocken fest, daß bereits mehrere Wochen vergangen waren und sie noch immer keinen Weg zu ihren Kindern hatte finden können. Der Mangel an Essen hatte auch ihren Geist geschwächt. Sie war unfähig, sich aus dieser Lethargie zu befreien. Tiefe Ratlosigkeit lähmte jeden Gedanken an eine Flucht mit den Kindern.

Wie eine Schlafwandlerin bestieg sie jeden Morgen erneut ihren Beobachtungsposten.

Viktoria stellte fest, daß sich ihr Hungergefühl, je weniger sie zu sich nahm, verringerte. Wurde sie dennoch von quälenden Magenschmerzen gepeinigt, hatte sie ein Spiel parat, um sich darüber hinwegzutäuschen. Da der bloße Gedanke an Essen einen noch gierigeren Wunsch danach in ihr auslöste, versuchte sie, ihre Konzentration auf andere Dinge zu lenken. Sie begann, alles um sich herum zu verändern. So verwandelte sie das Grün der Wiese in ein sattes Rot, den Himmel in ein zartes Gelb, die dunkle Wasserfläche des Teiches in ein schimmerndes Weiß. Sie verbrachte Stunden damit, ihrer Umgebung ein neues Farbenbild aufzudrücken.

Manchmal wurde ihr bei diesen Vorstellungen ganz schwindlig. Dann verkroch sie sich in der Schwanenhütte, preßte ihre Augenlider fest aufeinander, so fest, bis sie nur mehr kleine blaue Sterne hüpfen sah. Meistens fiel sie daraufhin in einen unruhigen Schlaf.

Sie fragte sich, ob die Farben, die sie umgaben, die sie als solche erkannte, möglicherweise nur ein kleiner Teil der tatsächlich existierenden Farben waren. Vielleicht war es ihr einfach nicht möglich, alle zu erkennen!

Machalan, dachte sie, hatte anfänglich nur zwischen hell und dunkel unterscheiden können. Er hatte lange nicht gewußt, was Farben sind, keine Ahnung von ihrer Existenz gehabt.

Es passierte in all den Wochen nur zweimal, daß Viktoria wenigstens Edna erblicken konnte. Maximilian bekam sie nicht zu sehen. Das Mädchen stieg mit Paul und Hildegard am Morgen in den ominösen Wagen, der bis jetzt allein Paul zum Transport gedient hatte. Wo war Maximilian?

Zu Mittag kehrten Hildegard und Edna zurück, Paul erst am Abend.

Später machte sich Viktoria Vorwürfe, daß sie den beiden nicht aufgelauert hatte. Sie hätte Edna einfach mit sich reißen sollen! Noch später erkannte sie, daß das niemals hätte gutgehen können. Paul und Hildegard hätten nicht zugelassen, daß Viktoria das Kind mit sich genommen hätte. Polizei oder Gestapo wären auf ihre Spur gehetzt worden, und Viktoria hätte keine Stunde überlebt.

Während Viktoria wieder in ihr Versteck schlich, fragte sie sich unablässig, warum Edna ohne Maximilian unterwegs war.

In Hildegards Brief stand, daß er bald das Spital verlassen konnte, und der Brief war schon einige Wochen alt.

Vielleicht fällt ihm das Gehen noch zu schwer, und er muß im Bett bleiben! Sie versuchte den Gedanken, ihm könnte etwas zugestoßen sein, mit einem Lied, das sie, um sich aufzumuntern, vor sich hersummte, zu verdrängen. (Es war dieselbe Melodie, die Sarah im Keller angestimmt hatte.) Trotz aller Mühe konnte Viktoria ihre Besorgnis nicht vertreiben, sie wuchs, wenn das noch möglich war, ins Unerträgliche.

Im Laufe des nächsten Tages wurde sie halb wahnsinnig vor Sorge. Ohne auf ihre Sicherheit zu achten, stellte sie sich am Abend vor das Haus der Stummers. Sie umklammerte den Gitterzaun und lugte durch dessen Maschen hinauf zum erleuchteten Fenster im ersten Stock. Stores spannten sich milchig hinter den Scheiben.

Ich will Maximilian und Edna sehen! Viktoria stieg auf den gemauerten Sockel, in den der Zaun eingelassen war. Noch immer zu niedrig! Der Baum, es mochte ein Kirschbaum sein, reckte seine Äste über den Zaun, er stellte eine Verbindung zum Vorgarten her und versprach von seiner Krone aus eine willkommene Aussicht. Sie hatte bemerkt, daß ein Seitenteil des Vorhangs nicht ganz zugezogen war, und hoffte, durch den Spalt ins Zimmer sehen zu können, einen Blick auf die Kinder zu erhaschen.

Viktoria stieß sich vom Sockel, hin zu einem dicken Ast. Ihre Finger rutschten ab, aber ohne sich entmutigen zu lassen, versuchte sie erneut, den Ast zu erreichen. Verbissen hielt sie sich endlich fest, schwang pendelnd ihre Füße in die Höhe. Es knackte, und mit einem Krachen fiel Viktoria zusammen mit dem Ast auf den Gehsteig. Im Haus ging ebenerdig Licht hinter zwei Fenstern an. Sie schubste den Ast zur Seite. Die Haustür wurde aufgerissen, und sie konnte die unwillige Stimme von Paul hören, der fluchte. Schnell überquerte Viktoria die Straße und rannte weiter bis zum Parkeingang. Gehetzt drückte sie sich durchs Gittertor, versteckte sich hinter einem Baum und lauschte. Sie hatte sich die Schritte nicht eingebildet! Klatschend schlugen sie auf dem unbefestigten, feuchten Weg auf. Jetzt waren sie verstummt. Viktoria bewegte sich katzenähnlich vorwärts. Dennoch verrieten sie die Zweige, auf die sie abseits der Wege unweigerlich trat. Jedes Geräusch, das sie auslöste, zog ein geräuschverfälschtes Echo nach sich. Das Rascheln von Laub und Zweigen spiegelte sich als Zischen des Windes, ein Atemzug von ihr, als würde Staub aufgewirbelt.

Es ist Paul, der mich verfolgt! Nur zu gut hatte sie seine Drohung in den Ohren, und sie zweifelte nicht daran, daß er sie, ohne zu zögern, in die Tat umsetzen würde.

Aber im Park war sie Paul überlegen. Seitdem sie sich hier aufhielt (sie hatte ihr Zeitgefühl verloren, und es fiel ihr schwer – trotz der Kerben im Baum – Tage in eine Woche zu fügen, aus Wochen einen Monat werden zu lassen), hatte Paul die Anlage nicht betreten. Möglicherweise war er noch nie im Park gewesen.

Es sollte ein leichtes sein, Paul abzuhängen! Viktoria schöpfte Mut.

Sie schlängelte sich gebückt durch die niederen Büsche und arbeitete sich beharrlich vor bis hin zum Teich, ohne sich von weiteren Geräuschen irritieren zu lassen. Aufatmend bog sie das Schilf auseinander, griff nach dem Brett und schob es auf die Hüttenumrandung. Unmittelbar danach schlug eine Hand auf ihre Schulter.

»Viktoria, hab keine Angst.«

Sie war überzeugt, daß Paul hinter ihr stand, und weder die Stimme noch die freundlichen Worte ließen sie daran zweifeln.

Gefaßt wandte sie ihren Kopf. Wenn er mich umbringen will, dann soll er mir dabei in die Augen schauen!

Vor ihr stand ein hagerer Mann mit grauem, schütterem Haar, verquollenen Augen, aufgeschwemmtem Gesicht und einem wuchernden, hellen Vollbart. Viktoria wußte, daß sie den Mann kannte. Die Freude darüber, daß nicht Paul vor ihr stand, überwog einen Augenblick und erschwerte ihre Grübelei. Verzweifelt versuchte sie, das Gesicht mit einer Erinnerung zu verbinden. Unweigerlich führte sie diese in eine Zeit, die zwar einmal existiert, die sie aber fast vergessen hatte. Viktoria begann zu schreien: Ein Toter stand vor ihr! Die Hand des Mannes schob sich vor ihren Mund.

»Still, Viktoria!«

Er hat überlebt! Er hat flüchten können! Sie lachte und schluchzte gleichzeitig. Nie hatte sie geglaubt, Mischa wiederzusehen und daß sie über ein Wiedersehen mit ihm so froh sein würde.

Die beiden kletterten über das Brett zur Schwanenhütte und setzten sich auf deren Umrandung. Mischa zog eine Flasche mit Schnaps aus seiner Jacke, und Viktoria, die vor Aufregung blaß im Gesicht war, nahm bereitwillig einen Schluck.

»Es ist ewig her!«

Mischas Hand fuhr durch den schütter gewordenen Haarschopf.

»Ich bin nicht mehr der Mischa, den du gekannt hast, ich bin jetzt ein anderer.«

Er hob die Flasche wieder zum Mund und nahm einen großen Schluck.

»Es war die Anna, die mich gewarnt hat, damals. Sie kam zu mir in die Hütte. Hat mir eine Tasche entgegengehalten und gesagt, ich soll sie nehmen und verschwinden. Es ist Essen drin, genug, um ein paar Wochen davon zu zehren. Ich hab nichts begriffen, erst als sie sagte, die kämen mich holen, wären schon im Ort. Da hab ich gewußt, daß ich in Gefahr bin. Sie hat mich lieb angeschaut, die Anna. Verschwind von hier! Geh so schnell du kannst und so weit wie möglich! Meine Anna! Hat es gut mit mir gemeint. Hat ja nicht wissen können, daß es unmöglich ist, so weit zu laufen, um dem allen zu entkommen. Weißt du, Viktoria, hier wie dort! Nirgends ist es besser.«

Mischa grinste verlegen und öffnete dabei seinen fast zahnlosen Mund.

»Hab sie kurz umarmen dürfen, die Anna. Dann hab ich mich davongemacht. Hätt ich schon viel früher machen sollen, das Fortgehen, mein ich.«

Er klopfte sich mit der Faust gegen die Brust.

»Haben mich eh alle lieber tot als in der Kirche bei der Messe gesehen. Hab halt mein Herz hängen gehabt an dem Ort! War mein zu Hause. Ist um nix besser da in Wien. Bin nur hergekommen, weil die Anna gemeint hat, daß ich mich unter den vielen Menschen am besten verstecken könnt.«

Und wie es schien, hatte Mischa das erste Mal in seinem Leben Glück gehabt, auch wenn er diese Verkettung von Zufällen und deren Resultat nicht gleich in dieser Deutlichkeit erkannte.

»Hab meine Schuhe durchgelaufen, ohnehin alte. Dann bin ich zwischen diesen hohen Häusern gestanden. Die Leut hier sind noch schlimmer, als die im Ort. Die haben nicht einmal so getan, als wollten sie einem Gutes. Ich hab von Anfang an gespürt, daß es besser ist, keinem von ihnen den Rücken zuzudrehen. Hab mich wochenlang auf einem Friedhof versteckt, so groß, daß ich heut noch mein, der ist so groß wie eine Stadt. Die Umzäunung sorgfältig gemacht, daß man glaubt, die Toten wollen die Lebenden von sich fernhalten. Hab mich wohlgefühlt, da, bei denen. Ich glaub, wenn meine Tasche nicht leer geworden wär, ich hätt ewig dort bleiben wollen. Ja, und dann hab ich kein Essen mehr gehabt. Zuerst hab ich noch die Blätter von den Blumen gefressen, hab Wurzeln ausgegraben und Beeren von den Sträuchern gezupft. Dann gab's das nicht mehr, war zu kalt. Oft hab ich nicht schlafen können, hinter dem Grabstein. Schmerzen im Bauch, dacht, ich müßte krepieren. Die Kälte war gar nicht so arg. Bin's ja gewöhnt. Und Feuer machen hab ich mich nicht getraut. Es gab noch andere hier, die sich auch versteckten.«

Die Grabsteinmenschen, wie Mischa diese anderen nannte, achteten darauf, unbemerkt zu bleiben. Mischa hatte keinerlei Kontakt zu ihnen. Er bemerkte, daß die Grabsteinreihen in Reviere eingeteilt waren. Hielt sich ein Fremder mehrere Tage und Nächte darin auf, wurde er getötet.

Mischa stolperte eines Nachts, in der ihn sein Hunger in die Nähe einer Aufbahrungshalle getrieben hatte, über die Leiche einer jungen Frau. Er hatte die Frau am Nachmittag noch munter den Kiesweg entlang gehen sehen. (In einem Mistkübel nahe einer Aufbahrungshalle hatte Mischa am Tag zuvor ein Stück Brot und einen ranzigen Käse gefunden.)

»Menschen!«

Mischas glasiger Blick richtete sich verächtlich auf die kleinen Wellen, die der aufkommende Wind aus dem Wasser trieb.

»Die Tiere sind da anders! Die töten, um zu überleben.«

Mischa hatte zwei weitere Morde beobachtet. Sein Aufenthaltsort wurde gefährlich. Er wußte, daß er zu schwach sein würde, um sich zu verteidigen, und er achtete darauf, sein ›gewohntes Revier‹ nicht zu überschreiten. Einem Angreifer war er nicht gewachsen.

Als man schließlich Polizisten im Friedhof postierte, mußte Mischa erkennen, daß dieser Ort der Stille nur mehr scheinbar ein solcher war. Die Wahrscheinlichkeit, daß man ihn aufspüren und verhaften würde, wuchs jeden Tag.

Es war klüger, den Friedhof bei Tag zu verlassen, in der Nacht wurde er mit doppelten Posten bewacht.

Und nun hatte Mischa, war es Zufall oder eine höhere Fügung, endlich Glück: Kurz bevor er den Ausgang des Friedhofs erreichte, bemerkte er einen alten Mann, der vor einem Grab kniete. Es war für Mischa ein so wunderbar weiches Bild, das die Trauer des Mannes in ihm zeichnete, daß er stehenbleiben mußte und selbst wehmütig seinen Gedanken nachhing. Es tat gut, endlich wieder ein Gefühl in sich zu finden. Etwas Reines, Erhabenes ging von diesem Mann aus, und Mischa näherte sich ihm. Es war leicht, mit dem Mann ins Gespräch zu kommen, von Anfang an gab es nichts Fremdes, das irritiert hätte. Es herrschte eine absolute Vertrautheit, wie sie sonst nur zwischen guten Freunden im Laufe langer Zeit wächst.

Der Mann arbeitete als Gärtner. Bei einer alteingesessenen, feinen Familie, erklärte er stolz, die sich, besah man die Zeit, den Luxus, einen Gärtner einzustellen, noch leisten konnte.

Seine Frau hatte er vor neunzehn Jahren verloren. Er besuchte sie an jedem seiner freien Tage, sprach mit ihr und versuchte, in dieser wirren Zeit aus diesen einseitigen Gesprächen Kraft zu schöpfen.

Vielleicht war es Mischas ausgemergelte Gestalt, die in dem Mann Mitleid hervorrief, vielleicht auch das starke Gefühl der Zusammengehörigkeit zu einem anderen einsamen Menschen, das der Alte empfand. Wie auch immer es sich verhielt: Er bot Mischa an, mit ihm zu kommen. Gemeinsam verließen sie mit seinem Fahrrad den Friedhof.

Für Mischa gab es schon lange keinen Zeitbegriff mehr. Darum konnte er unmöglich sagen, wie lange es dauerte, bis sie bei der Arbeitsstelle des Mannes eintrafen. Mischa glaubte, sich zu erinnern, daß es Morgen war, als er den Mann vor dem Grab erblickte. In der Dämmerung hatten sie ihr Ziel erreicht. Mischa konnte nicht genau sagen, wann alles geschehen war, aber das war nebensächlich. Hauptsache, Mischa hatte, gerade am Ende seiner Kraft angelangt, Hilfe gefunden.

Der Alte lebte in einem Holzhaus, das im hinteren Teil des großen Gartens, den er pflegte, stand. Das Haus war mindestens dreimal so groß wie Mischas ehemaliger Holzverschlag. Für seine Begriffe waren der Herd, das Bett, ein Schrank – in dem sich außer ein paar Kleidungsstücken größtenteils Lebensmittelvorräte befanden – und die drei Stühle mit dem Tisch ungewohnter Luxus. Außerdem war er beeindruckt, daß das Haus über elektrisches Licht verfügte. (Anfänglich betätigte er den Kippschalter unentwegt, bis es dem Alten auf die Nerven ging und er ihm diese kindische Spielerei verbot.)

In den folgenden Wochen päppelte der Mann Mischa halbwegs wieder auf, zumindest soweit, daß er bereits befürchtete, sein neues Zuhause bald wieder verlassen zu müssen. Auf Mischas Frage, woher das viele Essen käme, antwortete er, er stünde gut mit der Köchin des Hauses.

Als ihm der Alte erklärte, daß er froh über seine Gesellschaft sei und er bei ihm bleiben dürfe, so lange er wolle, war Mischa unsagbar erleichtert.

Das Holzhaus hatte, man sollte es kaum für möglich halten, einen Dachboden; so winzig klein, daß niemand ihn unter dem Dachstuhl vermutet hätte. Hin und wieder mußte Mischa über eine schmale Leiter hinaufsteigen und für mehrere Stunden auf dem Dachboden bleiben. Er steckte sich immer Brot in die Hosentasche, um den ärgsten Hunger stillen zu können. Er hörte von unten eine fremde Stimme, und er wagte keinen Mucks zu machen.

»Der Hausherr war hier«, sagte der Alte immer, wenn er Mischa vom Dachboden herunterhalf.

»Es ist besser, wenn er nicht weiß, daß ich dich bei mir verstecke.«

Der Arzt verbot dem Hausherrn, der ein schwaches Herz hatte, den Konsum von Alkohol. Er besuchte den Gärtner alle paar Tage unter einem fadenscheinigen Vorwand. Gemeinsam leerten sie eine Flasche Wein, und der Hausherr steckte dem Gärtner einige Geldscheine in die Tasche, damit er auf dem Schwarzmarkt Nachschub besorgen konnte.

»Meine Frau sorgt sich um meine Gesundheit.« Der Hausherr lachte verbittert. »Sie braucht nicht zu erfahren, daß ich trink.«

Mischa schwieg lange, und Viktoria hatte den Eindruck, daß er eingeschlafen war. Plötzlich griff er wieder zur Schnapsflasche, setzte sie an den Mund und spülte den letzten Rest in sich hinein.

»Es sind jetzt sechs Jahre her, daß mich der Alte bei sich aufgenommen hat. Ich glaub, es war im Winter neununddreißig. Im Frühjahr darauf hat man den Hausherrn und seine Frau abgeholt. Nur Tage später ist dann ein Ehepaar aus Berlin eingezogen.«

Wieder schwieg Mischa.

»Den Gärtner und die Köchin haben die beiden behalten, das jüdische Dienstmädchen wurde abgeholt, von den ›Menschenschnüfflern‹, von der Gestapo.«

Er wirkte erschöpft vom vielen Erzählen.

»Der Mann und die Frau heißen Paul und Hildegard Stummer!«

Viktorias Feststellung wurde von Mischa mit einem kaum merklichen Nicken bestätigt, bei dem sein Kopf leicht gegen die Hüttenwand schabte.

»Ich war früher oft im Park.«

Seine Stimme war leise geworden und klang müde.

»Ich hab meine Hosentaschen umgedreht, die voller Brotkrümel waren, und damit die Schwäne und Enten gefüttert. Der Teich war damals voll mit den Viechern. Ich seh sie noch genau vor mir. Dann, als alles schwieriger wurde, die Futtersuche, mein ich, da sind dann zuerst die Enten verschwunden und nach und nach auch die Schwäne.«

Viktoria erwachte. In ihrem Kopf rumorte es unangenehm. Durch die Öffnung der Schwanenhütte drang Licht.

Sie krabbelte auf allen vieren aus der Hütte. Auf der Umrandung stand eine leere Flasche. Mischa war tatsächlich hier gewesen! Viktoria nahm die Flasche in die Hand. Ein verläßliches Gefäß, um Wasser darin aufzubewahren! Sie roch an der Flasche und verzog das Gesicht. Übelkeit stieg in ihr auf, der Schnapsgeruch war zuviel. Sie beugte sich über die Umrandung und erbrach sich.

Mischa war, wie er es versprochen hatte, am Abend wieder zur Schwanenhütte zurückgekehrt. Den ganzen Tag über hatte Viktoria die irrwitzigsten Vorstellungen über eine abenteuerliche Flucht mit den Kindern im Kopf gehabt. Und dann kam Mischa über das Brett zur Hütte gekrochen und blickte sie an.

Er hatte sie die ganze Zeit über schon beobachtet, gestand er. Seit ihrem ersten Auftauchen vor der Tür der Stummers hatte er überlegt, ob er sich ihr zu erkennen geben sollte oder nicht. Er meinte, das wäre vor drei Monaten gewesen.

Schnell hatte er begriffen, warum Viktoria hier aufgetaucht war.

»Hab mir meinen Reim gemacht, Augen und Ohren offengehalten. Und die Köchin hat da so einiges erzählt, über die Kinder. Sie wußte, daß es angenommene sind.«

Mischas Gefühle waren offensichtlich einem großen Zwiespalt ausgesetzt. Wie weit er, selbst ums Überleben kämpfend, seine Hilfe anbieten wollte und konnte, stellte seine angeborene Gutmütigkeit auf die Probe.

»Der Bub ist in einem Sanatorium. Zum Auskurieren von der Operation, sagte mir die Köchin.«

Mischa blickte zum Schilfgürtel, als gebe es dort Interessantes zu beobachten.

»Edna geht's gut, bekommt genug zu essen und hat schöne Kleider an.«

Mischa riet Viktoria, Geduld aufzubringen, abzuwarten, bis Maximilian aus dem Sanatorium entlassen wäre. Und sie gab ihm innerlich recht. Viktoria fuhr mit ihrer Hand vorsichtig über Mischas Bart. Vielleicht war es diese einfache Geste, vielleicht aber auch der verzweifelt nach Hoffnung suchende Blick von ihr, der Mischas abwehrende Haltung zerbrechen ließ.

»Ich weiß noch nicht, wie, aber ich werd dir helfen.«

Mischa wollte Viktoria auf dem laufenden halten, mit der, wie sie spürte, eindringlichen Bitte, sich nicht vor dem Haus der Stummers blicken zu lassen und schon gar nicht nach ihm zu fragen.

Es war nur wenige Tage später, aber bereits so kalt geworden, daß Viktoria mehrere Schichten Kleidung übergezogen hatte und trotzdem fror. In der Nacht fiel Schnee, und der Teich war teilweise zugefroren.

Sie hatte Mischa in der Zwischenzeit nicht mehr gesehen und wurde unruhig. Zu ihrem Entsetzen hatte sie festgestellt, daß ihre Essensvorräte zusammengeschrumpft waren. Sie hatte keine Ahnung, wo sie Eßbares auftreiben könnte. Da geschah etwas, das sie gänzlich verzweifeln ließ.

Sie war am Abend zu ihrem Schlupfwinkel zurückgekehrt, suchte nach dem Brett, dem Übergang zur Schwanenhütte, und griff ins Leere. Fieberhaft tasteten ihre Hände durch das Schilf, sie blickte auf, und da merkte sie, daß die ganze Hütte, bis auf die Holzpfähle, auf denen sie aufgesetzt gewesen war, verschwunden war. Sie hockte sich ins Schilf und weinte. So fand sie Mischa, einige Stunden später.

»Die Menschen frieren. Sie nehmen alles mit, was man verbrennen kann.«

Viktoria heulte wie ein kleines Kind, so, wie sie es sich noch nie erlaubt hatte. Der weinrote Pappkoffer, in dem sich Leintücher, Tischdecken und zwei Strickwesten befunden hatten, war gestohlen worden. Der Kälte wegen befand sich der Rest der Kleidung auf ihrem Körper. Wie gut, daß sie den Rucksack überallhin mitgeschleppt hatte. Hätte sie seinen Inhalt verloren, wäre es ein unverschmerzbarer Verlust für sie gewesen.

»Du kommst mit mir.«

Mischa war es nicht leichtgefallen, diese Entscheidung zu treffen. Um sich selbst von der Richtigkeit zu überzeugen, setzte er mit fester Stimme hinzu:

»Hätt dich schon viel früher mitnehmen sollen.«

Viktorias Schluchzen wurde leiser.

»Und der Gärtner! Was sagt der dazu?«

Mischa zuckte mit den Schultern: Wie sollte er Viktoria den Rest seiner Geschichte beibringen, ohne sich ihrer Verachtung auszusetzen! Er hatte ihr nur einen Teil über sein bisheriges Leben erzählt, der andere sollte für immer sein Geheimnis und zwangsläufig das der Köchin bleiben. Es half nichts! Wenn er Viktoria mit sich nahm, was er hatte vermeiden wollen, mußte sie eingeweiht werden.

»Er weiß, daß ich dich mitbring«, log er.

Noch in dieser Nacht wollte er ihr seine Geschichte zu Ende erzählen.

Es war schwierig gewesen, Viktoria ins Holzhaus zu schmuggeln. Polizisten patrouillierten in der Sternwartestraße, und Viktoria und Mischa mußten fast zwei Stunden hinter der Parkumrandung hocken, bevor sie es wagen konnten, die Straße zu überqueren und in den Vorgarten zu gehen. An der rechten

Seite des Hauses befand sich ein schmaler Weg, der in den hinteren Teil des Gartens führte. Aus irgendeinem irrwitzigen Grund hatte Viktoria sich gefürchtet und gleichzeitig gehofft, das Haus betreten und durchqueren zu müssen, um in den Garten gelangen zu können. Es wurde ihr warm und kalt zugleich.

Sie betraten das Gartenhaus, und Mischa, der kein Licht anmachte, führte Viktoria zu einem Sessel. Auch hier im Häuschen flüsterte er weiter, und sie vermutete den Gärtner schlafend im Bett neben dem Fenster, durch das gestreutes Licht vom Nachthimmel fiel und verschiedene Gegenstände des Raumes aus dem Dunkel hervorhob.

Mischa hatte sich an den Tisch gesetzt und die Brotlade geöffnet. Schnell fingerte er einen Tabakbeutel und Zigarettenpapier hervor. Er schob beides über den Tisch, deutete auf die Zündholzschachtel, die neben Viktoria lag. Es war so lange her, daß sie geraucht hatte. Auch wenn ihr im Moment ein Stück Brot lieber gewesen wäre, drehte sie sich, sie war aus der Übung gekommen, eine etwas unförmige Zigarette. Mit dem Anreißen des Zündholzes wartete sie, bis auch Mischa eine Zigarette zwischen den Fingern hielt.

»Du kannst hier bleiben. Ich werd dich verstecken.«

Mischas Hand vollführte einen kantigen Tanz durch die Luft, die Zigarettenglut sprang auf und ab, beleuchtete kurz sein Gesicht, als er einen tiefen Zug nahm. Es fiel ihm schwer, einen Beginn für seine Geschichte zu finden. Viktoria bemerkte seine Nervosität und wunderte sich darüber. Sie befanden sich doch im Häuschen einigermaßen in Sicherheit.

Übergangslos begann Mischa vom Gärtner zu sprechen.

»Der Josef, ein guter Kerl.«

Dann verstummte er wieder.

»Hier sind wir oft gesessen.«

Er dämpfte die Zigarette aus, vorsichtig, und um nicht unnötige Glut aufkeimen zu lassen. Den restlichen Tabak würde er später aus dem Papier schälen und für die nächste Zigarette aufheben.

»Er hat nie viel geredet, der Josef.«

Es war fünf Jahre her. Damals hatte Mischa vom Fenster aus gesehen, wie Josef mit der Köchin gesprochen hatte. Kurz darauf kam er ins Häuschen, taumelte zum Tisch und ließ sich, völlig außer sich, auf einem Sessel nieder. Er wischte sich mit beiden Händen über den Kopf, als würde er unerträgliche Schmerzen verscheuchen wollen.

»Alles aus. Alles aus.«

Immer wieder nur diese beiden Worte. Mischa versuchte, Josef zu beruhigen, redete leise auf ihn ein.

Plötzlich sprang Josef auf, drückte sich an die Wand – zwischen Fenster und Schrank – und riß seine Augen auf, als stünde der Teufel vor ihm.

»Sie haben sie abgeholt. Die beiden Leut, die Besitzer vom Haus!«

»Die ›Menschenschnüffler‹ sind bei den Herrschaften gewesen«, sagte Josef. Bei genauer Durchforstung der Papiere war festgestellt worden, daß der Mann jüdische Vorfahren hatte. Seiner Frau stellte man in Aussicht, daß sie, ließe sie sich scheiden, möglicherweise ungestraft davonkäme. Die Köchin hatte gesehen, wie sich die Frau an den Mann klammerte. Sie hatte geweint und geschrien, daß sie sich niemals von ihrem Mann trennen würde. Die ›Menschenschnüffler‹ nahmen daraufhin beide mit sich.

»Alles aus.«

Josef schleppte sich wieder zum Tisch und hob sich mühsam auf den Sessel.

»Alles aus.«

Mischa hatte den verzweifelten Ausbruch Josefs mit wachsender Panik verfolgt. Mutlos rückte er einen Sessel neben den von Josef. Mischa beschloß, am nächsten Tag das Häuschen zu verlassen. Nachdenklich lehnte er seinen Kopf an die Sessellehne. Josefs Oberkörper war nach vorn gesunken, seine Stirn lag auf der Tischplatte, eine Hand in seinem Schoß, die andere baumelte senkrecht herab. Seine stoßweisen, kleinen Atemzüge wurden von schmalen Seufzern unterbrochen.

»Josef?«

Er war eingeschlafen. Mischa breitete eine Decke über seine Schultern.

Er saß die ganze Nacht neben seinem Freund, mit der Gewißheit, daß es das letzte Mal war. Mischa war viel zu aufgeregt, um einschlafen zu können.

Das Morgenlicht warf einen unerbittlichen Strahl durch das Fenster, als wolle es Mischa aus dem Häuschen drängen, ihn eindringlich daran erinnern, daß er in der Nacht beschlossen hatte, zu gehen.

»Josef.«

Mischa tastete nach Josefs herabbaumelndem Arm, sacht, um ihn nicht zu erschrecken.

»Danke für alles, mein Freund.«

Durch die Berührung sank Josefs Oberkörper in sich zusammen, und der Sessel wurde durch die Gewichtsverlagerung zur Seite gerückt. Josefs Körper, wie von einer Welle erfaßt, bäumte sich kurz auf und wurde dann unendlich langsam auf den Boden hinabgedrückt. Erschrocken war Mischa aufgesprungen. Josef lag auf dem Boden, die Knie angewinkelt, als würde er auf einem imaginären Sessel sitzen. Seine Augen waren geöffnet, und Mischa erwartete, daß sich die Lider jeden Moment zusammenziehen würden. Er wartete sehr lange, und je länger er dastand, sich nicht die kleinste Bewegung seines Körpers gönnte, um so klarer wurde ihm, daß Josef aus dem Leben geschieden war. Für Mischas Empfinden war er nicht einfach gestorben, nein, er hatte das Leben verlassen, wie er sonst das Häuschen verlassen hatte, mit dem Unterschied, daß er dorthin am Abend zurückkehrte. Dieses Mal war er für immer gegangen, hatte die irdische Unerträglichkeit eingetauscht gegen das Unbekannte. Offenbar war ihm alles besser erschienen, als sich weiterhin einem Leben auszuliefern, das er nicht mehr ertragen und verstehen konnte. So betrachtet mußte es eine Erlösung für Josef sein, nahm Mischa an.

Es war Mittag geworden, und Mischa hatte sich noch immer nicht von der Stelle gerührt. Das laute Pochen an der Tür irritierte ihn wenig. Sollen sie ruhig kommen, die ›Menschenschnüffler‹, dachte er und drehte den Schlüssel im Schloß um. Die Klinke wurde von außen hinuntergedrückt, die Köchin öffnete die Tür, lehnte sich schwer atmend an den Rahmen, sah abwechselnd zu Mischa und zum Haus zurück, als erwarte sie von dort Gefahr.

Die Frau hatte längst herausbekommen, daß Josef Mischa bei sich versteckt hielt. Sie hatte von sich aus versprochen, nichts zu verraten. Darüber hinaus wollte sie mit Lebensmitteln behilflich sein.

Sie haßte den Krieg. Er hatte ihr den Mann genommen. Und sie haßte den Führer der ›Menschenschnüffler‹ wie die Pest. Josef hatte gemeint, daß nicht nur das große Herz der Köchin an ihrem Edelmut beteiligt war, sondern auch das Gefühl, etwas Verbotenes zu tun, und weil es ihre Rachegelüste befriedigte.

Von der Gelassenheit, die Mischa bei ihren Kurzbesuchen bewundert hatte, war jetzt bei der Fünfzigjährigen wenig zu bemerken. Ihre Worte kreiselten schrill aus dem Mund, und Mischa hatte Mühe, einen Sinn zu erfassen. Außerdem wartete er gebannt darauf, daß die Köchin den auf dem Boden liegenden Josef bemerken würde.

Mischa erfuhr von ihr, daß weder sie noch der Gärtner das Haus verlassen müßten. Ein Mann von der Gestapo hatte das Haus inspiziert und die Köchin wissen lassen, daß in den nächsten Tagen fünf Zugehfrauen kommen und das Haus von oben bis unten säubern würden.

»Die werden sämtlichen Judenmief aus den Ritzen kratzen«, wie er sich ausdrückte.

In ein paar Wochen würden Arier in das Haus einziehen. Er meinte, gutes arisches Personal sei Mangelware, und darum ihr Verbleib im Haus, nach Überprüfung der Papiere, unbedenklich.

»Heil Hitler!«

Der Mann hatte sich wieder umgedreht.

»Ich beginne gleich mit dem Saubermachen! Darum kommt das Dienstmädchen, die Zigeunerin, mit mir!«

Offenbar hatte er seine Worte witzig gefunden, denn er lachte laut darüber.

»Hat gar nicht bemerkt, daß ich meine Hand nicht hochgerissen hab. Und gegrüßt hab ich auch nicht!«

Zwar bedauerte die Köchin das Schicksal des Dienstmädchens, sie hatte sich aber wieder einigermaßen gefangen.

»Jetzt könnt ich einen Schnaps brauchen!«

Sie lachte verschmitzt, zog eine Flasche unter ihrer Jacke hervor, wand sich an Mischa vorbei und betrat das Häuschen.

»Der Josef ist tot, und du lebst. Ist ja nicht deine Schuld, daß sein Herz zu schlagen aufgehört hat«, hatte sich die Köchin, nachdem ihre erste Trauer vorüber war, an Mischa gewandt und weiter auf ihn eingeredet. »Glaub mir, er wär damit einverstanden.«

Die Köchin hatte Josef die Augen zugedrückt, Mischa hatte nicht gewagt, ihn zu berühren. Sie hatte sich zum Fenster gestellt und zum Rosengarten hinübergeblickt.

»Der ganze Stolz vom Josef waren seine Rosen.«

Sie hatte auf Mischa eingeredet, gemeint, die Gelegenheit, an Papiere zu kommen, böte sich nie mehr wieder.

»Mit dem struppigen Bart, einer Mütze über deinen dunklen Haaren und seiner Kleidung, und ein bißl Glück, könnt man dich grad mit ihm verwechseln.«

»Er wollte immer neben seiner Frau begraben werden!«

Mischa sah zum Fenster hin, dann wieder zu Viktoria, die nachdenklich seinem Blick gefolgt war.

Viktoria stand auf und ging zum Fenster. Es begann langsam hell zu werden, und sie konnte in dem schwachen Licht die hintere Front des Hauses erkennen. Vor der Terrasse befand sich der Rosengarten, eine stattliche Anzahl von Büschen, deren Köpfe der Kälte wegen mit Papier umwickelt waren. Sie dachte an die Soldaten im Lazarett, an die einbandagierten Köpfe der Verletzten.

»Dort, in der Mitte des Rosenbeets, liegt er. Seit fünf Jahren.«

Mischa erzählte, wie gespenstisch es war, als er und die Köchin bemerkten, daß Josef tags zuvor ein großes Loch in die Erde gegraben hatte. Vermutlich waren die drei Rosenbäume eingegangen, die ihm seit einiger Zeit Kummer bereitet hatten. Auf dem Komposthaufen fanden sich auch tatsächlich drei verdorrte Stöcke. Aber Mischa war das Erdloch, das Josef gegraben hatte, trotz dieser logischen Erklärung unheimlich.

Die Köchin jedenfalls sah diese Grube geradezu als Aufforderung von Josef, ihn an diesem Platz zu begraben. Schließlich hatte er oft davon gesprochen, daß er sich von vielem hier in diesem Leben trennen könnte. Nur von seinen Rosen würde ihm der Abschied schwerfallen.

Mischa pflanzte später zwei Rosenbäume aus dem Vorgarten auf das Grab, und sie gediehen im Lauf der Zeit besonders prächtig.

In den ersten Tagen nach dieser ungewöhnlichen Beerdigung hatte Mischa immer wieder denselben Traum: Josefs Hände, die sich an den Wurzeln der Rosensträucher emporziehen und sich durch die Decke der Erde wühlen. Mit diesem Bild vor Augen schreckte Mischa jedesmal aus dem Schlaf und, obwohl ihm davor graute, verließ er das Bett und schlich mit einer Kerze im Arm zum Rosengrab.

Als der Köchin diese nächtlichen Ausflüge auffielen, redete sie lange mit ihm, versuchte, ihm die Gefährlichkeit, der er sich aussetzte, wenn man ihn beobachten und ihm Fragen stellen würde, begreiflich zu machen. Geduldig versuchte sie, Mischa davon zu überzeugen, daß Josef das Grab nicht mehr verlassen konnte und daß, selbst wenn er das könnte, dies nicht durch seine Kontrolle verhindert würde.

In der Zwischenzeit hatten die neuen Besitzer das Haus bezogen, und Mischa hatte Angst, sich zu verraten. Endlich unterdrückte er das Bedürfnis, draußen nach dem Rechten zu sehen.

Es half ihm – erklärte er Viktoria –, daß er sich immer wieder vorsagte, er sei Josef und nicht Mischa. Aber dann lag Mischa unter den Rosenbäumen und nicht Josef! Oft betrachtete er die Ausweispapiere, murmelte den neuen Namen und das Geburtsdatum vor sich hin, das ihm die Köchin vorgesagt hatte.

»Ich bin *er*, hab ich mir in all den Monaten danach immer wieder gesagt. Die Köchin hat Angst gehabt, daß ich zum Spinnen anfang!«

Den neuen Besitzern schien nichts Eigenartiges am Verhalten des Gärtners aufzufallen, oder es war ihnen einfach gleichgültig. Josef, der Gärtner, arbeitete fleißig, und der Garten war einer der prächtigsten in der ganzen Gegend.

Je mehr Mischa zu Josef wurde, um so seltener quälten ihn die Träume. Sein dunkles Haar war längst grau geworden, die äußere Hülle Josefs hatte von Mischa Besitz ergriffen und arbeitete sich beharrlich nach innen weiter.

»Und dann bist du hergekommen und hast mich an den Mischa erinnert!«

Nach Jahren, in denen er versucht hatte, die Umstände um Josefs Tod zu verdrängen, und sich darüber hinaus in dessen Identität gezwängt hatte – was ihm mit der teilweisen Aufgabe seines Ichs halbwegs gelungen war –, holte ihn die Vergangenheit ein. Vielleicht war Viktorias Erscheinen austauschbar mit einem anderen, einem ihm vertrauten Menschen oder einem alten Gegenstand, dem Erkennen einer bekannten Stimme, das jenes Gefühl in ihm freilegte und imstande war, das Vakuum des Vergessens in ihm wieder aufzufüllen.

Viktoria verstand seine Unsicherheit ihr gegenüber nur zu gut.

»Es tut mir leid, Mischa.«

Sie fand, daß sie sich für ihr Erscheinen entschuldigen mußte. Sie wollte ihm begreiflich machen, daß sie die Ereignisse nur allzu gut verstehe.

Sie dachte an den russischen Soldaten. Das war ihr schreckliches Geheimnis, über das sie nie sprechen würde.

Mischa hatte anfänglich bezweifelt, daß man ihm glauben würde, der Gärtner zu sein. Josef hatte sehr zurückgezogen gelebt, hatte kaum Kontakt zu anderen Menschen gehabt, außer zur Köchin. Die Wahrscheinlichkeit, von jemandem entlarvt zu werden, war gering und verminderte sich im Lauf der Zeit.

Die neuen Besitzer, erzählte Mischa, waren ihm zutiefst zuwider, von Anfang an. Auch die Köchin mochte sie nicht.

»Aber man gewöhnt sich an alles. Sind bald fünf Jahre, daß diese Schmarotzer im Haus leben.«

Erst als zu Beginn dieses Jahres zwei Kinder auftauchten, die die Stummers als angenommene Waisen ausgaben, waren Mischa und die Köchin halbwegs mit ihnen versöhnt, und sie dachten, die beiden hätten doch ein gutes Herz.

Der Bub hatte eine Verletzung an der Hüfte und mußte auf Krücken gehen. Mischa wußte von der Köchin, daß das Mädchen mit großer Liebe an seinem Bruder hing und alles versuchte, um ihm das Leben zu erleichtern.

Sehr zu Mischas Bedauern durften die Kinder nie in den Garten, spielten höchstens auf der Terrasse, die sich hinter dem Haus befand, oder in dem dazugehörigen Wintergarten, den wiederum Mischa nicht betreten durfte. (Die Pflege der Blumen besorgte einzig und allein die Hausfrau.)

Im Frühjahr saß dann das Mädchen allein auf der Terrasse, spielte lustlos mit einem Ball und wurde jedesmal ins Haus gerufen, wenn Mischa in seiner Nähe arbeitete.

Einmal rollte der Ball des Kindes in den Garten und fiel Mischa, der eine Hecke zurechtstutzte, vor die Füße. Flink war das Mädchen die wenigen Stufen von der Terrasse herab in den Garten gehüpft, um nach dem Ball zu suchen.

Mischa hatte sich nach dem Ball gebückt und ihn der Kleinen entgegengehalten.

Mit einem schüchternen Danke schnappte das Kind nach dem Ball. Durch die geöffnete Terrassentür war die Stimme der Hausfrau zu hören, die mürrisch nach Edna rief. Nun wußte Mischa den Namen des Kindes, aber zu einem weiteren Kontakt kam es nicht.

Die Köchin berichtete Mischa, daß sich der Bub im Spital befand, um an der Hüfte operiert zu werden.

Edna litt unter der Trennung von ihrem Bruder, und die Köchin hatte sie ein wenig unter ihre Fittiche genommen. Sie buk mit den wenigen Mitteln, die vorhanden waren, Kuchen und Kekse, um das Kind aufzumuntern.

Die Wochen vergingen, und der Bruder kehrte noch immer nicht zurück. Edna hatte der Köchin erzählt, daß die Hüftoperation zufriedenstellend verlaufen wäre, nun müsse sich der Bruder in einem Sanatorium richtig auskurieren.

Edna durfte ihn nicht besuchen. Das Sanatorium sei zu weit entfernt, es liege außerhalb von Wien, wurde ihr gesagt.

Mischa, die Köchin und Viktoria waren übereingekommen, daß Edna im Moment nichts von der Anwesenheit der Mutter erfahren sollte. Das Kind würde sich verplappern. Es war besser, abzuwarten, bis Maximilian aus dem Sanatorium zurückgekehrt war. Sowohl Mischa als auch die Köchin waren bereit, Viktoria und den Kindern zu helfen.

»Diese Hexe, dieses doppelzüngige Luder!«

Die Köchin hatte sich in Rage geredet, wild funkelten ihre Augen, die über den Rosengarten bis hin zum Haus blickten.

»Ich könnt ihr den Hals umdrehen, diesem hinterlistigen, verlogenen Ding!«

Ratlos sahen Viktoria und Mischa einander an. Die Eröffnung, die ihnen die Köchin soeben gemacht hatte, warf alle zukünftigen Fluchtpläne über den Haufen.

Sie verlangte Geld, das kleine durchtriebene Biest Magdalena, das neue Dienstmädchen, empörte sich die Köchin. Sie hatte ihr mit ihrem unwahrscheinlich kindlich naiven Augenaufschlag gedroht, den Stummers von der unerlaubten Anwesenheit der Frau im Gartenhaus zu erzählen. Ist sicher eine Jüdin und nicht schad um sie! hatte sie kalt gemeint.

Ja, mit Geld oder noch besser Schmuck, der sich am Schwarzmarkt tauschen ließ, könnte sie sich zum Schweigen erweichen lassen.

Viktoria hob die dünne Kette über ihren Hals, öffnete das Medaillon und riß den Papierstreifen heraus.

»Das ist alles, was ich hab.«

Sie drückte der Köchin das Medaillon in die Hand und wandte sich ab.

»Schnell, du mußt dich verstecken!«

Er lehnte die schmale Holzleiter gegen die Wand, erklomm einige Sprossen und drückte die Dachluke mit seinen Handflächen in die Höhe, bis sie senkrecht einrastete.

»Beeil dich! Sie suchen nach dir. Die Magdalena hat dich verraten!«

Kaum hatte sich Viktoria durch die Luke gezwängt, da klappte sie Mischa schon wieder zu, schnappte sich die Leiter und schob sie hinter den Kasten. Er blickte zum Fenster und sah, wie sich zwei Männer in Uniform dem Häuschen näherten. Flink warf er die Decke zurück und ließ sich auf das Bett fallen.

Die Eingangstür wurde aufgerissen, und die Männer betraten den Raum.

»Heil Hitler!«

Mischa stöhnte auf, begann zu husten. Er preßte seine Hände gegen den Unterleib und begann zu wimmern, als würde er unter argen Schmerzen leiden.

»Los, aufstehen!«

Es nützte Mischa nichts, daß er vortäuschte, krank zu sein.

Der Mann trieb Mischa unnachgiebig aus dem Bett, warf die Decke auf den Boden und riß die Matratze vom Rost. Anschließend hob er das Bettgestell an. Nachdem er sich überzeugt hatte, daß sich darunter niemand befand, ließ er es wieder fallen.

Viktoria schrak zusammen. Abgestandene, nach Moder riechende Luft umgab sie auf dem engen Dachboden. Sie hatte sich auf den Boden gepreßt, möglichst weit von der Luke entfernt, so weit, wie es die Schräge des Daches ermöglichte. Im Lichtstreifen, der durch die Scheibe des eingelassenen Fensters im niederen Dachgiebel drang, sah sie den aufgewirbelten Staub, den ihr Atem in Bewegung setzte.

Sie mußte jetzt ruhig bleiben! Nicht jetzt, so knapp vor ihrem Ziel, entdeckt werden! Sie dachte an die graubraune Farbe der Bretter, auf denen sie lag. Sie bildete sich ein, daß diese Farbe von ihrem Körper Besitz ergriff, und glaubte, in sie eintauchen zu können. Sie hatte das Gefühl, sich mit der Farbe der Bretter zu verbinden, sich darin aufzulösen, in ihr zu verschwinden! Viktoria atmete ruhig und gleichmäßig. Sie fühlte sich geborgen und sicher.

»Wo hast du sie versteckt!?«

Der Mann überragte Mischa um beinahe zwei Köpfe. Mit zusammengekniffenen Augen und vor der Brust verschränkten Armen stand er vor Mischa. Der andere Mann öffnete die Schranktür und fegte mit schnellen Handbewegungen die Kleidung von den Bügeln. Dann wühlte er in den sorgfältig geordneten Lebensmitteln, die auf dem Boden des Schrankes gestapelt waren.

»Wo!?«

Mischa preßte die Lippen aufeinander. Der Mann hob drohend seine Hand. Ein harter Schlag traf Mischa ins Gesicht, so wuchtig, daß er zur Seite taumelte und sich an der Wand abstützen mußte, um nicht auf den Boden zu fallen.

Der andere Mann zog die Leiter hinter der Schrankwand hervor. Im nächsten Moment hatte er die Luke entdeckt. Mischa lehnte sich an die Wand. Er wußte nicht, wie er das nun Kommende aufhalten sollte.

Einer der beiden Männer stieg auf die Leiter und drückte die Luke in die Höhe. Viktoria sah das Gesicht, das sich durch die Öffnung schob und blieb vollkommen ruhig. Ich bin unsichtbar! Er kann mich nicht sehen! redete sie sich ein.

Die Augen des Mannes versuchten, sich im Halbdunkel zurechtzufinden. Er wandte seinen Kopf zur Längsseite und Breitseite des Dachbodens. Er schob seinen Oberkörper durch die Öffnung, stützte sich auf der Umrandung ab, um auch hinter die Luke blicken zu können, kniff die Augen zusammen.

»Dreck, nur Dreck! Da oben ist niemand, nicht einmal eine Ratte!«

Er mußte husten. Staub wirbelte auf. Der Mann sprang von der Leiter und schlug sich angeekelt gegen die Unterarme. Die Ärmel der Uniformjacke und seine Handflächen waren staubig geworden.

Ohne ein weiteres Wort verließen die Männer das Holzhaus.

Mischa war nicht fähig, sich zu bewegen. Sein Blick wanderte zur geöffneten Luke.

Sollte der Mann Herz bewiesen und Viktoria deshalb übersehen haben? fragte sich Mischa. Hauptsache, es ist ihr nichts passiert! Mischa brachte nun sogar ein zaghaftes Lachen zustande.

»Maximilian ist nicht mehr aus dem Sanatorium zurückgekommen. Die Medikamente haben sein Herz geschwächt. Es ist zu schwach gewesen.«

Die Köchin konnte nicht in Viktorias Augen sehen, als sie ihr diese grauenhafte Nachricht überbrachte.

Tot. Maximilian war vor ein paar Tagen im Sanatorium gestorben.

Viktoria verkroch sich auf dem engen Dachboden des Häuschens. Sie wollte weder Mischa noch die Köchin sehen.

Immer wieder kam ihr das schmale, lachende Gesicht Maximilians in den Sinn. Es war so schwer zu verstehen, daß sie ihn nie mehr an sich drücken würde können, nie mehr! Sie glaubte, daß sie den Verstand verlieren müßte. Sie sah das Kind in einem Bett liegen. Es war allein gewesen, als es starb. Vielleicht war ein fremder Mensch neben seinem Bett gesessen. Der unsagbare Schmerz, der in Viktoria wütete, schien sie förmlich aufzufressen.

Tot! Maximilian ist tot.

Fast konnte man meinen, Viktoria fühlte sich wohl unter dem niedrigen Giebel, denn sie wollte, trotz Mischas gutem Zureden, diesen Ort nicht verlassen.

Selbst als die Köchin eines Tages ihren Kopf durch die Luke steckte und ihr berichtete, daß Magdalena keine Gefahr mehr für sie sei, wollte Viktoria ihr Versteck nicht verlassen.

Die Köchin erzählte ihr, daß sie Magdalena und Paul Stummer im Keller beobachtet hatte.

»Sie haben so laut gestöhnt, daß sie mich nicht bemerkt haben, die beiden!«

Als Magdalena wenig später mit geröteten Wangen und kurzatmig in die Küche hetzte, wurde sie von der Köchin zur Rede gestellt.

»War es schön, unten im Keller?«

Magdalena hielt in ihrer Bewegung inne. Ihre Augen verengten sich mißtrauisch.

»Wer hätte das gedacht! Du und der Hausherr!«

Sie war blaß geworden, und die Köchin konnte Äderchen, die sich unter der hellen Haut hervorhoben, erkennen.

»Was geht es dich an!« zischte Magdalena.

Die Köchin drohte Magdalena, ihre Beobachtung an die Hausfrau weiterzugeben.

»Dein Schweigen für meines!«

Zornig stimmte Magdalena diesem Handel zu.

»Hier!«

Die Köchin reichte Viktoria das Medaillon.

»Das hab ich ihr wieder abnehmen können!«

Das Medaillon baumelte wieder um Viktorias Hals. Die letzte Eintragung auf dem Papierstreifen war ihr schwergefallen, und sie hatte lange nach Worten gesucht, die ihren großen Schmerz ausdrücken sollten. Schließlich zeichnete sie nur ein kleines Kreuz neben Maximilians Namen.

Es schien, als wäre ihre Trauer durch die Eintragung gemildert worden.

Viktoria hielt Sarahs Tagebuch fest an sich gepreßt. Zärtlich blätterte sie in den Seiten des Tagebuchs. Es entglitt ihren Händen und rutschte zu Boden. Hastig hob sie es auf. Erstaunt fiel ihr Blick auf eine der letzten Seiten des Buches, die durch den Fall zerknittert worden war. Vorsichtig strich sie das Papier glatt. Verblaßte, mit einem Bleistift geschriebene Sätze waren darauf zu erkennen. Viktoria erinnerte sich an die Nacht im Keller: Sarah hatte einen Bleistift benützt!

Viktoria hatte sich in all den Jahren nicht daran erinnert. Sie wunderte sich, daß ihr diese beschriebenen Seiten nie aufgefallen waren. Als wäre die Schrift eben erst auf dem Papier aufgetaucht, jetzt, durch den Fall auf den Boden, sichtbar geworden.

Mein Machalan!

Vielleicht kommt einmal die Zeit, in der Du anders über Dein Handeln denken wirst.

Niemand sollte seine Herkunft verleugnen.

Ob es Dir gefällt oder nicht: Deine Mutter ist Jüdin!

Es ist Dir gelungen, dies vor Gott und der Welt zu verbergen. Ich frage mich, was schwerer wiegt!

Dein Vater hat sich nie geschämt, daß er mich, eine Jüdin, liebt!

Es war eine gute Ehe. Als Du geboren wurdest, war für uns der Sinn in unserem Dasein erfüllt.

Oft frage ich mich, wie alles verlaufen wäre, wenn Dein Vater nicht so früh gestorben wäre.

War es meine übertriebene Liebe zu Dir, die dem vaterlosen, kaum sechzehnjährigen Knaben alles geben wollte, meinte, ich müßte Dir Ersatz für sein Fehlen bieten?

Nun, diese Frage ist müßig. Dennoch mag gerade mein gutgemeintes Verhalten Dich in eine Richtung getrieben haben, die für mich nicht abzuschätzen war.

Wie auch immer. Nichts ist mehr daran zu ändern!

Ich habe beschlossen: Keinen Vorwurf an Dich, keinen an mich!

Du sollst wissen, daß ich Dir verziehen habe. Heute Nacht. In diesem schrecklichen Keller.

Ich glaube nicht, daß wir uns in diesem Leben noch einmal begegnen. Wie Du es Dir gewünscht hast! Du hast von nun an Ruhe vor mir! Dieser Satz klingt zwar bitter in meinen Ohren, aber betrachte ihn als sachliche Feststellung.

Nur noch eines: Sollte es ein Wiedersehen in einem anderen Leben geben, von mir hast Du nichts zu befürchten. Ich habe Dir hier auf Erden bereits verziehen.

Es tut gut, ohne Gram und Verhärmung aus diesem Leben zu scheiden.

Ich bin alt. Ich habe mein Leben gelebt. Ich habe auch wunderbare Erinnerungen, die ich mitnehmen werde, vielleicht, wenn ich darf!

Daß mit meinem Tod alles, wirklich alles ausgelöscht sein soll, was einmal soviel Bedeutung hatte, ist für mich unvorstellbar! Diese Empfindungen bewegen mich.

In meiner Erinnerung umarme ich Dich, und Du lachst mich an. Mit genau dieser Vorstellung will ich meine Augen für immer schließen. Heute, morgen, das ist gleich, austauschbar. Und es ist unwichtig, ob ich gewaltsam von hier gehen muß, oder ob ich die Gnade haben werde, still, und weil Gott es so will, zu verstummen.

In jedem Fall gehe ich als Sarah Goldblum, mit meinem Mädchennamen, Dein Vater würde mich verstehen!

Ich liebe Dich, Paul, Du bist und bleibst mein Sohn, und ich werde Dich immer lieben! Mein Machalan!

Darunter fand Viktoria schwer leserlich hingekritzelte Buchstaben, die sie schließlich doch entziffern konnte.

Verwirrt lehnte sie sich an die Wand zurück und schloß die Augen. Die Buchstaben tanzten in wilden Kreisen in ihrem Kopf herum: Paul Stummer, Sternwartestraße!

Mischa stürmte ins Häuschen. Erstaunt blickte er auf Viktoria, die den Dachboden verlassen hatte und beim Küchentisch saß.

»Sie packen, sagt die Köchin!«

Viktoria hatte das Tagebuch vor sich liegen, ihre Handfläche legte sich auf den Einband, strich langsam über das grobe Leinen.

»Er wird seine Frau und Edna aufs Land bringen.«

Die Köchin hatte oft mitangesehen, welche Angst die Hausfrau befiel, wenn die Sirenen losheulten. Sie hielt die Bombenangriffe nicht mehr aus und bekam oft hysterische Anfälle. Auch wenn Paul sie nicht begleiten konnte – durch seine Arbeit war er unabkömmlich –, wollte sie Wien verlassen und Edna mit sich nehmen.

Mischa wirkte bedrückt. Leise sagte er, daß die beiden bereits morgen Wien verlassen wollten.

Viktoria erhob sich aus dem Sessel und ging zur Tür. Kurz drehte sie sich zu Mischa um.

»Ich hole jetzt Edna!«

Noch bevor Mischa sie aufhalten konnte, war sie leichtfüßig über den Rasen, vorbei am Rosengarten, gelaufen und stieg die Stufen zur Terrasse empor. Sie drückte die angelehnte Tür auf und stand im Wohnzimmer.

Paul wollte sie aus dem Haus jagen. Das böse Funkeln in seinen Augen hatte sich gehässig auf Viktoria gerichtet.

»Ich habe dich gewarnt!«

Er drückte sich aus dem gepolsterten Sessel und kam hinter seinem Schreibtisch hervor.

»Ich werde dich der Gestapo übergeben! Du hattest die Möglichkeit, von hier zu verschwinden!«

Viktoria wich nicht zurück, als er sich vor ihr aufbaute.

»Gib mir Edna, und du siehst mich nie mehr wieder!«

Paul lachte laut auf und meinte, daß das niemals geschehen würde.

»Machalan!« flüsterte Viktoria. »Machalan!«

Es war, als würde Paul zu atmen aufhören. Die Augen hinter den Brillengläsern zuckten, und seine Gesichtsfarbe erinnerte Viktoria an die Farbe der Sandsteinfiguren.

»Gib mir Edna, und niemand erfährt, daß du zur Hälfte Jude bist!«

Am Tag, an dem Adolf Hitler Selbstmord verübte, gingen Viktoria und Edna Hand in Hand die Landstraße entlang.

Nach langem Marsch war es dunkel geworden. Edna war müde. Sie bogen in einen Feldweg ein und hielten nach einem Schlafplatz Ausschau.

Viktoria breitete den Wintermantel über das kniehohe Gras, und sie setzten sich darauf.

Sie schob die Träger des Rucksacks von den Schultern und rückte ihn für Edna als Polster zurecht.

Der Wind strich leicht über das Gras.

Viktoria ließ sich auf den Rücken fallen und blickte zum Himmel hinauf.

Ihre Hand tastete nach Edna und berührte ihren schmalen Rücken.

Viktoria dachte an Sarah und ihren Machalan. Machalan hatte der Welt die Farben geschenkt. Viktoria aber hatte er auch ihr Kind und damit ihren inneren Frieden wiedergegeben.

Eintragung auf dem Papierstreifen im Medaillon: *30. April 1945. Edna und Viktoria!*

Inhalt

www.deuticke.at

Seiten 9 und 121: © Taisen Deshimaru-Roshi:
Sandokai. Die Einheit und Erscheinung.
Kristkeitz Verlag, Heidelberg 1978.

Umschlaggestaltung: Robert Hollinger

Umschlagfoto: © David H. Wells/CORBIS/PICTURE PRESS Life

Druck: Wiener Verlag, Himberg

Printed in Austria

ISBN 3-216-30511-2